Dear You - saison 2

EMILY BLAINE

Dear You
saison 2

Roman

Le visuel de couverture est reproduit avec l'autorisation de :
Illustration : © dpcom.fr
Réalisation graphique couverture : DPCOM

ÉDITIONS HARLEQUIN
83-85, boulevard Vincent Auriol, 75646 PARIS CEDEX 13.
Service Lectrices — Tél. : 01 45 82 47 47
www.harlequin.fr

ISBN 978-2-2803-2674-2 – ISSN 2271-0256

EMILY BLAINE

Dear You
saison 2

Roman

ÉDITIONS HARLEQUIN
83-85, boulevard Vincent Auriol, 75646 PARIS CEDEX 13.
Service Lectrices — Tél. : 01 45 82 47 47
www.harlequin.fr

ISBN 978-2-2803-2674-2 – ISSN 2271-0256

Chapitre 1

— J'avais tablé sur un retour un peu moins tardif.

— Bon sang, Dan, tu m'as fait une peur bleue ! Qu'est-ce que tu fiches ici ? hurlai-je en avançant vers lui.

— Je t'attendais.

Son calme m'effrayait et je reculai doucement jusqu'à la porte. Du coin de l'œil, je vis un sac de voyage bleu. Je pris conscience que ma soirée puis ma nuit avec Andrew Blake m'avaient fait oublier un certain nombre de choses, notamment mon projet de week-end dans le New Jersey avec mon petit ami officiel.

— Tu es entré chez moi en mon absence ?

— Ton gardien me trouve sympathique. Où étais-tu ? demanda-t-il sèchement.

— A l'hôtel, répondis-je avec sincérité.

— Avec lui, je présume.

Il se leva et avança vers moi. Je fixai son visage impassible, trop calme, trop lisse. Ses yeux étaient noirs, ses poings serrés à s'en faire sûrement mal. A la vue des cernes sous ses yeux, je compris qu'il n'avait pas dormi de la nuit.

— Comment était la pièce ? s'enquit-il.

— Dan, il faut qu'on parle.

— Je t'ai vue avec lui. J'étais là, avec mon père, je t'attendais à la sortie et tu étais avec lui. Il avait la main sur toi. Juste là, précisa-t-il avant d'enrouler prestement son bras autour de moi pour appuyer sur le bas de mon dos.

Je m'écartai vivement et m'éloignai de lui. Je n'aimais pas ce que je ressentais. Peut-être était-ce la conversation avec Gregory qui me troublait toujours, mais Dan m'effrayait.

— Dan, je crois que toi et moi devrions faire... une pause, articulai-je difficilement.

— Une pause ?

— Une longue pause, précisai-je en agrippant la chaise derrière moi.

— Tu me quittes pour lui ? s'esclaffa-t-il.

— Non. C'est juste que je ne supporte plus... ta... jalousie, ta colère contre lui et contre moi. J'ai l'impression de passer mon temps à apaiser tes craintes.

Son visage se radoucit aussitôt et je décrispai mes mains pour les mettre devant moi.

— Je craignais de te perdre. En quoi cela fait-il de moi un mauvais petit ami ?

— Tu n'as pas confiance en moi.

— Tu as passé la nuit dehors, dans les bras d'un autre homme ! ironisa-t-il avec un sourire mauvais.

Je baissai le regard et me triturai les mains. Certes, Daniel n'avait jamais eu une grande confiance en ma capacité à résister à Blake, mais j'étais celle qui avait cédé. Je l'avais embrassé, j'avais accepté de passer la nuit avec lui, j'avais oublié Daniel et lui avais donné raison. Je ne méritais pas sa confiance.

— Tu ne prends même pas la peine de nier ! souligna-t-il.

— Pour quoi faire ? Je suis certaine que tu as eu tout

le temps de t'inventer une histoire à ce sujet et que tu n'en démordras pas.

— Il te voulait depuis le départ.

— C'est faux. C'est juste… un concours de circonstances.

— J'ai cru que tu étais différente. J'ai cru que son argent, son pouvoir, ses relations ne t'atteindraient pas.

— Je me fiche de tout ça ! hurlai-je, détestant qu'il me considère comme une femme vénale et matérialiste.

— Voyons, Kat ! J'ai déjà connu ça, murmura-t-il.

— Dan, tu es un type formidable, tu es gentil et prévenant, mais…

— … je ne suis pas lui. Je connais la chanson, merci. Il va te faire du mal, lança-t-il après un court silence. Il te manipule, il se sert de toi, de ta naïveté, pour mieux te laisser tomber ensuite.

— Ma naïveté ? Mon Dieu, Dan, mais tu ne me connais vraiment pas !

— Je le connais, lui, et les types dans son genre ! cracha-t-il, plein de hargne. « Andrew Blake, roi tout-puissant des médias… » Comment peux-tu croire qu'il puisse s'enticher d'une fille comme toi ?

— Sors de chez moi ! lui ordonnai-je en retenant mes larmes.

Son visage changea de nouveau, et il sembla prendre conscience de la portée de ses mots. Il s'approcha de moi et posa sa main sur ma joue. Je fermai les yeux, pas certaine de pouvoir supporter la suite de cette conversation. Mon ventre se tordit douloureusement quand je compris à quel point je m'étais trompée sur lui.

— Kat, ce n'est pas ce que j'ai voulu dire.

— Sors de chez moi, répétai-je.

— Il va te piétiner. Il va faire de toi une femme sans âme. Petit à petit, tu ne seras plus toi-même. Ou alors, dans le meilleur des cas, il se désintéressera de toi du jour au lendemain.

Mon cœur se serra dans une douleur atroce. Non seulement Dan me considérait comme faible et fade, mais il jugeait Andrew sans le connaître. La main de Dan quitta ma joue. Il attrapa sa veste posée près de moi.

— Les types comme lui ne s'embarrassent pas des états d'âme, dit-il en récupérant le sac de voyage.

— De toute évidence, tu ne t'embarrasses pas des miens, lâchai-je alors que je me sentais vaciller sur mes jambes.

— Tu n'es qu'un pion dans son univers. Il t'écrasera, sans même que tu t'en rendes compte. Et quand il aura réussi à te couper du monde, à te vider totalement, alors tu comprendras que j'avais raison.

Il enfila sa veste et, après un dernier regard, quitta mon appartement. A bout de souffle, le cœur en miettes et le corps pétri de douleur, je m'écroulai contre le mur jusqu'à heurter le sol. Je m'octroyai de profondes inspirations et expirations pour tenter de chasser mon mal-être. Après plusieurs minutes, je me relevai et allai dans ma chambre me changer. J'enfilai un pull épais et un bas de jogging, espérant limiter le froid qui s'insinuait en moi.

Je passai la matinée dans le coton. Après l'euphorie de ma nuit avec Andrew, l'atterrissage fut douloureux. Les mots de Dan flottaient dans mon crâne, provoquant même une légère crise de paranoïa. Et s'il avait raison… Si j'avais cédé trop facilement… L'univers d'Andrew et le mien n'avaient rien en commun… Pourquoi m'avait-il choisie ?

La journée passa lentement, très lentement. Malgré toute ma volonté à m'occuper et à m'activer dans l'appartement, je me sentais presque nauséeuse. Je n'avais aucun regret concernant ma nuit avec Andrew, mais j'avais l'impression d'en payer les conséquences de manière disproportionnée.

Finalement, c'est avec un certain soulagement que je regagnai le Peninsula. J'y retrouvai Sam avec une pointe d'anxiété. S'il me parlait de Blake, c'était que tout l'hôtel était au courant. Mais les transmissions se passèrent sans encombre. Ou presque.

— Blake a laissé un mot pour toi, l'enveloppe est dans ta bannette.

— Oh… merci, murmurai-je en rougissant.

— Il t'aime bien, on dirait, plaisanta Sam.

— On dirait, oui, souris-je.

Je me perdis dans le souvenir de ses lèvres sur ma main. Quand Sam me ramena à la réalité en claquant des doigts, je m'aperçus que je caressais ma paume en souriant.

— T'es avec moi, là ? s'amusa mon collègue.

— Humm… oui. Juste un peu de fatigue.

— La nuit a été courte ?

Un sourire entendu s'installa sur ses lèvres et, pendant une seconde, je me demandai s'il savait. Ou peut-être qu'il ne savait pas, et que, à l'instar de Gregory, il prêchait le faux pour obtenir le vrai.

— Oui. Je suis rentrée tard, mentis-je.

— Je vais y aller, ma femme m'attend pour qu'on fête son anniversaire.

— OK… Bonne soirée alors, dis-je distraitement.

— Tu es sûre que tout va bien ?

— Oui, oui. Pars tranquille. Je dormirai demain toute la journée.

L'esprit encore embrumé, j'occultai volontairement la lettre de Blake. J'avais déjà beaucoup de difficultés à trouver la motivation pour faire mon travail, il fallait que je la conserve au moins pour exécuter les tâches courantes.

Mais ce que je pensais être un choix raisonnable fut une torture. Mes mains agissaient, mais mes yeux fixaient la bannette où reposait l'enveloppe. Mon cerveau était en veille et c'est en mode automatique que j'expédiais la validation des réservations.

Je repoussai le dossier et arrachai le tiroir contenant le courrier d'Andrew. Son écriture était à peine lisible. Et en voyant que son mot avait été écrit sur un des papiers à en-tête de l'hôtel, je devinais qu'il l'avait rédigé juste avant son départ, de façon un peu précipitée :

« Il y a tellement de choses que je veux te dire, et tellement de choses auxquelles je pense. Et toujours trop peu de temps pour les partager avec toi. Mais j'ai pris une décision.

Ma seule exception, c'est toi.

Je t'embrasse,

Andrew.

P.-S. : Garde-moi ta soirée du 15. »

Je fronçai les sourcils à la vue de son P.-S. Le 15… Il m'avait dit « quinze jours », et maintenant, il m'annonçait son retour dans plus de trois semaines ! Mais ma déception se dissipa très vite. Je relus son mot :

« Ma seule exception, c'est toi. »

Un sourire discret, mais heureux, s'étala sur mon visage.

Son « exception ». Ce seul mot signifiait tellement de choses maintenant. Je repliai la note et la glissai dans l'enveloppe adressée à mon prénom. Ce n'est qu'à cet instant que je sentis un poids presque imperceptible. Je retirai le mot et retournai l'enveloppe.

L'alliance d'Andrew Blake atterrit dans le creux de ma main. Eberluée, je pris la bague. C'était bien la sienne. Toujours aussi brillante, avec une simple phrase gravée à l'intérieur : « Je ne veux pour flambeaux que tes yeux. » Sous le choc, je m'assis dans le fauteuil et fixai le bijou sans vraiment le voir.

Il avait retiré son alliance. Pour moi. Pour son unique exception.

« Mais j'ai pris une décision », m'avait-il écrit.

C'était cela : se défaire de son passé et me choisir. Décider de garder dans un coin de sa tête l'amour qu'il porte à sa femme, pour moi. Les larmes affluèrent à mes yeux et je les sentis rouler le long de mes joues, incontrôlables. Après plusieurs secondes de consternation, je me redressai et les essuyai. J'étais de service, je devais me reprendre.

Avec précaution, je remis l'anneau dans son enveloppe. J'étais flattée. Plus que flattée même. Andrew me confiait son alliance, mais je savais que ces quelques lignes allaient au-delà de ce simple bijou.

Je devais lui parler. Maintenant.

Prise dans l'urgence, je cavalai jusqu'à mon vestiaire et récupérai mon téléphone portable. Je trouvai le numéro de son bureau sur son dossier « client » et, après avoir vérifié l'heure, le composai. Le connaissant, il avait dû y aller en sortant de l'avion.

— *Blake Medias*, Lauren à votre écoute, fit une voix nasillarde.

— Euh… Bonjour. J'aimerais parler à Andrew Blake, soufflai-je, surprise d'entendre son assistante me répondre.

— M. Blake est en réunion. Puis-je prendre un message ? débita-t-elle rapidement.

— Oh… Dites-lui que Kathleen Dillon a appelé.

— Un numéro où il peut vous joindre ? demanda-t-elle avec une pointe d'énervement.

— M. Blake a mon numéro. Bonne soirée, dis-je d'une voix ferme.

Je raccrochai sans laisser le temps à cette pimbêche de me saluer. Je pensai furtivement à l'appeler sur son portable mais, s'il était en réunion, il n'apprécierait pas d'être dérangé. Je me décidai finalement pour un message :

« Heureuse de ta décision. Mes soirées sont à toi. Toutes. Sans conditions. K. »

Je reposai mon portable dans un coin et, ragaillardie par cette bulle de bonheur que venait de m'offrir Andrew, je repris mes occupations.

Mon téléphone sonna trois minutes plus tard. En voyant le numéro d'Andrew s'afficher, je ris doucement.

— Bonsoir, soufflai-je.

— Je voulais entendre ta voix. Pourquoi n'as-tu pas appelé ?

— Ton assistante m'a dit que tu étais en réunion. Je ne voulais pas te déranger.

Je l'entendis soupirer lourdement, puis il appela Lauren. Intérieurement, je ressentais une forme de jubilation. Le ton qu'avait employé Andrew était sec et mâtiné de colère. De toute évidence, qu'elle fasse barrage ne lui plaisait pas.

— Lauren, quand Kathleen Dillon cherche à me joindre, vous me la passez, fit la voix étouffée d'Andrew.

— Mais…

— Peu importe. Ne jouez pas avec moi, Lauren, vous êtes à deux doigts de perdre votre job.

— Bien, monsieur Blake, murmura-t-elle.

J'entendis un nouveau soupir, puis un bruit de frottement. Andrew devait sûrement avoir retiré sa main du micro.

— Préviens-moi si cela se reproduit.

— Ce n'était rien, Andrew, soufflai-je, soudainement prise de remords. Tu es occupé, c'est normal qu'elle filtre.

— Elle ne te filtre pas, toi ! Je ne tolérerai pas que tu sois mise de côté.

— D'accord, chuchotai-je avec douceur. Merci pour… ton mot, lançai-je maladroitement. Et pour le reste aussi.

— Il était temps que je le fasse. Elle… Elle appartient au passé et je ne peux plus vivre dans son souvenir.

— Andrew, jamais je ne te demanderai d'oublier ta femme. Tu l'as aimée. Et de toute évidence, une partie de toi l'aime toujours.

— Peut-être. Comment s'est passée ta journée ? éluda-t-il rapidement.

— Bien. Je… J'ai vu Dan.

— Oh… As-tu pu lui parler ?

— Je n'ai pas eu le choix à vrai dire, il m'attendait chez moi.

— Chez toi ? s'écria-t-il. Comment est-il entré chez toi ?

— Le gardien, expliquai-je. Mais j'ai mis les choses au point avec lui.

Il y eut un court silence, et je me demandai si je devais vraiment tout lui raconter. Vu la colère qu'il avait manifestée auprès de Lauren, je n'osais imaginer sa rage si je lui racontais ma conversation avec Dan, ou à quel point cela m'avait secouée.

— Et ta journée ? demandai-je finalement.

— Longue… Chargée… Et loin de toi. J'ai dû décaler mon déplacement.

— J'ai vu. Le 15. C'est loin, avouai-je en m'apercevant à quel point je m'étais attachée à lui et à sa présence.

— Vas-tu enfin reconnaître que tu es pressée de me voir ?

— Jamais de la vie ! ris-je. Ton ego est déjà tellement monstrueux !

— Pas autant que ton entêtement ! Ceci dit, j'apprécie que tu aies appelé.

— Oh ! et pourquoi ? l'interrogeai-je en souriant.

— Parce que, d'une part, ça prouve que tu tiens un tout petit peu à moi et, d'autre part, ça limite la casse.

— Ça limite la casse ? répétai-je sans comprendre.

— Tu comprendras demain.

— Andrew ! râlai-je. Tu sais que je déteste quand tu me caches des choses.

— Je ne te les cache que pour ton propre bien.

Je grommelai, plus pour la forme que par volonté de vraiment savoir ce qu'il dissimulait. Connaissant Andrew, il avait encore fait dans l'extrême.

— Je dois te laisser, murmura-t-il.

— O.K. Passe une bonne soirée.

— Je t'embrasse. A plus tard.

L'instant suivant il raccrochait, sans même me laisser l'occasion de répondre. Un peu surprise, je regardai mon téléphone avant de le poser près de moi. Le reste de la nuit fut plutôt calme et je pris plus de temps que nécessaire pour traiter le dossier de *Blake Medias* et faire les réservations.

Et ces mêmes réservations me firent réfléchir au genre de soirée qu'Andrew voudrait passer.

Cet homme avait tout : l'argent, le pouvoir, la volonté. Mais je ne connaissais aucune de ses passions. Peut-être le piano, songeai-je en repensant au fait qu'il avait demandé de faire accorder celui de l'hôtel. Un concert… Je secouai la tête. Il venait dans quasiment un mois, et j'étais déjà en train de me ronger les sangs.

Le lendemain matin, Gregory arriva tout sourire à mon pupitre, m'apportant un café au lait. Ce simple fait était suspect. Et quand son sourire s'élargit à mesure que mes yeux se plissaient de suspicion, je paniquai presque.

— Gregory, tu me fais peur, dis-je alors qu'il s'appuyait sur mon comptoir, aussi silencieux que souriant. Qu'est-ce que tu caches ?

— Moi ? Rien !

— Gregory ! grognai-je.

— Je viens de m'apercevoir d'un truc… Si tu couches avec Blake…

— Je ne couche pas avec lui, le coupai-je vivement en rougissant.

— Oh… Bon, disons que si tu « entretiens une relation avec lui », reprit-il en mimant les guillemets avec une grimace exagérée, c'est qu'il n'entretient pas de relation avec la blonde.

— Je pensais que tu le savais déjà !

— Je le savais, mais maintenant ça veut dire qu'il est définitivement hors course et que ce joli petit lot est à moi.

Une forme de fierté et d'excitation anticipée brilla dans ses yeux. Je le regardai, me retenant d'exploser de rire.

— Gregory, je ne voudrais pas ruiner tous tes espoirs, mais j'ai l'impression qu'elle ne côtoie pas le monde des humains.

— Tu as réussi à attirer Blake…

— Je…

— Ne dis pas le contraire ! me coupa-t-il vivement. Donc, si tu as eu Blake, je peux avoir la blonde.

— Meghan, corrigeai-je. Meghan Stanton. Ton fantasme a un nom, sifflai-je.

— En effet, et toi, tu as une mission pour moi.

— Quel genre de mission ? demandai-je, soupçonneuse.

— M'aider. Je veux que cette femme tombe à mes pieds, si possible nue, et me demande de l'honorer jusqu'à la fin des temps, déclama-t-il.

Je pouffai de rire en voyant Gregory bomber le torse, convaincu par ce qu'il disait. Je repensai à Meghan, froide, distante, presque mesquine. Elle allait écraser Gregory comme on écrase un moucheron gênant.

— Greg, arrête de regarder les péplums… Le gladiateur qui réussit à séduire la femme de l'empereur, ça reste du cinéma !

— Ne sois pas défaitiste. Je compte sur toi ! Et tu as séduit l'empereur !

— Comment suis-je censée t'aider ?

— Tu as obtenu son numéro ?

— Euh… non.

— Tant pis. Il faut que tu me dises ce qu'elle aime. Je suis certain que tu as des infos, ajouta-t-il en désignant l'ordinateur devant moi.

— Je ne ferai pas ça, Gregory.

— Oh non, Kat… Pitié, ne me fais pas le coup de la fille ultraprofessionnelle !

— Je vais me gêner ! Si tu veux lui parler, vas-y. Et amuse-toi bien surtout. Elle reviendra sûrement avec And… avec M. Blake, corrigeai-je en rougissant.

— Ta ligne de défense est mauvaise, Dillon. Tu couches… ah non, pardon, tu « entretiens une relation privilégiée » avec un client. Et franchement, si tu refuses de m'aider spontanément, je vais devoir avoir recours à des méthodes honteuses et inavouables…

— Comme ? demandai-je, soudain anxieuse.

— Le chantage.

Je me crispai, songeant à tout ce que Gregory savait. Le pire, évidemment, était ce qu'il ne savait pas, mais que son esprit tordu imaginait.

— Gregory, tu ne ferais pas ça ? murmurai-je avec inquiétude. Si Perkins apprend que…

— Perkins ? Mais enfin, Kat, tu me prends pour qui ?

— J'ai cru que…

— Kat, ce qui se passe entre Blake et toi ne regarde que Blake et toi… Et moi aussi, accessoirement, mais ce n'est qu'un détail. J'ai mieux pour te faire chanter…

— Vraiment ?

Un sourire géant et effrayant s'étira sur ses lèvres. La phase de soulagement, que je venais de ressentir en apprenant que Gregory ne dirait rien à Perkins, s'effaça aussitôt. Gregory avait été flic dans une ancienne vie, il savait comment faire pression efficacement. Il retira une enveloppe de sa poche et la posa devant moi, laissant fermement son index dessus.

L'inconnu.

Chapitre 2

— La lettre contre ton aide.

— Ce n'est pas fair-play, Greg !

— Je t'écoute, triompha-t-il alors que je pianotais sur mon clavier, défaite.

Je soupirai, à la recherche d'informations sur Meghan Stanton. Sincèrement, je ne croyais pas une seconde qu'elle respirerait ne serait-ce que le même air que Gregory. Mais il avait une lettre pour moi et, malgré les derniers événements, je m'étais attachée à l'homme qui m'écrivait.

— Elle a réservé une séance de massage lors de son dernier séjour. Tu devrais peut-être commencer par là, suggérai-je.

— Parfait…

Il relâcha la lettre et je l'attrapai vivement avant de la fourrer dans ma bannette. Gregory, heureux comme un pape, s'éloigna.

— Gregory ?

— Oui ?

— Fais dans le classique avec elle : fleurs, dîner… flatteries, ajoutai-je avec une pointe d'ironie.

— J'y penserai ! lança-t-il avant de regagner son bureau.

Sam arriva pour assurer la relève quelques instants plus tard.

Ce n'est qu'une fois assise dans le métro, bercée par le

ronron de la rame, que je ressortis la lettre de l'inconnu. A l'intérieur, je trouvai la photo d'une ville, baignée par la nuit et seulement éclairée par quelques lumières isolées. Je la regardai un long moment, la retournai même, avant de la glisser derrière la lettre.

« Chère Marie,

Merci. A l'exclusion de ma famille, il est rare que je reçoive des cadeaux aussi… personnels. Je suis vraiment touché. Un livre… C'est plus qu'un livre. Je me souviens que dans votre première lettre, vous me conseilliez de lire. J'ai suivi cette recommandation et je suis heureux que ce roman fasse partie de mes lectures à venir.

Je ne peux pas croire que votre vie soit si calme. Vous enviez la mienne, quand j'envie la vôtre. Vous avez du temps. Vous pouvez faire des choses, moi… je cours. Constamment. Après le temps qui file, après mon travail, après les gens que j'aime. Je n'ai pas assez d'heures pour faire les choses correctement. Néanmoins, j'essaye…

Le destin ne vous a pas oubliée. Sinon, je ne serais pas en train de vous écrire cette lettre. Vivez votre vie, Marie. Ne vous enlisez pas dans ce que vous n'aimez pas… N'était-ce pas les bons conseils que vous me donniez il n'y a pas si longtemps ?

Vous voulez être rassurée ? J'ouvre vos lettres dans le silence le plus complet. J'attends d'être seul, je coupe la musique, je ferme les fenêtres, j'éteins mon téléphone et je découvre votre courrier. Le bruit du papier me rend heureux. Ouvrir vos lettres, c'est… excitant. C'est comme si, lettre après lettre, je vous découvrais un peu plus. Et j'aime en savoir plus sur vous.

Ma grande passion n'est pas partageable par écrit. Je joue du piano. Mal la plupart du temps. Mais ma famille tente de me faire croire l'inverse. Dieu merci, je ne dors plus dans ma chambre d'enfant. J'ai un lit d'adulte maintenant !

Vous souvenez-vous de votre premier message ? Il parlait du destin et d'une main tendue. Je crois l'avoir trouvée. Elle est… incroyable. J'ai la sensation d'être moi quand je suis auprès d'elle et, quelque part, je sais que c'est grâce à vous. Vous m'avez poussé à ouvrir les yeux, à mettre de côté ma solitude. Pour vous d'abord, et maintenant pour elle.

Vous n'avez pas idée à quel point vous écrire m'a sauvé. De bien des façons. J'ose seulement espérer que mes lettres vous apportent quelque chose d'aussi fort. Je me sens presque redevable et honteux de vous devoir autant.

A défaut de vous jouer du piano, j'ai quand même un cadeau pour vous. C'est ce que je vois quand je vous écris. C'est ce qui m'inspire quand je vous écris. Sauf pour cette lettre… Mais c'est toujours la nuit que je vous écris. Peut-être devrais-je chercher une explication rationnelle à ça ?

Je vous embrasse… Et si je pouvais, je vous enlacerais. Je ne sais pas si on peut dire ce genre de choses dans une lettre, mais vous êtes importante pour moi.

Votre inconnu. »

Je relus la lettre plusieurs fois, et manquai de louper mon arrêt. Je sortis du métro en courant avant de gagner mon appartement. J'ôtai mon manteau et mon bonnet, et me précipitai dans mon lit. La fatigue me gagna dès que je posai la tête sur l'oreiller.

A mon réveil, en milieu d'après-midi, j'étais encore comateuse. Je me fis un thé et consultai mon téléphone portable. J'avais un message d'Andrew :

> La plupart des gens comptent les jours… Personnellement, je compte les nuits qui me séparent de toi. Prends soin de toi. A.

Cette fois, je ne retins pas mon sourire. Mon mug à la main, je fixai la vue brumeuse devant moi. Je pensai de nouveau à notre nuit ensemble, à son sourire, à ses mots, au fait qu'il voulait que j'oublie qui il était. J'avais déjà oublié. A mes yeux, Andrew Blake n'était plus un millionnaire excentrique et arrogant, il était juste l'homme avec qui j'avais dormi, l'homme pour qui j'étais l'exception, l'homme pour qui je comptais les jours avant son retour.

L'homme à qui je devais une soirée.

Voilà sur quoi j'allais devoir œuvrer. Furtivement, je songeai que je ne savais que très peu de choses sur lui, et même pas la nourriture qu'il aimait. Je fronçai les sourcils, à la recherche d'une idée à la fois originale et à ma portée. Si lui pouvait se permettre d'être excentrique, moi, je devais plutôt agir dans la mesure.

Perdue dans mes pensées, je finis mon thé et consultai encore une fois mon portable. J'étais tentée de lui envoyer un message pour avoir son avis. Mais je savais que ce serait peine perdue. Il prendrait un malin plaisir à ne pas me répondre et, par ailleurs, je voulais le surprendre. C'est la sonnerie de mon Interphone qui me tira de mes songes.

— C'est Maria, chanta la voix de la fleuriste de l'hôtel.

Je la laissai accéder à l'immeuble et, quelques secondes plus tard, elle sonna à ma porte. Quand je lui ouvris, elle était tout sourire, les mains dans son dos.

— Livraison à domicile, expliqua-t-elle en entrant dans le salon.

Andrew… Qu'avait-il encore manigancé ? Je refermai la porte derrière elle et lui fis face. De son dos, elle sortit une longue et superbe rose blanche.

— C'est son assistante qui a appelé mais, crois-moi, rien qu'à la commande, je savais que c'était lui, expliqua-t-elle en me tendant la fleur.

Je pris la rose d'entre ses mains et souris en la portant à mon nez. Son parfum était légèrement capiteux, mais j'aimais ça. Je savais désormais qu'il me serait impossible de ne pas associer Andrew à ces roses.

— J'ai préféré venir te l'apporter moi-même, dit doucement Maria en me tirant de mes pensées.

— Merci d'avoir fait le déplacement. Ce n'était pas nécessaire pour si peu.

— Kat, je vois ton sourire, je sais que ce n'est pas « si peu ».

— Ce n'est pas ce que je voulais dire. Andrew m'a habituée…

— Andrew ? Oh ! Donc ce n'est plus « Monsieur Blake » ? fit-elle avec un air faussement étonné.

— Les choses ont un peu… évolué.

— Oh…

— Mais c'est encore tôt. Et je suis ravie qu'il ait fini par se contenir et par faire dans la mesure, soulignai-je en désignant ma rose solitaire.

— Oh ! Kat, tu es tellement naïve ! rit Maria soudainement.

Je fronçai les sourcils, cherchant une explication à son hilarité. Je reportai la fleur sous mon nez, m'enivrant de son parfum. Le rire de Maria s'éteignit et elle me fixa un long moment.

— Je ne venais pas que pour ça, à vrai dire, avoua-t-elle dans un murmure.

— Vraiment ?

— Vraiment. J'aurais très bien pu te faire livrer cette rose, mais Andrew Blake est du genre têtu et persuasif.

Elle se dandina sur ses pieds et sembla soudainement mal à l'aise. Je l'invitai à s'asseoir et m'installai près d'elle.

— Qu'est-ce qu'il t'a demandé de faire ? soupirai-je en songeant à ses multiples abus de pouvoir.

— Eh bien… Il y a la rose… et il y a ça, hésita-t-elle en posant un écrin sur la table.

Je fixai le petit cube de velours devant mes yeux. J'aurais reconnu la marque entre mille : Cartier. Les bijoux. Le souvenir de sa petite mascarade pour me faire essayer le cadeau de sa mère me revint en tête. Près de moi, j'entendis Maria soupirer lourdement avant de se frotter les mains sur son pantalon.

— Oh ! fis-je, tétanisée.

— J'ai dû aller le récupérer à la boutique.

— C'est… impossible, murmurai-je.

Rapidement, j'analysai la taille de la petite boîte et confrontai mes observations au souvenir de ma soirée dans sa suite. De toute évidence, il ne s'agissait ni d'un collier ni d'un bracelet. Je déglutis violemment, prise dans une forme de tourbillon de joie et de peur. Tout allait trop vite avec lui. Tout était dans l'excès, dans la violence, dans la puissance. Je détestais la façon dont il imposait son point de vue.

Je souris à cette pensée. C'était aussi son arrogance qui m'avait séduite. Son abnégation à me vouloir, sa manière de me chambouler, rien qu'avec son regard étincelant… Ses baisemains m'avaient conquise. Et maintenant, dans le silence le plus complet, auprès de Maria, je me demandais si je devais ouvrir cette boîte ou faire comme si elle n'existait pas.

— Tu devrais l'ouvrir, lâcha Maria près de moi.

— Tu crois ?

— Eh bien, je pense qu'ainsi tu arrêteras de regarder cette boîte comme si elle allait exploser dans la minute.

— Il faut que je lui dise de cesser ça, soupirai-je en prenant finalement l'objet entre mes mains.

— « Ça » quoi ?

— Les excès en tout genre, précisai-je en ouvrant l'écrin.

Un peu tremblante, je découvris une sublime paire de boucles d'oreilles. J'entendis Maria gémir d'aise. Je lui lançai un regard et, d'un même mouvement, nous nous affaissâmes toutes les deux sur le canapé.

— Je comprends mieux pourquoi il n'avait pas le budget pour les fleurs, rit Maria près de moi.

— Il est dingue… Quel genre d'homme fait ce style de cadeau à une femme qu'il connaît à peine ?

— Le genre qui a les moyens. Et je dois avouer qu'il a plutôt bon goût.

— Je ne sais pas si je dois accepter.

— Oh que si, tu acceptes. Tu le remercies et tu bénis le ciel que cet homme veuille te couvrir de bijoux.

— Maria, c'est un client de l'hôtel !

— Demande-lui de changer d'hôtel.

— Maria ! râlai-je.

— Kat, tu ne devrais pas te faire autant de soucis. Tu peux gérer ça.

— Les cadeaux hors de prix ?

— Lui. Il te veut, constata-t-elle en se levant de mon canapé.

— Il me veut et donc je dois juste être d'accord ? l'interrogeai-je, stupéfaite par son raisonnement.

— Tu sais que ce n'est pas ce que je veux dire. Il ne te veut pas comme la plupart des hommes veulent une femme. Il n'est pas… vulgaire ou… pressé. Kat, ce type est sûrement prêt à tout pour toi. Tu trouves que ces boucles sont excessives ?

Sincèrement, je parierais ma boutique qu'il ne trouvera jamais rien de suffisamment excessif pour toi.

— Je ne remets pas en cause Andrew ou ce qu'il pense ressentir pour moi, expliquai-je en me levant à mon tour. Je dis juste que toute cette situation est étourdissante. J'aimerais prendre le temps de le connaître… Tiens, je ne sais même pas quel genre de cuisine il aime, marmonnai-je en repensant à l'organisation de notre soirée.

— Je dois y aller, mais promets-moi de ne pas être trop dure avec lui. Savoure ce qu'il t'offre.

— Mais il t'a mise dans sa poche, on dirait ! m'écriai-je en riant.

— Je t'ai dit qu'il a été persuasif ! Pour tout te dire, je ne lui ai même pas facturé cette livraison ! soupira-t-elle, comme presque déçue d'être aussi faible avec lui.

J'éclatai de rire et l'embrassai furtivement sur la joue. Elle se dirigea vers la porte et s'éclipsa en direction des ascenseurs. Je l'observai de loin, heureuse d'avoir une femme comme elle à mes côtés. Je refermai la porte doucement et récupérai mon téléphone portable.

A nous deux, Andrew.

— *Blake Medias*, Lauren à votre écoute.

— Bonjour, Kathleen Dillon pour Andrew Blake, je vous prie.

— Ne quittez pas, m'intima-t-elle sèchement.

Il y eut un petit silence puis, après un déclic, la voix d'Andrew me parvint :

— Ce que j'aime chez cette fleuriste, c'est qu'elle tient toujours parfaitement les horaires de livraison, rit-il.

— Tu n'aurais pas dû ! le grondai-je gentiment.

— Je savais que la rose était de trop. Toujours s'en tenir à l'idée de base !

— Andrew ! râlai-je. Ces boucles sont magnifiques, vraiment, ce n'était pas nécessaire.

— En effet… Mais j'ai toujours cru qu'un cadeau ne devait pas être nécessaire. Donc, je te rejoins sur ce point.

— Que suis-je censée faire maintenant ? interrogeai-je.

— Est-ce que pleurer en m'attendant serait trop te demander ?

— « Trop me demander » ? Depuis quand t'inquiètes-tu de « trop m'en demander » ? plaisantai-je.

— Je ne veux pas te faire fuir, répondit-il avec sérieux.

Le silence s'imposa entre nous. Le ton léger de notre conversation était en train de laisser place à autre chose. Je sentis une boule se former dans ma gorge et, brutalement, je n'eus plus la force de le contredire. De toute façon, je ne voulais pas lui mentir : la fuite faisait partie de moi.

— Elles te plaisent ? s'inquiéta-t-il finalement.

— Elles sont superbes.

— Je me targue d'avoir un goût certain pour les choses… précieuses, dit-il avec une voix chaude.

Je retins un rire nerveux. Andrew avait le chic pour me mettre mal à l'aise en une simple phrase.

— Tu travailles cette nuit ?

— Oui. Et la nuit prochaine.

— J'espère que tes clients sont sages avec toi.

— Oh… la routine, certains m'offrent des fleurs, d'autres des bijoux… Parfois, j'ai droit à un billet de cinq dollars, ris-je.

— Ton rire m'avait manqué.

Encore un silence. J'entendis sa respiration dans le combiné et, pendant une courte seconde, j'imaginai qu'il était près de moi, sa main calée dans mon dos. Maria avait raison : je devais savourer ces instants-là.

— Je dois admettre que tu me manques aussi un peu.

— Pourquoi fais-tu ce genre d'aveux quand je suis à des kilomètres de toi ?

— Je présume qu'être au téléphone simplifie les choses.

— Oh… Donc, je ne devrais pas te dire que cette ligne renvoie sur mon portable, et que je suis peut-être à New York.

— Vraiment ? m'écriai-je en sautillant de joie.

— Non, fit-il en riant. Mais j'aurais aimé voir ta tête !

— Tu es méchant !

— Je ne veux que ton bien. Je t'assure, uniquement ton bien, ajouta-t-il. Je ne ferai jamais rien pour t'embarrasser.

— Oh… Donc mon bonheur passe avant tout le reste, j'imagine, plaisantai-je en espérant détendre l'atmosphère.

— Kathleen, j'ai perdu la femme que j'aimais, je n'ai pas vu… ce que j'aurais dû voir. Je ne tiens pas à revivre ça encore une fois.

Sa voix était lourde et sérieuse. Je me mordis les lèvres, me retenant de lui demander des détails. Sa femme était morte dans un accident, il la regrettait, mais quelque chose dans sa conduite me laissait penser que je ne savais pas tout.

— Est-ce que… Est-ce qu'un jour tu me parleras d'elle ? l'interrogeai-je prudemment.

— Je ne crois pas, répondit-il sèchement. Ce n'est pas contre toi, reprit-il plus doucement, c'est juste que je ne veux pas me replonger dans tout ça.

— D'accord, murmurai-je, un peu déçue. Il faut que je te laisse, je dois me préparer.

— Tu me forces à t'imaginer nue ou presque, et c'est moi le méchant ? sourit-il.

— Andrew…, gémis-je doucement, imagine-moi dans ma tenue du Peninsula, je suis certaine que tes fantasmes vont vite s'éteindre.

— Ne crois pas ça… Tu n'as pas idée du nombre de fois où j'ai rêvé de t'enlever ce truc immonde. Tu n'es pas faite pour ça !

— « Ça » quoi ? Le polyester ?

— Exactement.

— Alors pour quoi suis-je faite ? Le satin et la soie ?

— Même pas… Juste nue.

J'éclatai de rire, m'imaginant en train de déambuler nue devant lui. L'image n'avait finalement rien de choquant, mais je doutais de pouvoir le faire un jour. Non seulement ce n'était pas trop mon style mais, en plus, je n'étais pas spécialement à l'aise avec mon corps.

— Je dois vraiment te laisser, dis-je entre deux rires.

— Juste quand la conversation devenait enfin intéressante !

— Je ne crois pas que poursuivre cette discussion soit vraiment utile, m'esclaffai-je.

— En effet. Je préférerais l'avoir face à face. Peut-être même que je trouverais un moyen agréable de te faire taire !

— Voilà qui est bien présomptueux, monsieur Blake. Et comment feriez-vous ça ?

— Je croyais que tu ne voulais pas poursuivre cette conversation ? rit-il.

— J'aimerais juste savoir jusqu'où vont tes capacités de persuasion.

— Plus loin que tu ne l'imagines. Peut-être même plus loin que je ne l'imagine moi-même. Il faut croire que je suis prêt à faire l'impossible pour toi.

Je sentis mes joues se colorer vivement. Cette voix, cette

façon de faire des promesses aussi profondes sans en avoir l'air me chamboulaient totalement. Le monde cloisonné que je m'étais créé était en pleine explosion. A cause de lui. Pour lui.

— Tu redeviens présomptueux, plaisantai-je.

— Je suis très sérieux, Kathleen, murmura-t-il. Vraiment sérieux. Crois-moi, j'aimerais être près de toi. Etre présomptueux au téléphone est nettement moins drôle. Je préférerais te voir, t'entendre, te toucher…

— Et remettre en cause notre relation professionnelle ?

— Kathleen ! râla-t-il.

— Pardon… Bientôt, soufflai-je. Bientôt tu pourras faire toutes ces choses. Me faire toutes ces choses, précisai-je en me mordant les joues d'anticipation.

— Pas assez vite, approuva-t-il d'une voix profonde.

— Bonne soirée… Et… encore merci pour les boucles, hésitai-je.

— Mon plaisir, mademoiselle Dillon. Et puis le son de ta voix est le meilleur des remerciements.

Je rougis de nouveau et fus heureuse qu'il soit de l'autre côté du pays. Il n'avait pas besoin de voir l'adolescente qu'il faisait resurgir en moi. Il en aurait été trop heureux et m'aurait rendue folle. Après un silence succinct, il reprit la parole :

— Serait-ce présomptueux de t'embrasser avant que tu ne détales pour exaucer les vœux de tes clients millionnaires ?

— Non, répondis-je, j'adorerais ça. Tu peux compter sur ma discrétion professionnelle.

— Et voilà qu'elle retrouve la raison, lâcha-t-il comme un grand soulagement. Je t'embrasse, Kathleen, dit-il dans un murmure.

Je frissonnai et serrai le téléphone avec force. J'étais à deux doigts de perdre le contrôle. Aurait-il dit un mot que j'aurais rappliqué immédiatement à ses côtés, laissant ma vie derrière moi.

— Andrew ? l'interpellai-je avant qu'il ne raccroche.

— Oui ?

— Concernant cette relation professionnelle…

— Oui, grommela-t-il, apparemment peu ravi que je revienne sur ce sujet.

— Tu es ma seule exception, soufflai-je.

Je devinai son sourire et l'imaginai enfin détendu. Je n'avais pas vraiment eu l'occasion de le côtoyer sans être en lutte contre lui. Mais l'entendre rire, voir son visage calme et serein, me plonger dans son regard étincelant feraient définitivement partie de mes priorités lorsqu'il serait de retour.

— Tu n'imagines pas… combien je suis… heureux de l'apprendre. Plus qu'heureux même.

— Je voulais juste que tu le saches. Je t'embrasse.

Je raccrochai, le sourire aux lèvres et une joie débordante envahissant mon corps.

En milieu d'après-midi, Lynne m'appela pour passer un moment avec Philip et elle, et discuter de l'organisation de la cérémonie. Le mariage de mon amie était assez loin sur ma liste des priorités. Andrew Blake avait littéralement tout balayé sur son passage. Soudain, je compris à quel point ma vie me semblait terne, triste et vide. Le même sentiment de solitude et de routine qu'avait généré l'annonce de l'inconnu me saisit.

Il fallait que je le remercie dans ma prochaine lettre. Sans lui, je n'aurais sûrement jamais osé franchir le pas. Avec un sourire, je fourrai l'enveloppe dans mon sac, envisageant de lui répondre pendant la nuit. Je quittai l'appartement et m'engouffrai rapidement dans le métro. L'hiver avait repris ses droits et le froid me pénétrait jusqu'aux os.

Je rejoignis Philip et Lynne dans un petit café qui se voulait être une réplique améliorée du Caffè Greco. Les futurs mariés discutaient, deux tasses fumantes devant eux.

— Bonsoir ! dis-je joyeusement.

— Oh… Te voilà. Cappuccino ? proposa Lynne.

— Cappuccino, c'est parfait. Bonsoir, Philip.

— Kat, me salua-t-il froidement alors que Lynne s'éclipsait pour passer commande. Comment vas-tu ?

— Bien, je te remercie. Comment vont les préparatifs ?

— Ça avance. Lynne est très organisée. Elle gère parfaitement la situation.

— En effet. La cérémonie sera superbe, je n'en doute pas.

Philip me lança un sourire glacial. Ses yeux étaient sombres, inexpressifs, provoquant, comme toujours lorsque j'étais en sa présence, ce sentiment de malaise. Mais je présumais que comme pour de nombreux hommes sur le point de se marier, les préparatifs ne l'intéressaient pas. Lynne revint avec mon cappuccino et je la remerciai.

— J'ai un service à te demander, hésita-t-elle avec une voix douce.

— Je t'écoute, dis-je en portant la tasse à mes lèvres.

— J'aimerais que ton père me conduise à l'autel.

— Quoi ? m'écriai-je. Mais… Mais mon père te connaît à peine !

Si mes souvenirs étaient bons, ils s'étaient croisés deux fois, au cours de l'unique voyage de mon père à New York. Je savais qu'il avait tout de suite apprécié Lynne et sa bonne humeur permanente, mais je ne pensais pas qu'ils étaient si proches.

— Kat, tu sais… pour mes parents, reprit doucement Lynne. Je ne veux pas remonter l'allée seule.

— Je… Enfin… Lynne, je ne peux pas me prononcer pour lui. Appelle-le.

— C'est vrai ? Tu es certaine que cela ne te dérange pas ?

Je lançai un regard en biais vers Philip. Je me demandais pourquoi ce n'était pas son père à lui qui accompagnerait Lynne. Mais il aurait été malvenu d'engager la conversation sur ce sujet.

— Certaine, assurai-je à mon amie. Appelle-le. Au moins, ça lui fera une excuse pour venir me voir !

— Super ! Merci, Kat.

Lynne retrouva instantanément son sourire et son visage radieux. Elle n'avait jamais eu la chance de connaître ses parents et avait été ballottée de foyer en foyer avant d'intégrer l'université. Je ne pouvais pas lui reprocher de vouloir un mariage digne de ce nom, avec non seulement la robe et la réception, mais aussi quelqu'un pour l'accompagner jusqu'à l'autel. J'avais de la chance d'avoir mon père, j'allais le partager.

— Seras-tu accompagnée ? me demanda brutalement Philip.

— Je… Euh…, balbutiai-je. Je… Je ne sais pas.

— Tu ne veux pas demander à Dan ? proposa Lynne.

— Dan et moi avons rompu il y a deux jours.

— Oh… Il me semblait pourtant que cela fonctionnait entre vous deux.

— Parfois, on fait de mauvais choix. L'amour n'est pas qu'une question de logistique.

Le sourire de Lynne s'effaça et ses traits se durcirent.

Evidemment, ma remarque valait avant tout pour son mariage précipité. J'aurais tellement aimé qu'elle le comprenne enfin et s'aperçoive qu'elle courait à sa perte.

— Donc, tu seras seule ? s'inquiéta Philip.

— Je ne sais pas. Peut-être.

— Peut-être ? Tu sors avec quelqu'un d'autre ?

Je baissai la tête, fixant la tasse à moitié vide entre mes mains. Je ne savais pas vraiment comment qualifier ma relation avec Andrew. Et de son propre souhait, il voulait préserver sa vie privée. Même si Lynne était mon amie, même si je brûlais de lui faire partager mon expérience, je ne pouvais pas vraiment en parler.

— Pas vraiment. C'est un peu… compliqué, expliquai-je.

— Compliqué ? répéta Philip, dubitatif. Tu sors avec un homme marié ? rit-il.

Mes yeux s'agrandirent et mon regard navigua entre Philip, hilare, et Lynne, passablement consternée. Elle savait. Je baissai les yeux de nouveau, ne supportant pas le rire gras de Philip. Non seulement cela me mettait mal à l'aise mais, en plus, il me donnait l'impression que ma relation avec Andrew était choquante.

— Un homme marié ? répéta Lynne.

— Je ne veux pas en parler. A vrai dire, ça ne regarde personne.

— Je croyais que la situation était sous contrôle ? demanda-t-elle sèchement.

— Certaines choses ne se contrôlent pas, Lynne ! Peut-être devrais-tu, toi aussi, t'en rendre compte !

— Je sais où je vais, merci. Mais comment peux-tu croire qu'il… ?

— Qu'il quoi ? Qu'il s'intéresse à moi ?

— Qui est-ce ? demanda Philip. Tu le connais, chérie ?

Elle se tourna vers lui et, avant que je ne puisse l'en empêcher, la bombe explosa :

— Andrew Blake ? s'étonna-t-il alors que son sourire s'effaçait.

— C'est un client de l'hôtel, précisa Lynne.

— Evidemment que c'est un client, il a des parts dans la chaîne ! s'exclama Philip. Ce type cherche à s'implanter à New York depuis au moins cinq ans !

— Vraiment ? m'étonnai-je. Tu le savais, Lynne ?

— Non... Non, bien sûr que non. Je me suis toujours appliquée à le servir comme un client. Tu le connais ? demanda-t-elle à son fiancé.

— Pas vraiment... Le monde des affaires est un petit monde. Mais ce type est vraiment puissant. Ce n'est pas un secret : il détient un véritable empire avec ses journaux, mais je sais qu'il veut aussi investir dans la construction, ici. Je ne serais pas étonné qu'il ait un projet en cours.

Il y eut un petit silence, presque gênant. Lynne était toujours sous le choc après avoir appris qu'Andrew possédait en partie l'hôtel. Quant à moi, j'étais abasourdie. Chaque fois que je pensais enfin voir le véritable Andrew Blake, je découvrais une nouvelle facette de sa personnalité. Philip finit son café rapidement et me lança un coup d'œil discret :

— Je présume qu'il s'est remis de la mort de sa femme ? lâcha-t-il avec ironie.

— Sa femme est morte ? s'exclama Lynne. Mais quand allais-tu enfin te décider à m'en parler ? m'interrogea-t-elle, vexée d'avoir été mise à l'écart.

— Andrew veut rester discret. Personne n'a besoin de savoir ça... ni le reste, ajoutai-je. S'il te plaît, Lynne.

— Est-ce que c'est sérieux entre lui et toi ?

— Ça peut le devenir, murmurai-je. Je ne sais pas trop.

— La mort de sa femme a été terrible pour lui, expliqua Philip. Pendant un moment, on a même cru qu'il allait se retirer complètement des affaires. Mais c'est un coriace, les sentiments n'ont pas de prise sur lui.

— Philip ! m'exclamai-je, voulant prendre la défense d'Andrew.

— Oh ! Kat, Philip a sûrement raison, renchérit Lynne en posant une main compatissante sur la mienne. Tu ne devrais pas trop… t'emballer. Reste sur tes gardes. Tu es sûre pour Dan ? demanda-t-elle finalement.

Je retirai vivement ma main, me faisant presque mal. Je toisai Lynne, lui lançant mon regard le plus mauvais. Comment osait-elle ? C'était mesquin.

— Lynne, tu n'es pas la mieux placée pour les conseils relationnels. Ne devions-nous pas parler de cet incroyable mariage que tu prépares ?

Elle se redressa légèrement, piquée au vif, et sortit des feuilles de son agenda. Je devinais des larmes au bord de ses yeux, mais me refusais à la réconforter. J'aimais Lynne, elle était incroyable et pleine d'énergie, mais son mariage était une véritable erreur.

— Et ça fait longtemps avec Blake ? m'interrogea Philip, hermétique à mon combat avec mon amie.

— Je ne crois pas que cela te regarde ! ripostai-je.

Il sembla étonné par ma colère et leva les bras devant lui en signe de défense. Il s'enfonça dans la banquette et enroula son bras autour de Lynne. Si de prime abord cela semblait tendre et bienvenu entre deux personnes qui allaient se marier, je constatais sur le visage de Philip une absence totale d'émotion. Il agissait mécaniquement, avec distance malgré leur apparente proximité, son regard vide se baladant autour de nous, ne s'attardant jamais sur sa future femme.

Mon téléphone vibra dans ma poche et je découvris un message d'Andrew :

> Ne pourrai passer qu'une nuit à New York. Garde-la-moi. A.

La déception me gagna. Il était loin, et je doutais d'être suffisamment rassasiée de lui en seulement une nuit.

— C'est lui ? me demanda Philip.

— Oui… Il… Son planning est compliqué.

— Il ne vient plus la semaine du 15 mars ? demanda Lynne, repassant ainsi en mode professionnel.

— Seulement une nuit, soupirai-je avec tristesse.

Je secouai la tête, chassant cette déconvenue. Lynne m'observa, son planning ultraprécis entre les mains, un sourire compatissant sur les lèvres.

— Bien. Si nous parlions de l'organisation de ce mariage ? proposai-je pour changer de sujet.

— Parmi tes nombreuses missions, tu devras préparer un discours.

— Un discours ? Un discours sur les joies du mariage ?

— Les joies du nôtre en l'occurrence, rectifia-t-elle dans un sourire.

Je lui souris à mon tour, lui signifiant que ma colère brutale avait finalement disparu, heureusement dissipée par l'irruption inattendue d'Andrew.

Je relus son message encore et encore. J'aurais pu lui répondre que j'étais déçue, mais je ne voulais pas l'accabler.

J'espérais juste qu'il gérait au mieux ses priorités, mais une part de moi souhaitait naïvement être « sa » priorité.

— Hé ! souffla Lynne, me sortant soudain de ma torpeur. Ne t'en fais pas, je suis certaine que tout va bien se passer.

— Je… Je suis juste déçue, avouai-je.

— Que dirais-tu de faire en sorte que cette soirée soit inoubliable ?

— Que… Quoi ?

— Demain, shopping… Ça tombe bien, il me faut aussi certaines choses… pour la nuit de noces, ajouta-t-elle en jetant un coup d'œil vers Philip.

Mais le sourire de Lynne s'effondra aussitôt en voyant que son fiancé pianotait sur son téléphone portable. Un voile de tristesse passa dans son regard, mais elle le masqua quand il se tourna enfin vers elle :

— Désolé, chérie. Une urgence au travail, s'excusa-t-il. Tu disais ?

— Rien… rien. Tu dois retourner au bureau ? demanda-t-elle.

— En effet. Je suis navré, mon ange. On peut reparler de tout ça ce soir ? s'enquit-il en désignant les feuilles entre Lynne et moi.

— Bien sûr.

Philip l'embrassa furtivement sur les lèvres. Malgré tous les efforts de Lynne pour paraître détendue et heureuse, son regard restait sombre. Elle eut un soupir à peine perceptible et se força à sourire.

— Est-ce que tout va bien ? l'interrogeai-je.

— Je… Oui… J'aurais aimé qu'il reste, c'est tout.

— Lynne, soupirai-je. Quand vas-tu enfin ouvrir les yeux ?

— Il a un poste à responsabilité, l'excusa-t-elle

— Plus important que votre mariage ? Plus important que

toi ? Voyons, Lynne, tu… tu te trompes ! lâchai-je, lassée de son entêtement. Tu te trompes sur ta relation avec lui.

— Je l'aime, marmotta-t-elle.

— Tu cherches à te convaincre de ton amour pour lui. Philip ne t'aime pas, Lynne, il se sert de toi. Tu es juste… jolie, tu lui donnes l'image qu'il cherche à obtenir.

— Philip n'est pas comme ça. Nous avons une relation posée et sincère.

— Et tu te complais dans ce genre de choses ?

— Tout le monde n'a pas la chance de s'envoyer en l'air avec un millionnaire ! lâcha-t-elle en fuyant mon regard.

Estomaquée, je la toisai, me retenant presque de la gifler. Comment pouvait-elle juger notre relation ? Comment pouvait-elle me juger, « moi » ? L'argent d'Andrew ne m'avait jamais intéressée, elle le savait.

— La seule chose qui me retient de te gifler, c'est l'amitié que je te porte. Je t'adore, Lynne, mais explique-moi d'où sort cette agressivité ? demandai-je sèchement. Qu'est-ce qui te pose problème ? Que je couche potentiellement avec Blake ou que je vive quelque chose que tu ne connaîtras jamais ?

— Comment peux-tu croire que c'est sérieux ?

— Arrête ! Tu ne sais rien, sifflai-je. Tu n'as aucune raison d'être jalouse… Sauf si, bien sûr, ta relation idyllique avec Philip n'est finalement qu'un mensonge.

— Philip, lui, est réel. Tu vis dans une espèce de conte de fées surnaturel.

— A ta place, je ne m'inquiéterais pas de mon monde, mais plutôt de l'existence qui t'attend. Tu es avec un homme obsédé par son compte en banque. A ses yeux, tu es un objet de décoration, au mieux. Alors je vis sûrement dans un conte de fées, ce que je fais te semble sûrement complètement fou, mais je vis, Lynne. Je vis ce dont j'ai envie. Je suis moi-même avec lui…

— … Et son argent, finit-elle froidement.

— J'ose croire qu'il préfère être obsédé par moi plutôt que par son argent. Tu peux dire ce que tu veux, rien ne me fera changer d'avis sur Andrew. Et il s'agit de toi. Tu vas dans le mur. Tu vas être malheureuse, tu… Bon sang, tu n'es pas cette fille triste et terne !

— Kat, après quelques années de relation, tu verras que tout tourne ainsi. Au début, c'est l'extase et, ensuite, il te reste juste à survivre au quotidien. Si Andrew tient un tantinet à toi, tu n'échapperas pas à ça, c'est inéluctable.

— Arrête de comparer ma vie à la tienne. Je sais ce que je veux, et je sais que je ne veux pas ce que tu partages avec Philip. D'ailleurs, que partages-tu exactement avec lui ?

Ses yeux s'emplirent de larmes et je culpabilisai presque d'avoir été si rude. Notre amitié était forte. Elle avait résisté à nos multiples prises de bec au sujet de son mariage avec Philip mais, si jamais je devais faire un choix, je le ferais sans hésitation. Je ne voulais pas cautionner ce mariage et mon rôle était de la faire réagir. Elle était comateuse, triste, renfermée. Sauf en présence de…

— J'en étais certaine ! soufflai-je devant son éloquent silence. Lynne, la dernière fois que je t'ai entendue rire, ce n'était pas avec Philip ! lançai-je en espérant lui faire comprendre ce qu'elle refusait obstinément de voir.

Elle fronça les sourcils et chercha dans ses souvenirs. En vain. Elle secoua la tête et finit par reprendre les feuilles de papier entre nous pour les rassembler.

— Nathan Evans, soufflai-je. Voilà le dernier homme qui t'a fait rire.

— Le collaborateur de Blake ?

— Lui-même. Et ne me fais pas croire que tu es surprise !

— Je le suis ! mentit-elle effrontément.

— Passe-moi ton téléphone ! lui ordonnai-je en tendant la main.

— Quoi ?

— Passe-moi ton fichu téléphone !

— Pour quoi faire ? demanda-t-elle, suspicieuse. Je… Il n'a plus de batterie, mentit-elle de nouveau.

— Oh… Je présume que l'afflux de messages a fini par l'achever, plaisantai-je pour détendre l'atmosphère.

— Ce n'est pas ce que tu crois, se défendit-elle. Ce type croit que… Enfin, il tente de me draguer. Je lui ai dit que j'étais fiancée, mais…

Elle secoua la tête et je compris qu'elle était perdue. Quelque part, elle cherchait la solution. Elle avait cette vie toute tracée avec Philip : son mariage, des enfants, des réceptions. Un monde sans saveur dans lequel elle ne devrait qu'acquiescer doucement. Et il y avait l'autre vie, celle où elle riait, celle où elle discutait dans un coin sombre.

— Lynne, je vous ai vus le soir de la réception d'Andrew. Tu te cachais. Il te parlait, et tu te cachais ! m'exclamai-je, victorieuse. Et tu continues de te cacher avec ton téléphone !

— C'est faux ! s'écria-t-elle mollement.

— Pitié, Lynne, ce type te fait sentir bien et, pour une raison foireuse, tu refuses de l'admettre.

— C'est… Ce n'est pas… Je…, hésita-t-elle en se passant une main sur le visage.

— Mais il sait que le destin t'a mise sur sa route pour une bonne raison, finis-je en riant.

— Le destin ? Pitié, Kat... Ne me ressors pas tes salades sur les âmes sœurs !

Elle soupira lourdement, évitant mon regard. Je savais que j'avais réussi à la faire vaciller sur ce qu'elle croyait juste et acquis. Elle ne pouvait pas épouser Philip. Son téléphone sonna et je levai un sourcil moqueur.

— Plus de batterie, hein ?

— La ferme ! sourit-elle, alors qu'enfin, soulagée, je m'aperçus qu'elle avait compris.

Elle prit son portable et lut le message. Je me tordais le cou, espérant découvrir ce que Nathan pouvait bien lui raconter. Elle croisa mon regard et rabattit l'appareil contre elle en souriant.

— Ce type est fait pour toi ! assénai-je, confiante.

— Définitivement, répliqua-t-elle en riant.

Elle me tendit son téléphone et je découvris un message d'excuse de Philip, suivi d'une invitation à dîner pour ce soir dans un restaurant chic. Je réprimai un grognement et acceptai ma défaite provisoire. Je m'enfonçai dans la banquette pendant que Lynne lui répondait, un large sourire irradiant son visage.

— Donc, ce discours, reprit-elle, plus détendue.

Je poussai un profond soupir, abandonnant finalement toute idée de lui démontrer son erreur. A regret, je prêtai une oreille attentive à ses préparatifs.

Je l'écoutai religieusement, faisant fi des doutes sérieux que j'avais sur son mariage.

Chapitre 3

En sortant du café, je rejoignis immédiatement l'hôtel, permettant ainsi à Sam de gagner trente minutes sur son service. Il m'en remercia chaleureusement avant d'enchaîner sur les passations. Le nom d'Andrew sur la liste des appels retint mon attention.

— Andrew Blake a appelé ?

— Juste avant que tu arrives. Apparemment, son planning est plutôt compliqué.

— C'est-à-dire ?

— Tu devrais normalement recevoir un fax de son assistante, mais il est possible qu'il débarque la semaine prochaine.

— La semaine prochaine ! m'exclamai-je vivement.

— Cela te pose un problème ? demanda Sam, un peu surpris par ma réaction violente.

— Je… Euh… Non… C'est juste que… Enfin, ce n'était pas prévu, bégayai-je en rougissant.

Sam fronça les sourcils, renonçant à comprendre mon excitation manifeste. J'avais un sourire jusqu'aux oreilles, et me retenais presque de danser pour faire partager ma joie. Il venait la semaine prochaine !

Après le départ de mon collègue, je scrutai nerveusement le fax, vérifiant qu'il avait bien du papier et qu'il était convenablement branché. Quand, enfin, il émit un petit son strident, je sursautai sur ma chaise et arrachai quasiment la feuille de l'appareil. Il avait confirmé : une nuit, la semaine prochaine ! Je lâchai un petit cri extatique avant de soupirer comme une adolescente devant la photo de son idole. Cet homme était en train de faire de moi une pile hormonale !

Je ne résistai pas à composer son numéro au bureau, espérant entendre le son de sa voix. Mais, de nouveau, ce fut Lauren et sa voix détestable qui m'accueillit.

— Andrew Blake pour Kathleen Dillon, dis-je par automatisme.

— M. Blake est en déplacement actuellement. Je lui ferai savoir que vous avez appelé.

— Merci, pourriez-vous…

— Bonne fin de journée, me coupa-t-elle froidement.

Garce ! Pour une raison obscure, cette femme ne m'appréciait pas. Un peu refroidie par cet appel, la joie que j'avais ressentie s'évapora petit à petit. J'envoyai tout de même un SMS sur le portable d'Andrew, lui demandant de me rappeler.

Ma nuit fut calme jusqu'à l'arrivée de Lynne, à l'aube. Il était à peine 7 heures quand elle franchit la porte tambour. Elle me lança un regard triste et désemparé et s'arrêta à mon pupitre.

— Aurais-tu un peu de temps à la fin de ton service ?

— Bien sûr. Est-ce que tout va bien ? l'interrogeai-je. Tu as l'air…

— Je n'ai pas fermé l'œil de la nuit, avoua-t-elle. Sûrement le stress du mariage.

— Sûrement, approuvai-je avec un sourire compatissant.

Dès que Sam réapparut pour prendre le relais, je fonçai dans le bureau de Lynne. Je la trouvai devant la seule source de lumière de son bureau : son écran d'ordinateur. Sans dire un mot, elle m'invita à m'asseoir et me tendit un dossier.

— Séjour de Blake la semaine prochaine, lâcha-t-elle en guise d'explication. C'est son planning détaillé.

— Oh… J'ai reçu le fax hier soir.

J'ouvris le dossier, découvrant qu'Andrew ne restait effectivement qu'une seule nuit, mais qu'il venait avec Meghan et Nathan. J'étais presque déçue. Il y avait de fortes chances qu'il ne puisse pas me consacrer de temps. Egoïstement, j'aurais voulu qu'il vienne pour moi. Maintenant, je savais que ce n'était pas le cas.

— De quoi voulais-tu me parler ? m'enquis-je.

— Philip te propose une visite d'appartements ce week-end. Il veut t'accompagner.

— Philip ? Lynne, je n'ai pas besoin qu'il soit là. Je pensais juste qu'il allait me mettre en relation avec des agents immobiliers…

— Il y a trois appartements qu'il veut te faire visiter, et ils sont tous proches de chez nous. Peut-être pourras-tu te joindre à nous pour le dîner ?

— Oui… OK… Bien sûr. Est-ce que tout va bien, Lynne ? Vraiment, tu m'inquiètes.

— Philip est rentré tard, et je me suis couchée tard… Trop tard sûrement, impossible de trouver le sommeil. Du coup, j'ai pensé que venir travailler serait tout aussi bien.

Elle porta son mug de café à ses lèvres, fuyant mon regard. Je devinai les cernes sous ses yeux, mais l'expression de son visage n'était pas de la fatigue. Elle s'inquiétait. Quelque chose la tourmentait.

— Lynne, si tu veux me parler, tu sais que tu peux.

— Je connais déjà ton avis sur le sujet.

Soudain, son téléphone vibra et elle le chercha du regard quelques secondes, avant de le trouver enfoui dans des papiers et des factures. Elle eut un bref sourire, puis le remit en veille.

— Concernant Blake…

— Lynne, je ne veux plus aborder le sujet avec toi…

— Juste… Fais attention à toi, Kat. Pour l'instant, tout te paraît beau et facile, mais je ne voudrais pas qu'il te fasse du mal.

— Andrew n'est pas comme ça.

— J'espère, murmura-t-elle. On se voit ce week-end alors ? enchaîna-t-elle rapidement.

— Sans faute. Remercie Philip pour son temps, c'est vraiment gentil à lui.

— Je le ferai, assura-t-elle.

Ce n'est qu'en regagnant mon appartement que je m'aperçus que j'avais oublié de répondre à l'inconnu. Je me fustigeai d'être aussi tête en l'air, et ce, juste parce qu'Andrew venait passer une nuit à New York.

« Cher inconnu,

Merci pour votre photo. Ce paysage est superbe et majestueux. Et tourmenté. Tout à fait à votre image donc. Le reflet d'une partie de votre âme, que vous m'ouvrez si volontairement. Pour une raison idiote, je pense que vous entendre jouer du piano ne doit pas être si terrible. Et pour une raison encore plus idiote, je sais que si cette photo m'ouvre une partie de votre âme, le piano en ouvre une autre. Une partie plus secrète, que vous cachez. Sûrement pour une bonne raison. La même raison qui fait que vous m'écrivez la nuit. Seriez-vous insomniaque ?

Depuis que je suis enfant, je crois au destin, aux rencontres, aux petits signes invisibles et pourtant importants que la vie nous fait. La plupart du temps je suis seule à y croire, parce que quand on devient adulte, il semblerait que cette part de magie disparaisse. Le destin ou la raison, voilà les choix que nous sommes amenés à faire encore et toujours.

Je ne doutais pas que le destin finirait par vous faire un signe. Je suis tellement heureuse que vous ayez trouvé cette main tendue et qu'elle vous fasse sentir bien. J'aimerais vraiment que vous me parliez d'elle. Est-ce la belle âme dont parlait votre annonce ? Est-ce différent ? Je sais que nous n'avons encore jamais abordé le sujet, mais souhaitez-vous me parler de votre ancien amour ? Ce n'est pas de la curiosité malsaine, c'est juste que je ne crois pas avoir jamais connu dans mon entourage une personne capable d'aimer autant. Cela m'intrigue.

Je ne sais qui de vous ou moi apporte le plus à l'autre. Toujours est-il que vos lettres sont toujours un moment de joie dans mes journées. Comme vous me le faisiez si pertinemment remarquer, j'ai suivi mes propres conseils. Je vis. J'ai, moi aussi, rencontré quelqu'un. Quelqu'un de radicalement différent, et qui me pousse, à chacune de nos rencontres, à être une autre. Je ne dirais pas que je suis une autre, c'est juste qu'il révèle une facette de ma personnalité que je ne connaissais pas. Il est… comment dites-vous ?… incroyable. C'est ça. Au sens premier.

A vrai dire, si je pouvais, je vous laisserais m'enlacer. Pas juste pour vous faire plaisir, mais aussi pour vous remercier de vos lettres, de la joie qu'elles m'apportent, de la force qu'elles me donnent.

Je ne sais pas non plus si cela se dit dans une lettre, mais vous êtes aussi important pour moi, cher inconnu. Accepteriez-vous maintenant de me donner votre prénom ? On devient intimes, vous et moi…

Je vous embrasse,
Marie. »

Je mis l'enveloppe sous pli et, l'instant d'après, gagnai mon lit pour un sommeil réparateur.

J'enchaînai les deux nuits suivantes sur le même rythme, mais l'absence de nouvelles d'Andrew commençait à m'inquiéter.

Le vendredi soir, alors que je profitais de mon début de week-end, mon téléphone sonna enfin et je me ruai dessus.

— Kathleen ? fit la voix d'Andrew.

— Bonsoir, dis-je dans un souffle.

A vrai dire, j'avais cavalé dans tout l'appartement pour être certaine de ne pas louper cet appel.

— Nouveau numéro ? l'interrogeai-je en voyant un numéro inconnu s'afficher sur mon écran.

— Excuse-moi de ne pas avoir appelé plus tôt. On m'a volé mon téléphone portable et mes papiers.

— Quoi ? m'exclamai-je.

— J'étais en déplacement à Sacramento et je me suis aperçu hier soir que je n'avais plus rien. Je ne sais même pas où j'ai pu me faire dépouiller… Enfin, ce n'est pas grave, rassure-toi.

— D'accord. Euh… Ce numéro est-il définitif ?

— Tu envisages de me rappeler ? plaisanta-t-il.

— Ma seule exception, monsieur Blake… Il me semblait que vous le saviez dorénavant.

— Mais c'est tellement bon de te l'entendre dire de nouveau. Et, oui, c'est mon numéro définitif. Juste pour toi.

— Juste pour moi ? J'ai droit à une ligne privée avec toi ? souris-je.

— Tu as droit à bien plus que ça. Mais oui, tu peux m'appeler quand tu veux directement sur cette ligne.

— Bien. Merci de cette délicieuse attention. J'apprécie.

Il ne répondit pas et je m'inquiétai de nouveau. J'avais un pressentiment étrange et désagréable. Même s'il se montrait drôle et prévenant, il y avait une forme de malaise.

— Aurais-je le plaisir de te voir mardi soir ? demanda-t-il d'une voix profonde.

— Ça dépend. Veux-tu me voir au travail ou… en dehors du travail ?

— Oh… Attends, je réfléchis… Kathleen en polyester ou Kathleen nue… Humm…

— Te voilà redevenu cet homme présomptueux et arrogant.

— Nue, définitivement, m'ignora-t-il.

Je ris doucement, resongeant à la proposition de Lynne. J'avais vraiment besoin de refaire quelques achats. Andrew me voulait nue, mais je me doutais qu'il apprécierait quelques éléments… décoratifs.

— Pouvons-nous dîner ensemble ? demanda-t-il.

— Euh… A vrai dire, j'ai vu que tu venais avec tes collaborateurs, donc…

— Certes, mais j'ai fait le nécessaire pour avoir ma soirée de libre.

— Tu ne recules devant aucun sacrifice.

— Aucun pour toi. Tu dois le savoir. Tu es… importante pour moi, avoua-t-il après avoir cherché le mot adéquat. Vraiment importante, compléta-t-il.

— Je sais, admis-je. Parfait pour le dîner, je demanderai à Lynne de modifier mon planning.

— Excellent. Italien, n'est-ce pas ?

— En effet. Quelle excellente mémoire ! le félicitai-je.

— Il n'y a pas un détail que j'ai oublié te concernant. Aucun. Je sais que ta couleur préférée est le vert, et que tu sais faire un nœud de cravate. Tu aimes Keats et tu es attachée aux valeurs éculées. Tu ne te laisses pas faire, jamais. Tu ne sais pas danser, mais ce n'est qu'un adorable détail chez toi. Tu ne sais pas non plus mentir…

— Je…

— Je sais aussi que tu as couru pour prendre cet appel, parce que j'ai entendu ta respiration hachée. Je sais aussi que ton corps est chaud sous les draps et, sincèrement, il me tarde de renouveler cette expérience et de sentir ta peau sur la mienne.

— Andrew, soufflai-je, le rouge aux joues.

— Dis-moi seulement si je me trompe, murmura-t-il.

— Non, avouai-je.

— Je n'oublie rien te concernant, parce que tu es importante.

— Tu es… dingue, souris-je. Vraiment dingue.

— Seulement par ta faute. J'ai hâte de te voir mardi.

— Moi aussi. Vraiment hâte. Tu… Je… Je t'embrasse, bégayai-je.

— A mardi.

J'entendis un petit déclic et compris qu'il avait raccroché. Je restai plusieurs minutes interdite, regardant sans le voir mon écran de téléphone. Il avait raison : il me connaissait, mais moi je ne savais encore rien de lui. Du moins, pas suffisamment pour lui tenir le même genre de discours.

Je me promis de creuser davantage le sujet dès mardi soir. Quand je me glissai dans mon lit, la dernière pensée qui me hanta fut la perspective de sentir sa peau sur la mienne.

Le lendemain, je me préparai activement dans l'attente de Philip. Ce dernier devait venir me chercher pour me guider dans la visite de trois appartements. Avec dix minutes d'avance, il sonna à ma porte.

— Désolé, je suis un peu en avance, la circulation a été plus fluide que ce que je croyais.

— Pas de problème. Entre, je t'en prie.

Il me fit une bise rapide sur la joue et pénétra dans mon salon. Son métier de promoteur immobilier reprit le dessus et je le vis regarder rapidement autour de lui.

— Je sais, je sais… C'est loin d'être le plus bel appartement du coin mais, quand j'ai aménagé, je n'avais pas vraiment les moyens.

— J'imagine, murmura-t-il.

— Je finis de me préparer, j'en ai pour deux minutes.

Je m'éclipsai en direction de la salle de bains, retenant mes cheveux dans une queue-de-cheval. J'enfilai un gilet et rassemblai mes affaires dans mon sac à main. Quelques minutes plus tard, je retrouvai Philip suspendu à son téléphone, parlant visiblement affaires.

— Parfait. Oui, j'ai fait le nécessaire. Le contrat est de toute façon conforme à ce que nous avions prévu.

Philip me jeta un coup d'œil et, d'un mouvement de tête, m'informa qu'il avait quasiment terminé sa conversation.

— Le délai ? Comme toujours, le plus vite sera le mieux… Je sais, sourit-il. Pourquoi pas ? Je vais sûrement avoir un créneau dans la semaine.

Il éclata de rire et s'éloigna de moi. Je l'observai de loin, finissant mon mug de café presque froid. Je n'avais jamais été réellement proche de Philip. Je savais qu'il était promoteur, mais je pris conscience que je ne connaissais pas vraiment la taille de son empire.

— Je dois te laisser, dit-il après un nouveau rire. Toujours un plaisir de bosser avec toi. Comme la dernière fois, crois-moi, j'en garde un souvenir impérissable. Si seulement…

Brutalement, il se tourna vers moi et, presque surpris, sembla se souvenir qu'il n'était pas seul. Il mit fin à la conversation et raccrocha.

— Une relation de travail sur la côte Ouest, expliqua-t-il rapidement.

— Oh… Tu bosses sur la côte Ouest aussi ?

— Depuis peu… Je prospecte. Les opportunités se présentent à moi et je n'ai pas l'intention de les laisser filer, sourit-il.

— Je comprends.

— Tu es prête ? On peut y aller ? demanda-t-il.

— Parfaitement.

Nous rejoignîmes le véhicule de Philip, une voiture noire surpuissante qui, à elle seule, en disait suffisamment sur l'homme orgueilleux qu'il devait être. Il m'ouvrit la portière avec une étonnante galanterie et je m'installai.

La conduite de Philip était vive et brutale. Je fus presque ravie de la fluidité de la circulation, tant je souhaitais sortir au plus vite de cette voiture.

— Lynne m'a dit que tu cherchais un deux-pièces. Je ne connaissais pas ton budget, alors j'ai tapé dans la moyenne.

— C'est tout à fait ça. Ce sont des logements neufs ? l'interrogeai-je.

— Neufs, oui. Trois programmes différents, mais si tu es vraiment intéressée par un de ces appartements, je ferai en sorte que tu ne payes pas le vrai prix.

— Une ristourne ? plaisantai-je.

— Exactement ! C'est bien le moins que je puisse faire. Et Lynne va me tuer si je ne fais rien pour t'aider.

Il sortit de la voiture et, de nouveau, fit preuve de galanterie en m'aidant à m'extirper du véhicule. Je compris à cet instant comment Lynne était tombée dans le panneau. Philip donnait le change. Il était, de prime abord, drôle, gentleman et prévenant. Mais quelque chose clochait dans toute cette liste. Parfois même, la façon dont il regardait Lynne était suffisamment parlante. Il ne la voyait pas vraiment, se contentant d'en faire un accessoire dans sa quête de réussite et de pouvoir.

Le premier appartement était lumineux et situé à un étage élevé. Comme de nombreux logements neufs, il était avant tout fonctionnel et le moindre mètre carré avait été optimisé. J'en fis le tour rapidement pendant que Philip, en retrait, attendait.

Le deuxième ressemblait en tout point au premier, hormis le bruit permanent de la circulation.

Et le troisième fit mon bonheur, il n'avait rien de ces lieux modernes et froids. La résidence en elle-même avait gardé l'ancienne façade en pierres et en briques, lui conférant un peu de chaleur. L'appartement était simple, avec une chambre assez petite mais baignée de lumière. J'observai la vue sur New York à travers la baie vitrée. J'étais conquise.

— C'est celui-ci, affirmai-je avec force à Philip.

— Vraiment ? Tu es certaine ?

— Certaine. J'aime cet endroit. Je m'y vois déjà.

— Oh… O.K., balbutia-t-il. Il sera disponible début avril, certains travaux de plomberie doivent être en cours de finition. Je t'envoie un contrat dès demain.

— Avec la ristourne ?

— Avec la ristourne, assura-t-il. Je suis content que cela t'ait plu. Je te propose qu'on aille fêter ça.

— Lynne doit nous attendre, murmurai-je en constatant qu'il était 18 h 30 passées.

— Sûrement.

Et de nouveau, je dus subir sa conduite sportive dans les rues de New York.

Nous arrivâmes rapidement à leur domicile et Lynne sortit le champagne quand je lui appris que j'avais trouvé l'appartement de mes rêves.

Si mon après-midi s'était passé sans accroc, la soirée me déplut rapidement. Après avoir avalé d'un trait sa flûte de champagne, Philip s'exila dans son bureau pour y travailler.

— Parlons de toi… Alors, le retour de Blake ?

— Mardi, normalement. Et il ne vient pas seul.

— Oh ! fit Lynne en s'affaissant sur sa chaise. Est-ce que…

— Oui, son collaborateur sera là.

Elle rougit violemment avant de baisser les yeux vers son assiette. Je souris largement, secouant la tête tellement la situation était irrésistiblement drôle.

— Mais je présume que tu étais déjà au courant ? m'enquis-je pour la tester.

— Je… Oui. Enfin, tu sais, le planning que son assistante nous envoie est toujours complet… donc…

— Oui. Le planning, dis-je en levant les yeux au ciel.

Brutalement, une idée me vint. Evidemment, cela n'allait pas plaire à Andrew, mais quelque chose me disait que je devais tenter.

— Andrew et moi prévoyons de dîner ensemble mardi soir. Que dirais-tu de te joindre à nous ?

— Pour tenir la chandelle ?

— J'étais prête à proposer à Nathan de nous rejoindre. Il est de bonne compagnie, tu sais. Plutôt sympa même.

Elle leva les yeux sur moi, puis me regarda avec suspicion… ou jalousie peut-être. En tout cas, quelque chose ne lui convenait pas.

— Sympa ? répéta-t-elle sans comprendre.

— J'ai déjà eu l'occasion de dîner avec lui. Il m'a raconté un truc hilarant sur un bœuf qui l'a…

— … piétiné à quinze ans, finit-elle dans un sourire. Il fait du rodéo.

Je levai un sourcil, attendant une explication. Lynne remuait toujours sa nourriture et se rendit compte de ce qu'elle venait de dire en croisant mon regard.

— Enfin… C'est ce qu'il dit sur sa page Facebook, balbutia-t-elle, gênée. Je… Je suis tombée dessus par hasard. Je cherchais des infos… sur Blake, expliqua-t-elle piteusement.

— Andrew n'a pas de page Facebook… Et je ne crois pas que Nathan en ait une.

— Ah ?

— Lynne, j'ai été journaliste dans une ancienne vie. J'ai déjà fait mes recherches sur Andrew, et il n'a pas de page… Maintenant, je veux bien la vraie explication.

— Je… On parle, un peu, lui et moi.

— Vous parlez ?

— Il m'envoie des SMS et parfois… je réponds.

— Parfois ?

— Souvent, avoua-t-elle.

Je souris largement et me calai la tête dans le creux de ma main. Lynne commençait enfin à s'ouvrir et la voir ainsi, à la fois perdue, heureuse et coupable, était jouissif.

— Donc… Enfin, arrête-moi si je me trompe, la seule chose qui t'empêche de dîner avec nous, c'est Philip ? Tu peux lui dire que c'est un dîner d'affaires, soufflai-je en haussant les épaules. Je doute qu'il vérifie…

— Kat ! s'écria-t-elle. Je ne vais pas lui mentir !

— Donc il sait au sujet de tes « discussions » avec Nathan ?

— Non ! Bien sûr que non ! Il imaginerait le pire ! De toute façon, nous avons prévu de dîner ensemble, Philip et moi. Mardi, c'est l'anniversaire de notre rencontre.

— D'accord, Lynne, dis-je avec un sourire. Je comprends, mentis-je.

Nous finîmes notre repas en silence, mais les rares fois où je levai les yeux sur Lynne, c'était son téléphone qu'elle regardait.

Avant de quitter son appartement, je lui demandai mon changement de planning pour mardi. Elle accepta sans rien ajouter.

Ce fut là ma dernière soirée de répit.

Le lendemain matin, je compris pourquoi Andrew voulait tellement préserver sa vie privée. Le choc fut rude et, même si je ne le perçus pas sur l'instant, ma vie allait changer.

— Allô ? fis-je en répondant à ma ligne fixe.

— Kathleen Dillon ? me demanda une voix masculine.

— C'est moi, oui.

— Bonjour, je suis journaliste au *Post*, nous aimerions vous parler de votre relation avec Andrew Blake.

— Comment avez-vous eu mon numéro ? m'enquis-je, le cœur battant.

— Donc, vous la confirmez ?

Je raccrochai aussitôt puis, deux heures plus tard, après huit appels identiques, je débranchai mon téléphone et me décidai à prévenir Andrew :

La presse vient de m'appeler à notre sujet. K.

Je sais. Ne dis rien. Tout va bien ? A.

Tout va bien. J'ai coupé ma ligne. K.

Parfait. Je t'appelle dès que possible. A.

Après plusieurs jours d'hésitation, je rebranchai mon téléphone. Je savais qu'il me faudrait changer de numéro. Dans la semi-obscurité de l'appartement, je me sentis brutalement seule. Je restai devant la baie vitrée, réfléchissant aux dernières semaines, à Andrew, à moi, à ma vie d'avant et à celle que je menais maintenant.

C'est de nouveau la sonnerie du téléphone qui me sortit de ma torpeur dans un sursaut. Le numéro d'Andrew s'afficha sur mon portable : l'ancien numéro. Je décrochai et, après un faible « allô », n'entendis qu'une respiration sifflante.

— Qui êtes-vous ? criai-je, le cœur battant.

Mais très vite, la communication fut coupée. Quand je tentais de rappeler, une voix métallique m'annonça que la ligne n'était plus attribuée. La panique me gagna totalement quand, quelques secondes plus tard, le numéro d'Andrew, le nouveau cette fois, apparut sur mon écran.

— Allô ? fis-je d'une voix tremblante.

— Kathleen ? Mon Dieu, est-ce que tout va bien ?

— Je… Oui… Quelqu'un vient d'appeler. Sur ton ancienne ligne.

— Mon ancienne ligne ? s'étonna-t-il. Je l'ai pourtant fait désactiver. Je vais me renseigner. J'ai fait le nécessaire pour que tu ne sois plus importunée. Nathan a rédigé un communiqué de presse qui paraîtra demain. J'ose espérer que ces vautours cesseront de te tourner autour. Tout va s'arranger, assura-t-il.

Avant que je ne comprenne pourquoi, je sentis les larmes couler sur mes joues. Quelque chose avait cédé en moi. Ces coups de fil de la presse, puis cet appel étrange… Le simple fait d'entendre la voix d'Andrew m'assurer que tout irait bien était la goutte d'eau. Parce que j'avais déjà entendu ce discours et que c'était la plus fausse des assertions.

— Kathleen ? S'il te plaît… S'il te plaît, ne pleure pas. Je te promets de faire l'impossible pour toi. Tu le sais, n'est-ce pas ?

— C'est… C'est juste que… Tu n'es pas là, avouai-je d'une voix étranglée. Et… Et même si je te crois, je sais aussi que… ils n'arrêteront pas. On ne cessera de me dire et de me répéter que j'ai eu une relation avec toi, articulai-je entre deux sanglots.

— Que tu as eu ? répéta-t-il d'une voix blanche. Kathleen, je ne veux pas… te perdre. Ni maintenant ni jamais. Tu ne peux pas faire ça ! s'écria-t-il soudain.

— Moi, non, mais toi, oui.

— Tu… Tu crois que je vais te quitter ? Tu crois que… Kathleen, n'as-tu donc rien compris ? N'as-tu donc aucune confiance en moi ?

Je reniflai lourdement et essuyai mes joues d'un revers de main. Ma petite crise de nerfs était en train de prendre des proportions désastreuses.

— Ils vont se calmer, assura-t-il. Parce qu'ils tiennent sûrement plus à leur argent qu'à écrire un article croustillant.

— O.K., soufflai-je en me calmant.

— Kathleen, j'ai conscience que notre… relation n'est pas simple. Elle te met dans une position ambiguë et je refuse que tu sois une victime de plus. J'ai déjà vécu ça. La mort d'Eleanor a été la pire chose de ma vie. La pire. Mais je sais aussi que tu es, toi, la meilleure chose qui me soit arrivée depuis… longtemps. Je t'ai déjà dit que je ferais tout pour te préserver, et je le ferai, sans aucune restriction.

— D'accord. Je… Excuse-moi, c'est juste que… les choses prennent une proportion monumentale, alors que…

— J'ai lutté pour toi, et je continuerai. Ne me laisse pas, ajouta-t-il dans un murmure.

— Je ne suis pas une fille qui abandonne facilement, souris-je en espérant alléger l'atmosphère.

Il soupira, évacuant ainsi la tension de cette conversation, et je devinai la trace d'un sourire.

— Ça me va… Le communiqué paraîtra demain. Y a-t-il autre chose que je puisse faire ?

— Non… Tu en as déjà fait beaucoup, il me semble. Fais juste en sorte d'être là mardi.

— Je ne manquerais ça pour rien au monde… Surtout que…, commença-t-il avant de s'arrêter.

— Surtout que quoi ?

— Comment dire ? Je crois savoir que tu as fait des… préparatifs en vue de ma visite.

— Lynne… et Nathan, conclus-je, presque mortifiée.

J'entendis le rire d'Andrew, heureux et léger. Je me mordis fortement la lèvre, réprimant la honte et le rouge qui gagnait mes joues.

— Génial ! maintenant je me sens ridicule, marmonnai-je.

— Tu n'as aucune raison de te sentir ridicule. A vrai dire, j'apprécie ton geste. Mais la prochaine fois, j'espère… pouvoir t'accompagner.

— Oh… Vraiment ? Je pensais que tu étais plutôt du genre à faire venir la boutique à toi.

De nouveau son rire résonna, mais il s'arrêta très vite. Je tendis l'oreille et compris que notre conversation avait été interrompue. Je devinai la voix de Lauren, et fus surprise de constater qu'elle travaillait un dimanche.

— Lauren est avec toi ? m'inquiétai-je.

— Je l'ai fait revenir pour diffuser le communiqué de presse. Ne t'inquiète pas pour elle, elle est grassement rémunérée en contrepartie.

— A vrai dire, je m'inquiétais plutôt pour sa vie familiale. On est dimanche, Andrew ! N'as-tu donc aucune pitié ? m'exclamai-je.

— Elle était libre de refuser. Je n'impose à personne quoi que ce soit… Sauf peut-être à toi. Je dois couper, éluda-t-il. Je prends un vol demain pour Sacramento, et ensuite un autre mardi matin pour New York. On se rejoint au Peninsula vers 20 heures puis je t'emmène dîner.

— Cette organisation me convient tout à fait.

— Très bien. A mardi alors… Il me tarde, ajouta-t-il dans un murmure à peine audible.

— Moi aussi. A mardi.

Je raccrochai et passai une main sur mon visage ravagé par les larmes. Parler avec lui avait apaisé certaines de mes craintes, mais pas toutes. Quoi qu'il fasse, quoi qu'il dise, il y aurait toujours un risque ou un journaliste un peu trop zélé pour affronter Andrew et son armée d'avocats. Après m'être assurée que mon appartement était bien fermé à clé, je me couchai et m'enroulai dans ma couette.

A mon réveil, vers 10 heures, tout me sembla plus… calme. New York était bien réveillée, si j'en jugeais par le bruit de la circulation et la hargne des automobilistes envers leur Klaxon. Je pris le temps de me faire un thé avant de m'apercevoir que je devais aller faire des courses.

Cette normalité aurait dû m'inquiéter. Au supermarché, au moment de régler mes achats, la caissière me fixa avec intensité, scrutant mon visage. Je baissai le regard, gênée par cet examen un peu trop minutieux.

— Vous êtes la fille du journal ? s'enquit-elle alors qu'elle vérifiait mon nom sur la carte de crédit.

— Je vous demande pardon ?

— Le journal d'aujourd'hui. Z'êtes dedans ! expliqua-t-elle en saisissant un exemplaire du rayon pour me montrer la photo qui avait été prise lors de la réception d'Andrew.

J'arrachai le journal de ses mains et mes yeux parcoururent la page devant moi. Il y avait un article sur Andrew, une photo de moi et, juste après, le communiqué de presse. Incrédule, je repliai le journal et le glissai dans mon sac.

— Faut payer, madame ! cria la jeune femme outrageusement maquillée.

— Oui… Oui, bien sûr.

Elle me rendit ma carte, et je lui tendis un billet de cinq dollars pour régler le journal.

— Alors, c'est bien vous, non ?

— Ma monnaie, je vous prie, lui demandai-je un peu sèchement.

Elle me la posa brutalement sur le comptoir et haussa les épaules. Je ramassai aussi vite que possible les pièces éparpillées devant moi et, armée de mes deux sacs de courses, je courus presque jusque chez moi. Je rangeai rapidement mes achats avant de me concentrer sur l'article consacré à Andrew. De toute évidence, le journaliste ne s'était pas foulé, reprenant juste des informations biographiques puis ma présence à ses côtés.

Ensuite, il y avait le communiqué de presse :

> Mesdames, Messieurs,
>
> Nous avons été avisés d'agissements déplorables envers Kathleen Dillon, en raison de ses liens avec Andrew Blake, président de *Blake Medias*.
>
> Andrew Blake se refuse à commenter toutes assertions ou rumeurs s'agissant d'une potentielle relation amoureuse avec Mlle Dillon. Sa présence à la réception donnée lors du lancement du magazine *Powerfull* ne doit donner lieu à aucune interprétation autre que son amitié avec Andrew Blake.
>
> Comme depuis de nombreuses années, nous vous saurions gré de respecter la vie privée d'Andrew Blake, de sa famille ainsi que celle de Kathleen Dillon.
>
> Les méthodes de harcèlements, d'enquêtes et de filatures récemment constatées doivent cesser immédiatement sous peine de poursuites immédiates devant les tribunaux compétents.
>
> De la même façon, toute photo non officielle d'Andrew Blake ou de Kathleen Dillon publiée dans la presse donnera lieu à une demande de confiscation de tous les exemplaires parus.
>
> Ce communiqué vaut avertissement. Des plaintes seront déposées immédiatement en cas de non-respect de ces demandes.

Je repliai le journal. Curieusement, je n'étais ni heureuse ni triste, juste estomaquée. J'avais la sensation de perdre le contrôle de ma vie, de n'être qu'un pantin dans des mains mal avisées. Je voulais juste être avec Andrew, devais-je vraiment subir tout ça ? La presse, les communiqués, les regards en biais au supermarché… Sous prétexte de vouloir à tout prix garder notre relation cachée, nous étions en train de nous exposer aux yeux de tous. Même si je comprenais le choix d'Andrew, je ne savais pas si j'étais capable de survivre à la lame de fond Blake.

Je finis par me décider à débrancher définitivement ma ligne fixe. Je passai la journée entière cloîtrée chez moi, œuvrant à me changer les idées. Même si le temps me parut long, ce ne fut rien en comparaison du mardi.

Je regardais l'heure toutes les dix minutes, espérant arriver à 20 heures, comme par magie. Je n'arrivais pas à définir si j'étais anxieuse, ou simplement nerveuse. Je sentais juste cette boule désagréable dans le creux de mon ventre, qui grossissait au fur et à mesure que la journée avançait.

Au milieu de l'après-midi, alors que je sirotais un thé en tentant d'oublier Andrew Blake et ce que sa seule présence dans la même ville que moi provoquait, la sonnette de ma porte retentit. Je sursautai avant de vérifier l'identité de mon visiteur à travers le judas. Maintenant que les journalistes connaissaient mon numéro de téléphone, il y avait fort à parier qu'ils avaient aussi mon adresse.

Mais très vite un sourire remplaça le masque d'anxiété et mon visage se détendit totalement. J'ouvris au livreur attitré de Maria — un jeune homme un peu lunaire, mais souriant. Je le remerciai rapidement avant de porter la dizaine de roses blanches à mon nez. Divines.

« En attendant ce soir, avec toute mon affection (et mon empressement…). Andrew. »

« P.-S. : Une voiture viendra te chercher à 19 h 30. Rendez-vous directement dans ma suite. »

A 18 heures, je m'enfonçai dans un bain moussant… Ma baignoire était ridiculement petite et me forçait à garder les jambes légèrement repliées, mais j'avais besoin de me détendre. Evidemment, cela ne fonctionna pas.

A 19 heures, j'enfilai une robe bleue et des escarpins noirs, réprimant les tremblements intempestifs de mes mains. Assise dans mon canapé, j'attendis que le temps passe… avant, finalement, de cesser de lutter et de quitter cet endroit. Je patientai dans le hall, guettant l'arrivée d'une des voitures de l'hôtel devant la porte. Et enfin, un peu avant l'horaire convenu, un de nos chauffeurs se présenta. Je fronçai les sourcils alors qu'il m'ouvrait la portière. Andrew Blake savait-il faire dans la simplicité ? Cette berline sombre, aux vitres teintées, était sûrement une des plus luxueuses du parc à la disposition des clients.

Soudain, un élément me revint à l'esprit : Andrew Blake n'était pas qu'un client. Il était aussi en partie propriétaire de la chaîne gérant le Peninsula… Forcément, cela lui octroyait certains privilèges. Je m'installai sur la banquette recouverte de cuir, cherchant un moyen efficace de me détendre. L'habitacle était silencieux et, très vite, je me perdis dans la contemplation de la ville, des rues grouillantes et des lumières multicolores.

Ce n'est qu'en longeant le Peninsula que je m'aperçus que nous ne prenions pas l'accès habituel mais gagnions directement le garage au sous-sol. Après s'être garé, le chauffeur vint m'ouvrir la portière et m'escorta jusqu'à l'ascenseur. Mes talons claquaient bruyamment sur le béton peint et, même si j'étais dans un endroit connu, éclairé et sûrement ultrasécurisé, je ne pouvais m'empêcher de ressentir une pointe d'angoisse.

Je remerciai poliment le chauffeur et appuyai sur le bouton menant au dix-neuvième étage.

Tout en regardant les chiffres défiler, je triturai ma pochette, la maltraitant presque entre mes mains. Je réajustai mon gilet, espérant que le redoux de la météo, entamé cette semaine, ne me fasse pas défaut. En arrivant à l'étage de la suite, alors que mes escarpins s'enfonçaient dans le moelleux de la moquette, je compris que cet hôtel avait définitivement quelque chose de magique, et la soirée à venir ne faisait que renforcer cette intime conviction.

Chapitre 4

Après avoir pris une profonde inspiration, je toquai à la porte de la suite. Celle-ci s'ouvrit dans un petit déclic, et un sourire se dessina automatiquement sur mes lèvres quand je croisai le regard gris métallique de Nathan.

— Bonsoir, Kathleen, dit-il en s'effaçant pour me laisser entrer.

— Juste Kat, corrigeai-je.

— Laissez-moi vous aider, proposa-t-il en m'aidant à retirer mon gilet.

Il m'indiqua le chemin du salon et je le suivis, cherchant une trace de la présence d'Andrew dans la suite. Il m'invita à m'asseoir sur le canapé, faisant dos à la chambre, avant de s'installer face à moi dans un des fauteuils.

— Andrew ne devrait pas tarder, il avait une *conf call* avec San Francisco.

— Oh… Pas de soucis. Je suis un peu en avance de toute façon, souris-je.

— Il m'a chargé de vous accueillir et, pour être honnête, c'est la première fois que j'apprécie qu'il me refile son travail.

— J'imagine qu'il doit être exigeant.

— Il l'est. Mais il est incroyablement loyal, ça compense.

— Vous êtes aussi chargé de sa communication ? m'enquis-je.

— Je lui avais dit que vous le remarqueriez tout de suite ! Je ne suis pas doué pour… la subtilité.

— Oh…

— Donc vous m'excuserez d'avance, mais je me dois de vous dire que vous êtes absolument sublime !

— C'est très gentil. Allez-vous me forcer à vous retourner le compliment ? plaisantai-je.

— Non… Pour deux bonnes raisons : la première, c'est que le décalage horaire va sûrement finir par me tuer.

— Ça ou la nourriture de l'avion ? souris-je. Oh non… Ça ou les hôtesses de l'air ? corrigeai-je.

— Kat, je suis… blessé ! s'écria-t-il, la main sur le cœur.

Je levai un sourcil, me retenant de rire.

— Vraiment ? demandai-je, dubitative.

— Non… En fait, je suis flatté que ma réputation soit venue jusqu'à vous et que vous ayez retenu toutes ces informations sur ma trépidante vie privée. Mais officiellement, vu qu'on se connaît depuis peu, je me dois d'être blessé !

— Et la seconde raison ? repris-je.

— La seconde raison paye mon salaire et déboule droit sur nous. S'il vous pose des questions, dites que j'ai été un vrai gentleman, chuchota-t-il rapidement avant de diriger son attention derrière moi.

Même si j'avais deviné qu'Andrew arrivait, il me sembla que tout mon corps avait senti sa présence. Mes muscles tendus se dénouèrent brutalement, son parfum frappa mes narines et la boule désagréable au fond de mon estomac se désagrégea dans la seconde. Andrew passa à mes côtés et saisit ma main droite qui reposait sur l'accoudoir.

Nos regards se croisèrent et je l'observai porter ma main à ses lèvres et l'embrasser furtivement. Mon bras retomba mollement, mon corps liquéfié par cet extraordinaire regard. Il me fit un bref sourire avant de se pencher vers moi et de déposer un chaste baiser sur ma joue.

— Tu es absolument divine, murmura-t-il sur ma peau.

Il s'assit près de moi, son corps aussi proche que possible du mien. Je rougis violemment et fermai les yeux pour limiter le bourdonnement de ma tête. De nouveau, il reprit ma main et noua ses doigts autour des miens. Je le regardais faire, presque incrédule.

— Comment vas-tu ? s'enquit-il.

— Je… Bien… Je vais bien, marmonnai-je.

— Je te prie de m'excuser pour le retard, mais je devais impérativement finir avant de pouvoir te consacrer le reste de ma soirée. J'espère que Nathan a été à la hauteur.

— Il a été très prévenant.

Nathan m'adressa un sourire heureux, puis un clin d'œil. Andrew se tourna vers moi, ignorant presque la présence de Nathan en lui faisant dos.

— J'ai pris soin d'elle, ajouta-t-il avec joie.

— Je croyais que ce genre de prérogative m'était réservé, souffla-t-il en me fixant avec intensité.

— Prendre soin de moi ?

— J'envisage de prendre soin de toi ce soir… Ce soir et les autres soirs que tu m'accorderas, dit-il avec une désarmante assurance.

Mon cœur tressauta dans ma poitrine tandis que je me calais au fond du canapé. Andrew reprit une position neutre et enroula son bras autour de mes épaules. Je fixai son visage, le dessin de sa barbe naissante, ses mèches de cheveux un peu trop longues qui lui retombaient sur le front, ses mâchoires saillantes… Toutes ces petites touches de lui qui m'avaient manqué.

— Ce déplacement à New York n'était pas prévu ? l'interrogeai-je soudain.

— En effet. Mais il semblerait que cette ville ait un étrange pouvoir addictif sur moi, répondit-il tandis que ses yeux me parcouraient.

— Oh… Beaucoup de travail alors ?

— Enormément. Mais je refuse que nous passions la soirée à parler travail. J'ai un programme nettement plus alléchant et divertissant pour ce soir.

Je baissai les yeux sur mes genoux, chassant le tremblement de mes jambes. Je savais que le revoir me chamboulerait, mais je n'avais pas prévu qu'il soit si… démonstratif.

— Tu m'as manqué, murmura-t-il à mon oreille.

Je tournai la tête, retrouvant ses yeux brillants. De nouveau, j'eus la sensation que mon corps se liquéfiait dans un océan de désir chaud et brûlant. Je le voulais. Physiquement et maintenant. Son bras toujours enroulé autour de moi, je sentis la pulpe de ses doigts effleurer ma peau et un frisson me traversa. A son regard, je compris qu'il l'avait senti.

— Froid ? demanda-t-il avec un sourire arrogant.

— Un peu, mentis-je sciemment.

Il réitéra son geste, appuyant un peu sur le haut de mes bras, pendant que son genou touchait presque le mien. Je hoquetai en silence, mais ne pus empêcher ma gorge de se parer de rouge.

— Ne me mens pas, ordonna-t-il avec un regard sévère. Jamais, ajouta-t-il d'une voix affreusement basse.

— Tu m'as manqué aussi… Toi et ton arrogance perpétuelle, murmurai-je.

— Je ne vois aucune arrogance dans tout ça !

Et, une fois de plus, ses doigts caressèrent mon bras, allant et venant avec délicatesse sur ma peau. Je frissonnai de nouveau, lui jetant un regard mi-amusé, mi-perplexe. Son sourire s'élargit, satisfait de son effet sur moi.

— Ton sourire est arrogant, expliquai-je avec douceur.

— Aucune arrogance... Ce n'est pas comme si je convoitais le bien d'autrui, murmura-t-il. N'est-ce pas, Nathan ? ajouta-t-il d'une voix forte en se tournant vers son collaborateur.

Je sursautai légèrement, m'apercevant que j'avais oublié Nathan pendant notre échange et que ce dernier, muet comme une tombe, consultait son téléphone portable. Andrew s'écarta un peu, laissant tout de même son bras possessif autour de moi, et fixa son collaborateur.

— Quelles sont les nouvelles ? l'interrogea-t-il très sérieusement.

— Toujours rien. Je vais relancer Jim. Qu'est-ce qu'on fait pour Lauren ?

Andrew me jeta un regard en biais tandis que j'observais l'échange entre eux. Il se passa une main sur le visage et marmonna dans sa barbe.

— Lauren ? lui demandai-je avec hésitation.

— Les fuites à ton sujet, expliqua-t-il simplement. Tu la vires ! grommela Andrew.

— Andrew..., souffla Nathan, à la fois déconcerté et surpris par sa décision.

— Et je ne reviendrai pas là-dessus ! Elle est incapable de tenir sa langue !

— Andrew, je suis certaine qu'elle ne voulait pas...

— Kathleen, je tiens à ma vie privée. Et tu es ma vie privée. Si Lauren avait su se taire, plutôt que de donner des informations à mon sujet, je n'aurais pas été obligé de te faire escorter jusqu'ici ! lâcha-t-il avec colère.

Je me détachai légèrement de lui, surprise par son changement de ton. Je l'observai un moment et, alors qu'il me jetait un dernier regard, je compris que quelque chose le contrariait.

— Vire-la, répéta-t-il à Nathan. Fais-lui un chèque assez important pour qu'elle se taise. Et rappelle-lui la clause de confidentialité de son contrat.

— Comme tu veux, acquiesça Nathan.

— Que se passe-t-il ? demandai-je.

— Ils savent, dit Andrew d'une voix basse. Pour toi et moi. Ils savent que tu n'es pas qu'une amie, précisa-t-il.

Il se tourna vers moi et je remarquai le changement dans son regard. Ses yeux d'un vert brillant s'étaient assombris. Il était inquiet. Je risquai un sourire rassurant avant de serrer sa main toujours posée sur mon bras. Ses lèvres s'étirèrent doucement et il sembla rassuré par ma réaction.

— Je te promets de tout arranger, murmura-t-il à mon intention.

— Tout ira bien, soufflai-je en réponse. Si tu me parlais plutôt du fameux programme alléchant de ce soir ? l'interrogeai-je avec joie.

— Eh bien, je vais commencer par t'inviter au restaurant.

Je me levai du canapé et récupérai mon gilet. Andrew me le prit des mains et m'aida à l'enfiler. Mais tout ce que mon corps enregistrait, c'était la petite sensation électrisante de ses doigts sur ma peau. Il cala le tissu sur mes épaules avant de soulever la masse de cheveux retenue par le gilet. De nouveau, je sentis le revers de sa main passer sur ma nuque, et il rabattit ma chevelure dans mon dos.

Je me tournai vers lui, les joues légèrement rosies.

— Tu as mis les boucles, remarqua-t-il, appréciateur.

— Je ne pouvais pas manquer une telle occasion de les mettre. A ce sujet, merci encore.

— Elles sont à l'image de la femme qui les porte : précieuse et sublime.

Il eut encore ce petit sourire irrésistible et arrogant. Derrière moi, j'entendis Nathan demander la mise à disposition d'une voiture au garage.

— Je vais prendre mon manteau, m'indiqua Andrew en s'éclipsant vers la chambre.

— Ça t'ennuie si j'emprunte la même voiture que vous ? demanda Nathan à travers la chambre.

— Donne-moi une bonne raison d'accepter ! cria Andrew.

— Je vais prendre un truc à emporter, et travailler sur le gros chèque de Lauren.

— Fais comme tout le monde, utilise le *room service* !

— S'il te plaît, Andrew !

— *Room service* ! répéta Andrew en sortant de la chambre.

Il avait enfilé une veste noire et son caban bleu marine, et je devais avouer qu'il était superbe ainsi. Il s'approcha de moi, ajustant son col en faisant non de la tête à Nathan. Instinctivement, je l'aidai à s'habiller. Ses mains retombèrent, me laissant resserrer sa cravate et lisser son col.

— Tu commandes au *room service* et, si tu veux, je te paye même un de ces massages qui te faisaient tant envie la dernière fois !

— Tu cherches à me corrompre ? s'offusqua Nathan avec une petite voix aiguë.

— Tu cherches à t'incruster !

— Laisse-le venir, plaidai-je. Il veut juste partager la voiture.

Andrew baissa les yeux vers moi alors que j'apportais la dernière touche au col très large de son caban.

— Tu crois ça… Mais une fois sur place, il dira qu'il ne veut pas manger seul, et il s'incrustera au dîner. Je ne le laisserai pas faire ça ! *Room service* ! répéta Andrew en pointant son index sur Nathan.

— Ce n'est pas très sympa, bouda Nathan.

— C'est vrai, Andrew, approuvai-je en attrapant ma pochette sur le canapé.

— Allons-y, éluda-t-il rapidement.

Il posa une main dans le bas de mon dos, réveillant cette zone nouvellement érogène chez moi, et nous dirigea vers la sortie de la suite. Je lançai un regard d'excuse à Nathan, réellement désolée. Il haussa les épaules avant de récupérer un dossier sur le bureau derrière lui.

— Ce n'est « vraiment » pas sympa, chuchotai-je.

— Je ne suis pas un type sympa, Kathleen. Je suis… arrogant, c'est ça ?

— C'est ton collaborateur le plus proche… Je me demande même s'il n'est pas ton meilleur ami !

Andrew secoua la tête et ouvrit la porte devant nous.

— Je n'ai pas d'ami dans le travail… Juste des gens qui bossent pour moi et sont payés en conséquence.

— Oh… Uniquement des relations professionnelles alors ? demandai-je en m'arrêtant net devant la porte.

— Kathleen, soupira-t-il.

— Laisse-le venir avec nous ! On a toute la soirée pour nous ensuite… alors qu'il va rester là, à bosser pour toi !

Il soupira de nouveau, partagé entre l'agacement et l'envie de me faire plaisir. Je murmurai un « s'il te plaît » et il leva les yeux au ciel.

— Allez, Nat, cria-t-il. Viens, on t'emmène !

Un sourire géant s'étira sur mon visage et Nathan déboula comme un fou furieux derrière nous.

— Merci, Kat, dit-il avec un sourire heureux.

— Et moi, non ? protesta Andrew.

— Je sais qu'elle est définitivement meilleure que toi ! Tu n'es qu'un cœur de pierre, avide de travail !

— A ce sujet, j'attends un retour sur Jim, demain à midi, dernier délai.

— Allons dîner, proposai-je en franchissant la porte. Et, comme tu le disais, parlons d'autre chose que de travail.

Nous gagnâmes l'ascenseur pour rejoindre la voiture. Le même chauffeur que celui qui m'avait conduite ici nous attendait. Il nous ouvrit la portière et Nathan, juste devant moi, esquissa un mouvement pour s'asseoir sur la banquette.

— Nathan, tu vas devant… Et ne compte pas sur moi pour t'ouvrir la portière, gronda Andrew.

Nathan se figea et, après un bref regard, contourna le véhicule pour se placer à l'avant. Je m'assis sur la banquette, suivie par Andrew. La voiture sortit du garage et, dès que nous fûmes sur la Cinquième Avenue, Andrew prit ma main dans la sienne et la porta à ses lèvres.

— Continue à agir de la sorte et je ne serai plus jamais crédible en redoutable homme d'affaires.

Je me figeai, et ce n'est qu'en voyant un sourire s'afficher sur son visage que je compris qu'il ne m'en voulait pas.

— Quel genre de pouvoir as-tu sur moi, Kathleen ? m'interrogea-t-il.

Il embrassa de nouveau ma main, gardant ses yeux plongés dans les miens. Je sentis mon cœur bondir dans ma poitrine pendant que ma respiration se saccadait.

Et à cet instant précis, au milieu de la Cinquième Avenue, je sus que j'étais en train de tomber éperdument amoureuse de lui. Mon corps était engourdi, presque crispé, focalisé uniquement sur lui.

La soudaineté et la violence de cette découverte me firent presque vaciller. Je clignai les yeux plusieurs fois avant d'affronter de nouveau le visage d'Andrew. Il fronça les sourcils et un soupçon d'inquiétude vint assombrir son beau regard. Les lumières de la ville éclairaient à peine son visage, les ombres alternant avec les lueurs vives.

— Est-ce que tout va bien ? demanda-t-il.

— Je… Oui. Je…

Je rougis violemment, le sang en ébullition dans mes veines. Je savais qu'il n'y avait aucune chance que je rende à cet homme ce qu'il m'offrait actuellement. Je sentis ce picotement agréable dans mon ventre, et levai les yeux sur lui. C'était lui… L'âme sœur à laquelle j'avais envie de croire, l'homme qui me comprendrait en un seul regard, le destin auquel j'étais sûrement liée. Lentement, j'approchai mon visage du sien et me redressai pour arriver à la hauteur de ses lèvres.

Il combla l'espace entre nous et, doucement, posa sa bouche sur la mienne. Ce contact doux et ferme acheva le processus.

Je passai, en une seconde, de Kat Dillon, amie proche d'Andrew Blake, à Kat Dillon, amoureuse de l'homme le plus arrogant qu'elle connaisse.

Nous échangeâmes un sourire puis, en silence, finîmes par rejoindre le restaurant. A notre arrivée, je constatai qu'une fois de plus Andrew n'avait pas fait dans la simplicité. Le restaurant italien qu'il avait choisi — le *Vesuvio* — était l'un des plus chics de la ville. Nathan nous devançait nettement.

Il était simplement content d'avoir pu profiter de la voiture et semblait avoir compris qu'Andrew n'en supporterait pas davantage.

Au nom de « Blake », l'hôtesse détailla Andrew avec un large sourire et l'invita à la suivre. Je saluai rapidement Nathan pendant qu'il parcourait la carte. Je contenais un rire. Je n'étais même pas certaine que ce restaurant offrait du « à emporter », mais avec le nom d'Andrew Blake, il semblait que les choses impossibles pour l'humain ordinaire devenaient tout à fait normales.

Perdue dans mes pensées, je constatai que nous passions devant la salle principale sans nous y arrêter. Puis, nous grimpâmes un escalier et nous retrouvâmes devant la seconde salle de réception, plus petite et… vide.

— Mon Dieu, tu as réservé l'étage entier ? m'écriai-je, stupéfaite.

— Je refuse qu'un homme, autre que moi, pose les yeux sur toi.

— N'est-ce pas un peu… excessif ? Je veux dire…

— Ma seule exception, Kathleen, me coupa-t-il.

— Tu ne pourras pas te servir de cet argument pour justifier tous tes excès ! le menaçai-je gentiment.

— Je ne m'en sers que pour justifier mes excès avec toi ! contra-t-il tout sourire, tout en me guidant vers l'unique table.

— Tu devrais tout de même garder cet argument pour les choses vraiment essentielles… Pas pour… un restaurant, précisai-je, presque dépitée.

— Quand vas-tu comprendre que tout ce qui touche à ta personne est vraiment essentiel ?

Je me figeai et me tournai vers lui.

— Tu n'as sûrement pas idée de ce que tu provoques…

mais réserver une salle de restaurant juste pour être seul avec toi… Comment te faire comprendre ? se demanda-t-il en soupirant.

— Mais…

— Kathleen, murmura Andrew en mettant son visage à la hauteur du mien, réserver cette salle, ce n'est rien pour moi. Même ces boucles, ajouta-t-il en dégageant mon oreille droite, même ces boucles ne sont rien. Tout cela, ce n'est que de l'argent…

— Je ne crois pas que je m'y habituerai un jour, avouai-je.

— Je ne te demande pas de t'y habituer. Surtout pas. Je ne veux pas que tout cela te semble normal et… dû. Je veux que tu restes toi, que tu te plaignes de mes excès, que tu râles quand je suis un être sans cœur. Si… Le jour où tu t'habitueras à ça… Non, je préfère ne pas l'envisager. Allons dîner maintenant, m'ordonna-t-il en me poussant doucement en direction de notre table.

Je le suivis avec plaisir, mais secouée par ce qu'il venait de me dire. J'avais l'esprit encore trop embrumé, mais j'espérais, une fois revenue au calme routinier de ma vie, pouvoir réfléchir avec apaisement à tout ça.

Nous étions arrivés près de notre table. Le souriant maître d'hôtel tira le fauteuil où je devais m'installer.

— Laissez-nous, lui intima Andrew d'un ton qui ne souffrait aucune réponse.

Le pauvre homme sursauta et s'écarta. Andrew prit sa place et, après m'avoir aidée à retirer mon gilet, m'installa à notre table. Il ôta son caban puis sa veste et, d'un signe de tête, fit revenir le maître d'hôtel vers nous.

— Votre meilleur champagne, je vous prie.

— Andrew ! râlai-je.

— Je sais, mais t'entendre râler n'a vraiment pas de prix. Que désires-tu manger ?

Je consultai la carte rapidement, arrêtant mon choix sur un risotto aux truffes. Andrew avait déjà posé son menu quand je refermai le mien.

— Risotto aux truffes. Qu'as-tu choisi ?

— Je crois que je vais me laisser tenter par des lasagnes.

Mon téléphone vibra dans ma pochette, et je me détestai de n'avoir pas songé à le couper. Andrew fronça les sourcils tandis que je déchiffrais le nom de Lynne sur l'écran.

— Excuse-moi, dis-je pendant qu'il se levait poliment de sa chaise.

— Tu vas revenir ? s'inquiéta-t-il.

— Où veux-tu que j'aille ? souris-je, attendrie.

— Dîner avec un autre ? suggéra-t-il.

— Essayes-tu de me faire croire que tu me laisserais faire si c'était le cas ?

Un sourire s'étira sur ses lèvres et ses yeux s'illuminèrent.

— Reviens vite, murmura-t-il avec douceur en attrapant ma main pour la presser dans la sienne.

Je descendis lentement l'escalier pour trouver un endroit à l'abri des oreilles indiscrètes. Nathan était toujours à la réception, passant sa commande en souriant à la jeune femme qui nous avait accueillis. Un voile d'inquiétude inonda son visage, mais je le rassurai d'un sourire. Il était définitivement plus qu'un simple collaborateur pour Andrew…

— Que se passe-t-il, Lynne ? lui demandai-je, recluse dans un coin du couloir.

— Désolée de te déranger… Philip vient de m'appeler pour me dire qu'il ne rentrerait que demain. Son vol a eu du retard… Bref, je suis chez le traiteur chinois et j'ai pensé qu'on pourrait peut-être…

— Lynne, la coupai-je vivement, je dîne avec Andrew !

— Oh… Merde ! Désolée… Où êtes-vous ? m'interrogea-t-elle, extrêmement curieuse.

— Au *Vesuvio*, et…

— Le *Vesuvio* ? hurla-t-elle. Mais il faut réserver des mois à l'avance pour y dîner ! Philip n'a jamais réussi à…

— Lynne ! grondai-je.

Je sentis une main se poser sur mon épaule, et je sursautai. Je me tournai vers l'importun, et trouvai Nathan.

— Est-ce que tout va bien ? demanda-t-il alors que je devais sûrement avoir crié comme une folle furieuse.

— Je… Oui… tout va bien, murmurai-je.

Il opina et retourna à la réception avant de reprendre sa conversation avec l'hôtesse.

— Je dois te laisser, Lynne.

— On se voit demain ?

— Je… Oui… sûrement.

— Parfait ! Débriefing demain ! Mon dîner est prêt, je vais manger en solitaire, mais je doute que tu t'en préoccupes, gémit-elle.

Soudain, mon cerveau se remit en marche. Je réfléchis à toute vitesse et me tournai de nouveau vers la réception. Il était toujours là, souriant.

— Lynne ? Où es-tu exactement ? l'interrogeai-je.

— Sur la Cinquante-Septième. Pourquoi ?

— Humm, écoute, je ne suis pas à l'aise avec l'idée que tu sois seule ce soir. Que dirais-tu de te joindre à Andrew et moi ?

Elle éclata de rire et, derrière elle, j'entendis la voix aiguë et à fort accent du traiteur chinois.

— Kat, je ne vais pas tenir la chandelle ! rit-elle. En plus, tu es vraiment une mauvaise menteuse.

— Bien sûr que non… Nathan est ici. Je suis certaine qu'il sera ravi de dîner avec toi.

Son rire s'éteignit, et il y eut un long et pénible silence. Intérieurement, je priai pour qu'elle accepte. Ce dîner était la chance de Nathan. Quelque chose me disait que je ne me trompais pas et que Lynne comprendrait enfin que sa relation avec Philip était vouée à l'échec.

De toute façon, je n'avais jamais vu Philip regarder Lynne comme Nathan l'avait fait.

— Kat, murmura-t-elle. Je ne veux pas faire ça… Si Philip l'apprend…

— Comment l'apprendrait-il ? Philip est à l'autre bout du pays et tu es seule ce soir. Juste un dîner, Lynne.

Je l'entendis souffler lourdement, tiraillée entre son envie et son devoir de femme bientôt mariée.

— D'accord, abdiqua-t-elle sans joie aucune.

— Super ! m'exclamai-je. Il est à la réception du restaurant, je me charge de le prévenir. Oublie le chinois, ce soir c'est *Vesuvio* pour toi.

Je l'entendis rire et je raccrochai avant de me précipiter vers Nathan. Son regard s'illumina quand je lui parlai de Lynne et, très vite, il ignora la superbe brune à peau mate avec qui il discutait juste avant. Je lui fis part de mon « plan », et il recula d'un pas puis secoua la tête.

— Hors de question ! lança-t-il. Hors de question, Kat ! Il va me tuer si…

— Bien sûr que non !

— Bien sûr que si ! s'exclama-t-il. Jamais il n'acceptera. Et même s'il accepte, il me virera dès demain parce que j'aurai gâché votre dîner.

— Nathan, nous avons tout l'étage. Il suffit de vous installer à une autre table !

— Parce que vous croyez vraiment qu'Andrew vous laissera faire ? Vous croyez qu'il va encaisser ça avec le sourire ?

— Qu'est-ce que je suis censé laisser faire ? gronda la voix d'Andrew derrière nous.

Je me pétrifiai, fixant le regard perdu de Nathan. Il navigua alternativement d'Andrew à moi, tandis que la panique se peignait sur son visage. Je secouai la tête, incrédule. Il avait vraiment peur de son patron.

— Nathan, je sais qu'habituellement ce sont les femmes déjà prises qui te plaisent, mais j'aimerais autant que ta zone de chasse ne s'étende pas jusqu'à ce qui m'appartient, railla-t-il.

— Andrew… Comment peux-tu croire ? bégaya Nathan.

— Kathleen, monte ! ordonna-t-il.

A cet instant précis, Lynne, tout sourire, franchit la porte du restaurant. Comme l'avait fait Nathan un peu plus tôt, ses yeux passèrent sur chacun de nous. Je me postai près d'Andrew, espérant pouvoir le convaincre.

— Kathleen ? murmura-t-il sèchement.

— Je… Lynne était seule… et…

— Et nous étions seuls aussi, normalement, me coupa-t-il. Que dois-je faire au juste pour m'assurer que rien ni personne ne nous parasitera ? D'abord le chien de garde, ensuite la future mariée…

— Kat n'y est pour rien, me défendit doucement Nathan.

— C'est moi qui l'ai appelée, je cherchais de la compagnie, s'interposa Lynne.

— Votre charmant futur époux vous aurait-il fait faux bond ? claqua Andrew avec un brin d'ironie dans la voix.

Je levai les yeux vers lui, constatant qu'il était effectivement en colère. Lynne baissa les yeux et recula vers la porte. Je fis un pas vers elle, mais Andrew plaça son bras devant moi pour m'en empêcher.

— Ta soirée est à moi ! siffla-t-il.

— Et c'est ma meilleure amie ! ripostai-je avant de me débattre pour rejoindre Lynne.

— Nathan, occupe-toi d'elle ! ordonna Andrew.

Je tournai le regard vers lui, estomaquée par cette méchanceté gratuite. Il ne connaissait même pas Lynne et se permettait d'être odieux. Nathan me rejoignit et, d'un geste de la tête, m'intima de retrouver Andrew. J'opinai doucement, espérant que sa petite scène n'avait pas ruiné tout ce que j'espérais. Lorsque je revins vers l'escalier, Andrew avait déjà disparu.

Furieuse, je montai à mon tour, prête à en découdre avec lui. Il était à table, tout sourire, la tête reposant sur ses mains croisées sous son menton.

— Enfin ! J'ai failli attendre ! plaisanta-t-il.

— Tu as été odieux ! Vraiment odieux avec elle !

— Je n'ai pas été odieux. J'ai fait valoir ma priorité. Je t'ai demandé ta soirée et tu devais me la garder.

— Tu n'avais pas à être si désagréable avec elle ! Je l'ai fait venir ici et si tu veux t'en prendre à quelqu'un, sois odieux avec moi, pas avec elle !

— Crois-moi, elle a l'habitude de gérer les types odieux. La seule différence, c'est que j'assume pleinement. Maintenant, pouvons-nous reprendre notre soirée ? demanda-t-il en souriant largement.

Les poings serrés, je le regardai nous servir du champagne.

Il leva les yeux vers moi, puis quitta sa chaise et se plaça derrière la mienne pour la tirer.

— Sinon quoi ? Vas-tu être odieux avec moi ?

— Si tu ne le fais pas pour moi, fais-le au moins pour ton risotto qui va arriver d'ici quelques minutes. Viens t'asseoir !

— Et tu reprochais à Meghan ses écarts de langage avec moi ! sifflai-je, à bout de nerfs. Si tu veux que nous ayons ce genre de relation, je crois que je devrais me cantonner à mon rôle de concierge !

Il me lança un regard et je le soutins. J'étais déterminée à ne pas le laisser marcher sur les autres, ou sur moi.

— Tu as raison, admit-il doucement tout en se redressant.

Je haussai un sourcil, fière de moi, mais espérant mieux de sa part.

— S'il te plaît, Kathleen, veux-tu revenir t'installer à cette table ?

Je restai silencieuse, croisant les bras sur ma poitrine. Des excuses, rien de moins, voilà ce que j'attendais. Il secoua la tête, réprimant un rire — me fâchant donc encore plus — avant de s'approcher de moi. Sans rien dire, les yeux fixés sur les miens, il me fit décroiser les bras et attrapa ma main pour la porter à ses lèvres, il en embrassa le dos avec une lenteur exagérée, et je lâchai un soupir, vaincue.

— S'il te plaît, répéta-t-il. Je sais que j'ai été un incroyable goujat, mais je ne supporte pas qu'on empiète sur mon temps, surtout quand je le passe avec toi. J'ai attendu cette soirée toute la semaine.

— Et tu…

— Et je suis en train de la gâcher… Mais si tu veux m'octroyer une petite chance, je promets de nous faire passer un excellent moment.

Il embrassa de nouveau le dos de ma main, et ce fut ma perte. Je me décidai à l'écouter, non sans continuer à lui montrer mon agacement. Il m'aida à m'installer, poussant doucement ma chaise vers la table.

— Je ne cherche pas à être odieux, dit-il en s'asseyant à son tour. Je suis juste… possessif, je crois.

— C'était Lynne ! Sûrement ce qui se rapproche le plus du concept de « meilleure amie ». Je vais être sa demoiselle d'honneur…

— Tu vas au mariage ? me coupa brutalement Andrew.

— Oui.

— Je t'escorte, affirma-t-il avec véhémence.

— Mais…

— Quand est-ce ?

— Le 25 avril, débitai-je en le fixant pendant qu'il notait la date dans son téléphone. Andrew, tu n'es pas obligé de venir. Je veux dire, c'est encore récent et…

— Et quoi ? Crois-tu que je vais te laisser aller seule à ce mariage ? sourit-il, soudain plus détendu.

Je secouai la tête, cherchant comment ma colère contre lui s'était dissipée. Sa façon de changer de conversation, de passer de l'autorité la plus forte à un sourire irrésistible, me désarmait complètement. Il défiait toutes mes stratégies de défense et d'attaque, mettant à mal la moindre de mes remarques, et les retournait contre moi.

— Je ne pensais pas que ce genre d'événements t'intéressait.

— Honnêtement, je trouve ça sans intérêt. La plupart du temps, Meghan me représente et se charge de féliciter les heureux époux pour moi.

— Ce sont les mariages qui te rebutent ou l'idée d'apparaître en public ? demandai-je en portant la coupe de champagne à mes lèvres.

— Les deux sûrement. Dans le cas de Mlle Hoffman, c'est la perspective de te savoir seule là-bas qui me motive, dit-il en continuant à pianoter sur son téléphone.

— Oh ! Ce n'est donc pas le plaisir de m'y accompagner, raillai-je.

— Il est hors de question que je te laisse seule entre les mains de la famille Kingston.

— Tu connais la famille de Philip ? m'enquis-je, stupéfaite.

— Leur réputation les précède. Et elle n'est vraiment pas en leur faveur, ajouta-t-il en levant son regard vers moi.

— Mon père sera là… Et il est flic, je te rappelle, souris-je.

— Ce n'est pas ça qui les arrête, conclut Andrew en buvant son champagne. Et ce n'est pas ça qui m'arrête non plus, poursuivit-il avec un léger sourire.

Le serveur apporta nos plats et remplit nos verres en silence. Il s'écarta doucement, restant à une distance respectable de notre table. Je lui jetai un coup d'œil avant de me concentrer sur mon assiette. Le risotto était divin, comme je m'y attendais. Je ris presque en songeant que c'était sûrement un nouvel abus de pouvoir d'Andrew qui me permettait de le déguster.

— Qu'y a-t-il de si drôle ? s'enquit-il en me voyant sourire.

— Rien. Je me demandais juste quel genre de soirée j'allais pouvoir te faire passer après ça…

— Tu peux toujours me laisser l'organiser.

— Hors de question ! Tes abus de pouvoir ont assez duré !

— Mes abus de pouvoir ? s'étonna-t-il. Est-ce mal de vouloir faire en sorte que cette soirée soit aussi inoubliable pour toi que pour moi ?

— Tu n'as pas besoin de faire tout ça… Elle l'est déjà,

crois-moi ! m'esclaffai-je en repensant aux événements du début de soirée. Et tu viens de t'inviter au mariage de Lynne… Franchement, je ne vois pas comment je pourrais oublier cette soirée !

— Je ne vois pas comment non plus, murmura-t-il en me fixant avec intensité.

Je baissai les yeux, cachant un nouveau rougissement. Quand je les relevai, je fixai ses mains, soigneusement liées autour de son verre de champagne. Un souvenir précis me revint en tête et les mots sortirent naturellement de ma bouche :

— Parle-moi d'elle.

— Non, gronda-t-il.

— Andrew…

— Non. Je ne veux pas. Pas avec toi.

— Andrew, tu ne peux pas… Tu dis que je ne te connais pas, mais tu passes ton temps à éluder le sujet.

Il sembla réfléchir intensément, pesant le pour et le contre. Je voulais qu'il s'ouvre, je voulais connaître sa version — une version sûrement plus juste — de l'histoire. C'était sa femme, une partie de sa vie… Je voulais savoir.

— Tu… Tu m'as confié ton alliance dernièrement. Tu la portais encore après tout ce temps et tu ne démentais pas être marié. Je veux que tu me racontes ta version, plaidai-je.

— Ma version ? Oh… Je comprends, tu as eu la version officielle. Pourquoi veux-tu que nous parlions d'elle… ? Surtout ce soir ? Je ne suis peut-être pas ta priorité de la soirée, mais tu es la mienne ! asséna-t-il.

— S'il te plaît. Je ne peux pas faire comme si… elle n'avait jamais existé.

— Elle n'existe plus. Et je me demande même si ce que j'ai ressenti pour elle a réellement existé.

Il y eut un long silence, mais je gardais mes yeux rivés aux siens. Je voulais savoir. Je trouvais même qu'il me « devait » une explication à son sujet. Son visage s'affaissa, et je compris qu'il abdiquait.

— Tu n'abandonnes pas ? sourit-il.

— Pas avec toi !

— Tu n'as pas ma ténacité… Dois-je te rappeler cette histoire de relation strictement professionnelle entre toi et moi ?

— Ne tente pas de dévier le sujet ! ripostai-je. Ma relation professionnelle avec toi était le seul bouclier que j'avais pour me défendre.

— Je sais, avoua-t-il. C'était assez drôle de te voir te débattre ! Même si j'en connaissais l'issue. Rien ne peut m'empêcher d'être avec toi ! asséna-t-il avec une confiance absolue.

— Voilà qui est bien présomptueux, monsieur Blake.

— Peut-être, mais c'est la réalité.

— Parle-moi d'elle, répétai-je avec douceur.

Il soupira de nouveau, me lança un regard résigné et se lança :

— J'ai rencontré Eleanor à l'université, en cours d'économie. Elle venait de l'Oregon. Nous sommes très vite sortis ensemble. C'était… évident en fait, expliqua-t-il en jouant avec sa coupe de champagne.

— Et ensuite ? Après l'université ?

— J'ai racheté un premier journal. C'était… une sorte de défi, sourit-il, perdu dans ses souvenirs. Eleanor était là, participait aux réunions de bouclage, travaillait jour et nuit. Curieusement, même après tout ce temps, après tout ce travail, je crois que c'est à cette époque que je suis vraiment tombé amoureux d'elle.

— Parce qu'elle te comprenait ? le coupai-je.

— Parce qu'elle était là. Tout le temps. Je posais une question, elle avait la réponse. Tout était fluide, facile. On se rendait ensemble au journal, on rentrait le soir, on bossait tout le temps, mais je l'aimais. Le journal a marché et j'ai épousé Eleanor. Peu de temps après, j'ai racheté un deuxième journal et j'ai fondé *Blake Medias*.

Il fronça les sourcils et sembla faire le tri dans ses souvenirs. Peut-être que je ne pouvais pas vraiment tout entendre de son passé.

— *Blake Medias* est une vraie réussite, l'encourageai-je.

— En effet, murmura-t-il. J'ai proposé à Eleanor d'être responsable de la communication de l'entreprise. De toute façon, je ne me voyais pas bosser sans elle. Et nous avons repris un rythme infernal. J'aimais mon travail, mais j'aimais Eleanor profondément. Elle était ma force dans tout ce projet.

— Que s'est-il passé, Andrew ?

— J'ai voulu m'implanter à New York. Elle n'a pas compris mes motivations. Enfin, ça, je ne m'en suis aperçu qu'après. Nous ne travaillions plus sur les mêmes sujets, elle restait active sur San Francisco quand, moi, je prospectais ici. Je présume que, fatalement, nous nous sommes éloignés, professionnellement parlant.

— Mais…

— Oui, c'était il y a longtemps. M'implanter ici n'a pas été simple. Je n'avais pas les bons contacts, pas les bonnes relations. On m'a mis des bâtons dans les roues, on a tenté de me dissuader. J'ai tenu bon, mais Eleanor a fini par me convaincre. Je passais mon temps ici quand elle se démenait à San Francisco.

— Elle t'a convaincu d'abandonner ?

— Pas vraiment… Je ne sais pas comment les choses se sont enchaînées mais, un soir, Eleanor a décidé de ne plus partager notre chambre et, effectivement, j'ai mis de côté New York, pour elle. Pour qu'elle me revienne. Parce qu'elle était plus importante que tout le reste.

Il eut un bref sourire, illuminant son visage concentré, puis ancra son regard au mien.

— A l'époque, je ne me voyais pas faire sans elle, nous étions liés. Nous avions vécu un tas de choses. Des choses importantes, et des choses moins importantes. Nous étions heureux. Après l'épisode de New York, nous sommes partis en voyage, loin de toute cette pression. C'est un peu avant notre départ que j'ai embauché Nathan.

— Et Meghan ?

— Meghan était avec moi à l'université, elle était brillante, niveau finances. Elle a tout de suite adhéré à *Blake Medias*. Sans Meghan, je n'aurais jamais réussi à tenir cette entreprise. Elle est d'une incroyable force.

— Donc… le voyage ? le coupai-je pour revenir au sujet qui m'intéressait.

— Le voyage… Parfait. Idyllique. J'ai retrouvé la femme que j'aimais. Et je lui ai demandé de me faire un enfant, parce que… je ne sais pas, c'était parfaitement évident pour moi qu'elle devait être la mère de mes enfants. Et elle a dit oui, sans surprise. C'était… comme un nouveau projet à deux.

Encore un sourire heureux. Pourtant, ses yeux se voilèrent et je sentis que la version idyllique qu'il partageait avec moi n'était pas si parfaite.

— Nous sommes rentrés un peu avant juillet. J'ai repris le rythme avec Nathan. J'ai encore acheté un journal. Les semaines ont passé, les mois aussi…

— Pas de bébé ?

— Pas de bébé. Eleanor gardait le moral et je la rassurais. Nous étions jeunes, rien ne pouvait réellement nous arriver, n'est-ce pas ? Un peu après Thanksgiving, j'ai eu des informations sur New York : un magazine qui périclitait. Je n'étais pas certain de vouloir ça.

— A cause d'Eleanor ?

— A cause du magazine en question. Mon mariage était solide mais, après enquête, j'ai su que ce journal ne valait rien.

— Comment ça « rien » ?

— Nous n'avions aucune idée du nom des propriétaires ni des investisseurs, le siège social était basé à la Barbade…

— … dans un paradis fiscal, finis-je.

Il me fit un sourire entendu. Il opina tandis que mon cerveau repassait en mode « investigation ».

— Malgré toutes nos recherches, cette histoire n'a pas abouti. Nous n'avions aucun nom, mais Meghan estimait que cela pouvait être rentable. J'ai fait une offre.

— Et ?

— L'affaire était en cours. Nous avions signé un préaccord. J'ai fait plusieurs allers-retours, rencontré les équipes, monté un projet éditorial. Meghan avait budgétisé pour paraître en mars, Nathan avait des bureaux. Je me souviens que nous avons fêté ça à la maison, c'était énorme… Eleanor était heureuse, j'étais heureux.

— Etait-elle enceinte ?

— Oui. De peu. Le jour où elle m'a montré le test de grossesse restera à jamais gravé dans ma mémoire. Je me souviens que, le lendemain, nous avons écumé les boutiques.

Il éclata de rire, pris dans ses pensées. Il secoua la tête, et finalement son visage se referma.

— L'accident a eu lieu deux semaines après. En une seconde, mon monde s'est écroulé. J'avais tout… et à sa mort, c'est comme si je n'avais plus rien. L'accident m'a… court-circuité d'un coup et a coupé mon monde en deux : il y avait eu le bonheur… et après, le néant.

Je tentai d'imaginer Andrew, heureux avec sa femme et ce bébé à venir. Il avait tout : la réussite, l'amour, la famille. Il devait se sentir invincible. Machinalement, et sûrement pour évacuer sa nervosité, il tritura ses mains, frottant le cercle de peau où était encore incrustée la trace de son alliance.

— Et puis il y a eu toi, souffla-t-il presque timidement. Après tous ces mois de solitude, il a fallu refaire surface, revenir au vrai monde. Et, comme le dit une amie à moi, le destin t'a mise sur ma route.

— Ton amie est… pertinente, remarquai-je. Je partage cet état d'esprit. Qui sait où certains chemins nous mènent… Enfin, tu avais l'air de très bien t'en sortir. Que s'est-il passé pendant… ton absence ?

— Après les funérailles, tout a été plus difficile. Je n'avais plus envie de New York, je voulais vendre l'entreprise. Je suis resté cloîtré chez moi pendant des semaines entières, refusant même l'idée de sortir prendre simplement l'air. Tout me rappelait… elle. Notre vie devait être parfaite.

— Je ne comprends pas… Quand tu as fait allusion à elle, tu semblais tellement loin… de cet état d'esprit.

— Eleanor m'aimait. Et je l'aimais profondément. Je l'ai perdue, ça a été l'épreuve la plus terrible de ma vie, mais découvrir, après son décès, qu'elle me mentait, a été pire que tout.

— A quel sujet te mentait-elle ?

— Nous. Notre mariage. J'ai cherché à comprendre

pendant des mois, je l'ai haïe autant qu'aimée. Mais elle voyait un autre homme.

Ses yeux se plantèrent dans les miens et je sentis la colère vibrer en lui. Ses propos sur le mensonge et sur les qualités de sa femme me revinrent.

— Un autre homme ? Que tu connaissais ? demandai-je.

— Non. C'est plutôt une bonne chose pour lui. Je n'ai jamais su qui il était. Une âme charitable m'a envoyé des photos floues. J'ai nié en bloc qu'elle pouvait avoir fait ça, mais il a fallu me rendre à l'évidence, je n'étais pas le seul. Je n'étais plus… sa priorité, murmura-t-il en me fixant.

Je déglutis lourdement, encaissant le flot d'informations. Maintenant, je connaissais enfin toute l'histoire. Machinalement, je posai ma main sur la sienne et la pressai doucement. Les épaules d'Andrew se relâchèrent, comme s'il se libérait enfin d'un lourd fardeau.

— Je suis désolée, soufflai-je en cherchant à capter son regard.

— C'est de l'histoire ancienne.

— Non, pour tout à l'heure. Je n'avais pas compris à quel point cette soirée était importante pour toi.

— Ce n'est pas cette soirée qui est importante, c'est d'être avec toi. Je ne veux pas… passer après Lynne ou… ton père.

— Tu veux être prioritaire sur l'unique homme de ma vie ? plaisantai-je.

— Non. Je veux « être » l'unique homme de ta vie.

Il sourit doucement et je sentis mon corps fondre et crépiter à la fois. Ce sourire, ce regard, sa voix profonde, ses aveux… Pour la première fois depuis que je le connaissais, je me sentais en confiance.

— Tu vas encore trouver ça présomptueux ? rit-il.

— Non… Je trouve ça… plutôt agréable à entendre. C'est moi ou tu cherches à me séduire ?

— Kathleen, je pense qu'il n'y a pas un instant où je n'ai pas cherché à te séduire… Et je crains que cela reste prioritaire sur le reste.

Je me mordis l'intérieur des joues, à la fois heureuse et gênée par sa déclaration. Nous reprîmes notre repas, discutant essentiellement de son métier.

Alors que le serveur nous amenait nos desserts, et que j'étais pleinement détendue grâce à la quantité importante de champagne dans mon organisme, Andrew me prit à mon propre piège.

— Tu connais mes secrets, vas-tu enfin me dévoiler les tiens ?

— Que veux-tu savoir ? m'enquis-je, incertaine.

— Je ne sais pas… Que peux-tu vraiment me confier ? J'ai parlé de ma vie privée. Parle-moi de la tienne.

— Je crains de ne pas tenir la comparaison avec toi.

— Pas de mariage donc ? s'amusa-t-il.

— Pas de mariage. Pas d'enfants non plus, complétai-je. Le seul homme dont je sois vraiment tombée amoureuse s'est révélé être… Disons que c'était une imposture manifeste.

— Il t'a menti ?

— Il m'a trahie. Ce qui est pire… si on en juge par les conséquences sur ma vie actuelle.

— C'est pour ça que tu as changé de métier ?

Mes muscles se tendirent tous dans la même seconde et un picotement désagréable s'empara de ma nuque.

— Ce n'est pas important.

— Ça l'est pour moi.

— Ça… Ça n'a vraiment aucun intérêt et ça fait partie de mon passé.

— Tu connais mon passé, j'aimerais connaître le tien.

— Andrew, tu connais mon passé ! m'écriai-je en me souvenant de nos premières et déroutantes conversations.

— Certes, mais je n'ai pas réussi à élucider certains mystères. Celui-ci, en particulier, m'intrigue beaucoup.

Je soupirai lourdement. Je n'avais pas envie de ressasser mon passé et mes idéaux malmenés. Les derniers événements — les coups de fil de la presse, la pression, les regards extérieurs — avaient suffi à réveiller ces douloureux souvenirs.

— J'ai toujours voulu être journaliste, commençai-je. J'aime… les recherches et recouper les informations.

— As-tu fait des recherches sur moi ?

— Oui. Mais je dois admettre que tu as été meilleur que moi. Difficile de trouver des sources crédibles et des informations avérées sur toi.

— Pourquoi avoir arrêté de faire ce métier alors ?

— J'y ai été contrainte.

— Par cet homme ? m'interrogea-t-il, les mâchoires crispées.

— Si on veut. Je n'étais pas très… futée, je pense. Je n'ai pas vu les choses venir. Un jour, j'ai été convoquée dans le bureau de mon rédacteur, et les choses que je pensais acquises, les valeurs auxquelles je croyais se sont écroulées. Je n'ai pas eu le choix. Je devais partir.

— Quel genre de patron a pu te virer ? Certains n'ont vraiment…

— J'ai démissionné. Parfois, il faut savoir admettre qu'on a eu tort. Et je crois que je me suis trompée de métier. J'étais sûrement trop naïve, mais la réalité a été plus violente que ce que j'imaginais.

— Kathleen, murmura-t-il avec douceur en croisant ses doigts avec les miens, tu n'es pas naïve…

— Alors, disons que je suis idéaliste, contrai-je. Le résultat est le même… Ce que je voulais faire ne coïncidait pas avec ce que voulait mon patron.

— Et cet homme ?

— Il a disparu en même temps que la plupart de mes relations dans le métier. Je ne le regrette pas, certaines choses paraissent belles de loin, et se révèlent finalement assez laides. Je n'envisage pas de revenir sur ma décision. Le journalisme est derrière moi.

Je vis les sourcils d'Andrew se soulever à une hauteur hallucinante, atteignant quasiment la racine de ses cheveux.

— Tu devrais retenter ta chance. Le *DC Daily* est… particulier, sourit Andrew après avoir cherché le qualificatif adéquat.

— Comment sais-tu que j'ai bossé pour le *DC*… ?

— Je connais ton passé, sourit-il. Mais j'ai du mal à croire que tu aies bossé pour ce repère de technocrates ! C'est même une planque tout court ! Le seul but de ce… truc est de faire du lobbying auprès du Sénat. C'est purement politique, et si j'osais, je dirais même que c'est le bras armé médiatique des républicains à Washington.

— Je sais, avouai-je. Mais je n'ai pas eu le choix.

— Tu l'as maintenant. Mon offre tient toujours. Tu peux bosser pour moi.

— Et coucher avec mon patron ? lâchai-je avant de prendre conscience de l'énormité de ma riposte.

Mes joues se colorèrent immédiatement. Je baissai les yeux sur mon assiette, triturant mon dessert.

— Tu as des projets ? sourit Andrew alors que je rougissais encore plus.

— Ce n'est pas ce que je voulais dire ! me défendis-je.

— « J'ai » des projets, dit-il en ignorant ma remarque.

Je virai pivoine et fis tout mon possible pour éviter de fixer Andrew. Je trouvai un intérêt soudain à mon dessert, raclant le fond de mon assiette à la recherche des dernières traces d'un tiramisu déjà quasiment disparu. Soudain, Andrew se leva et contourna la table pour se placer derrière moi.

— Tu as le choix, murmura-t-il à mon oreille. Tu l'auras toujours.

— Entre quoi et quoi ? soufflai-je, haletante.

— Entre le patron ou moi. Mais en effet… je ne couche pas avec mes employées.

— Donc, conclus-je en exhalant un soupir bruyant, je n'ai pas vraiment le choix.

— Si… Réfléchis bien.

Je me tournai vers lui, complètement perdue. De quoi était-il en train de me parler ? Soudain, il tira ma chaise et me fit me lever.

— La voiture nous attend. Mais, réfléchis à tout ce que je viens de te dire.

— Je ne comprends pas, Andrew, avouai-je, un peu chancelante.

— Le champagne, sûrement. Tu feras le lien plus tard.

Il pressa ses lèvres sur mon front, dans un geste tendre, puis m'aida à remettre mon gilet. Il enfila son caban, et prit sa veste pour la poser sur mes épaules.

— Allons-y.

Sans partager un mot de plus, il nous guida à la voiture et nous rejoignîmes le Peninsula. Durant le trajet, il posa doucement sa main sur la mienne, et ce n'est qu'à l'arrivée dans le garage souterrain de l'hôtel qu'il osa poser la question qui me hantait :

— Veux-tu rentrer chez toi ?

Chapitre 5

Je secouai la tête et un bref sourire s'étira sur ses lèvres. Il sortit du véhicule et m'ouvrit la porte. Toujours en silence, nous gagnâmes la Peninsula Suite. En entendant la porte se refermer derrière moi, je relâchai la veste d'Andrew et la posai sur une des patères dans l'entrée. Andrew retira son caban et je le suivis jusque dans le salon.

Le cœur battant, je détaillai ses gestes : il défaisait le haut de sa chemise, révélant le bas de sa gorge, puis déboutonnait ses manches et les remontait doucement sur ses avant-bras. L'anticipation, l'anxiété et le désir brûlaient dans mes veines, me rendant hermétique à ce qui nous entourait. Il se tourna vers moi, et le souvenir de notre première nuit ensemble, ici, bourdonna dans ma tête. Le souffle court, je vis ses lèvres bouger, mais ne compris pas un mot de ce qu'il me demandait.

— Je… Euh… Pardon ? fis-je, l'esprit embrumé.

— Serais-tu tentée par un bain ? proposa-t-il avec hésitation.

Je restai immobile quelques secondes, scrutant son visage. Il semblait si fragile et si peu confiant. Je pensais avoir découvert le véritable Andrew pendant notre dîner, le Andrew sans masque mais, en fait, il était là, maintenant, devant moi, incertain et hésitant.

— Je… Un bain ? répétai-je, toujours dans les limbes.

— Tu ne connais donc pas mes habitudes ?

— Oh… La piscine ! m'écriai-je soudain.

— Si tu veux, l'hôtel a prévu des maillots…, débita-t-il en désignant la salle de bains derrière lui. Enfin, je présume que tu es au courant.

Je souris largement, hochant la tête avant d'avancer vers lui.

— C'est une bonne idée, approuvai-je. Le maillot est-il de soie ou en satin ? plaisantai-je pour cacher mon anxiété.

— Tu connais mon avis sur le sujet, non ?

— En effet, avouai-je.

— Prends ton temps, et rejoins-moi quand tu seras prête.

Une lueur d'amusement éclaira son regard et, dans la seconde qui suivit, il défit un autre bouton de sa chemise. Je fixai ses mains, ses doigts, les pans de sa chemise à peine écartés et qui, pourtant, révélaient suffisamment de lui pour que tout mon corps s'embrase. Sans voix et le souffle court, je passai près de lui, le frôlant à dessein, avant de refermer la porte de la salle de bains derrière moi.

Je connaissais suffisamment l'hôtel et cette suite pour savoir où se trouvaient les maillots de bain et les peignoirs. Je retirai mes vêtements à la hâte et enfilai les petits morceaux de tissu noir. La nervosité ne m'avait pas quittée et, avant de sortir, je me regardai rapidement dans le miroir pour évaluer les dégâts. Je frottai les paumes moites de mes mains sur le tissu-éponge de mon peignoir et sortis de la pièce.

Après avoir emprunté l'ascenseur, je me faufilai rapidement par l'escalier et rejoignis la piscine par l'accès de secours. A mon arrivée, Andrew nageait déjà, étirant son corps musclé sous l'eau dans des mouvements fluides. Il me surprit en s'arrêtant net, avant d'appuyer ses avant-bras sur le rebord.

— Tu as tes habitudes aussi, constata-t-il avec un sourire satisfait.

— Je… Euh… Probablement, balbutiai-je alors que son sourire s'élargissait.

— Vas-tu finir par venir me rejoindre ou rester à m'observer ?

Il recula doucement, bougeant lentement ses bras dans l'eau pour reculer au milieu de la piscine. Son regard ne me quitta pas, et je retirai mon peignoir en tremblant presque. Malgré ma quasi-nudité, Andrew ne cilla pas, restant concentré sur mon visage tandis que je me dirigeais vers les quatre marches d'accès.

Mon corps s'immergeait progressivement. Le contact de l'eau apaisa ma peau brûlante et le picotement d'envie qui me parcourait depuis notre arrivée à l'hôtel. J'avançai lentement vers lui, presque avec prudence, jaugeant comme je le pouvais ses imprévisibles réactions. Il avait cessé de bouger. L'eau arrivait à la hauteur de sa taille et il m'attendait.

Quand enfin je l'atteignis, il leva la main et repoussa mes cheveux, dont les pointes étaient humides, derrière mon épaule. Brutalement, les lumières autour de nous s'éteignirent. Je sursautai, surprise par le bruit sec de l'interrupteur. Seules les lampes sous l'eau restèrent allumées, formant autour de nous un halo bleuté apaisant.

Mais très vite j'oubliai l'endroit, j'oubliai l'eau, j'oubliai même mon propre nom. La main d'Andrew remonta sur ma nuque et il m'attira contre ses lèvres tout en reculant dans l'eau. Je trébuchai doucement, et posai mes mains sur son torse pour me maintenir. Mon corps glissa dans l'eau pendant que les lèvres d'Andrew travaillaient sur les miennes.

Il reculait toujours, nous entraînant vers la zone la plus profonde de la piscine. Mes mouvements n'était plus coordonnés, sûrement parce que mon cerveau ne savait plus comment donner les ordres adéquats. Je me perdis totalement quand la langue d'Andrew quémanda l'accès à ma bouche. J'enroulai mes bras autour de sa nuque, me redressant pour pouvoir profiter de son baiser.

Il me relâcha, avant d'enfoncer ses doigts dans mes hanches pour me maintenir contre lui. Je me collai contre son corps, répondant ardemment à son baiser. Quand la profondeur du bassin me fit perdre pied, je relâchai ses lèvres et sa nuque pour me maintenir hors de l'eau.

— Je te tiens, murmura-t-il en m'enlaçant brutalement contre lui.

Sa tête s'enfonça dans mon cou et, instinctivement, mes jambes s'enroulèrent autour de sa taille. Je croisai mes chevilles dans son dos et l'entendis gémir contre ma peau. Je posai mes mains sur ses épaules, me stabilisant pendant qu'il reculait toujours.

En sentant sa bouche contre ma peau, je compris qu'il était en train de me marquer. Mais c'était sans importance. J'étais heureuse d'être à lui, d'être avec lui. Je remuai doucement mon bassin, lui indiquant que j'appréciais ce qu'il me faisait, et il grogna en retour.

Il releva la tête et, de nouveau, dégagea mes cheveux égarés autour de mon visage. Ses doigts se posèrent sur ma joue et je remarquai sa respiration rapide.

— J'ai attendu toute la soirée pour faire ça, murmura-t-il avant de m'embrasser encore comme si sa vie en dépendait.

L'eau clapotait autour de nous, brisant le silence de cathédrale qui régnait dans la pièce. Mais tout ce que je sentais, c'étaient ses lèvres douces et magiques sur les miennes. Je remontai mes mains dans sa chevelure trempée, m'enfonçant entre les mèches pour caresser son cuir chevelu. Il grogna contre ma bouche et se détacha de mes lèvres avant de souder son front au mien.

La respiration hachée, les yeux clos, il gémit doucement avant de bouger la tête pour que j'amplifie mon geste. J'esquissai un sourire, ravie de voir que mes caresses avaient autant d'effet sur lui que ses baisers sur moi. Ses mains remontèrent de mes genoux à mes cuisses, puis mes fesses. Il les pressa, me faisant bouger contre lui.

— Comment fais-tu ça ? demanda-t-il en embrassant le haut de ma poitrine.

— « Ça » quoi ?

— Me faire ressentir toutes ces choses… Je ne pensais pas revivre ça avec quelqu'un.

Je me sentis frissonner malgré l'eau chaude et la température de la pièce. Il y avait un tel soulagement dans sa voix, un tel besoin de se sentir « normal » que j'en étais vraiment émue. D'autant plus que j'en étais à l'origine.

— Je ne sais pas, bégayai-je. Je fais seulement… ce qui me semble… juste.

— Reste ainsi alors, sourit-il.

De nouveau il pressa mes fesses, mais cette fois pour me coller un peu plus contre lui, avant de revenir torturer mes lèvres. Un gémissement m'échappa alors que je me soulevais légèrement, le dépassant un peu. Sa bouche glissa de mes lèvres, longea mon menton, la ligne de ma mâchoire, avant de descendre dans le creux de mon cou.

Soudain, je sentis du mouvement et compris qu'Andrew s'était mis à bouger afin de nous emmener à l'autre extrémité de la piscine. Mon corps glissa le long du sien, et mon emprise autour de lui se rompit pour me permettre de retrouver le sol du bassin sous mes pieds.

— Ne t'avise pas de fuir à toutes jambes, me prévint-il en me repoussant vers les marches.

— Pourquoi ferais-je ça ? l'interrogeai-je avec sérieux.

Il avançait toujours, me forçant à reculer un peu plus vite. Son regard pénétrant me fixa avec une intensité rare et il pencha la tête sur le côté.

— Tu ne t'en rends pas vraiment compte, n'est-ce pas ?

Je heurtai les marches et tombai à la deuxième, me retrouvant assise devant lui. Il s'approcha de moi et, mue par un automatisme étrange, je l'accueillis entre mes jambes. Il plaqua ses mains sur le carrelage de part et d'autre de mes hanches et plaça son visage à quelques centimètres du mien.

— Kathleen… Tu es… Tu es la première, depuis… Eleanor, avoua-t-il d'une voix rauque.

— Oh…

— Après ce soir, je ne crois plus pouvoir te laisser de nouveau livrée à toi-même.

— Ça ne me pose pas de problème, dis-je en soutenant son regard.

— Ça ne m'en pose pas non plus. Au contraire. Crois-tu pouvoir te contenter d'une relation compliquée avec un homme comme moi ?

— Andrew, je me contenterai de n'importe quel genre de relation avec toi…

— Même quand je suis présomptueux ?

— Je n'abandonne pas. Jamais.

Il eut un sourire qui valait, à mes yeux, tout l'or du monde, puis il se pencha vers moi et m'embrassa encore. Cette fois, la passion dévorante des instants précédents laissa place à plus de douceur. Je m'allongeai comme je pouvais, le haut de mon dos heurtant douloureusement l'arête de la marche supérieure.

Andrew s'installa sur ses genoux, rampant au-dessus de mon corps avant de le recouvrir. Ses mains longèrent mes côtes et il remonta une de mes jambes autour de lui. Cette position familière me fit sourire, et je sentis, contre mes lèvres, que lui aussi.

Nos corps collés l'un à l'autre, il frotta involontairement son bassin contre le mien afin de se réajuster. Le désir qu'il ressentait pour moi ne fit alors plus aucun doute. Je remuai à mon tour, tout à fait volontairement, espérant qu'il comprenne que son envie était hautement partagée. Il grogna contre moi, laissant ses lèvres traîner sur ma peau. Je réitérai mon geste plusieurs fois, obtenant toujours le même résultat : il s'éloignait de moi dans un premier temps, avant de revenir contre mon corps, le souffle court.

Mes mains se perdirent de nouveau dans ses cheveux alors que les siennes caressaient mes cuisses. Je tentai de capter son regard, mais Andrew m'évitait, préférant naviguer sur mon cou, mes épaules dénudées et le haut de ma poitrine.

Soudain, il remonta ses mains sur mes côtes avant de les placer de part et d'autre de ma poitrine, et un gémissement lourd sortit de mes lèvres. En réaction, Andrew pressa durement ses mains contre moi et les remonta sur mes seins avec une lenteur horrible.

Je me cambrai, oubliant le contact désagréable de la marche derrière moi. Il massa doucement mes seins tandis que sa bouche continuait de faire des merveilles sur ma peau, réveillant chacune de mes terminaisons nerveuses et provoquant un incendie ravageur dans le bas de mon ventre.

Je fermai les yeux, savourant la douceur et la prévenance de ces gestes. Finalement, il prit mes seins en coupe et passa son pouce sur les pointes douloureusement érigées.

— S'il te plaît, gémis-je, pantelante et avide de plus.

— Kathleen, murmura-t-il d'une voix rauque avant de presser son bassin contre le mien.

— S'il te plaît, répétai-je… S'il te plaît, touche-moi, implorai-je.

Il se releva légèrement et sonda mon regard. Je hochai doucement la tête, le feu aux joues. Il pouvait le faire. Son regard sombre m'indiqua que j'avais raison sur ses intentions. Il me voulait. Ses yeux quittèrent mon visage et parcoururent mon corps jusqu'à ma poitrine. Ses mains glissèrent du tissu noir et se posèrent juste en dessous, avant de le repousser.

Je hoquetai en voyant son regard s'enflammer. Il fixait ma poitrine dénudée avec adoration, alors que ma tenue était plutôt décadente. Ses pouces repassèrent sur mes tétons, et il me sembla qu'il prenait un plaisir sadique à me torturer. Mon cœur frappait à une vitesse folle contre ma cage thoracique et je gémissais de façon indécente.

Sans jamais quitter mes seins des yeux, il pencha enfin la tête et prit un de mes tétons entre ses lèvres. Je refermai violemment les jambes autour de lui, sifflant le désir fulgurant qui me traversait de part en part. Il malmena mon sein encore et encore, ne se laissant aucunement perturber par les mouvements saccadés et frénétiques de mon corps. Il prodigua le même traitement à mon autre sein pendant que je m'autorisais à le garder contre moi, plaquant mes mains contre sa tête.

Après une éternité, il leva les yeux vers moi et fronça les sourcils.

— Montons.

— Que… Quoi ? balbutiai-je, toujours prise dans le moment.

— Montons dans la suite. Je te veux, mais pas ici. La suite me semble nettement plus appropriée.

Nous rejoignîmes nos peignoirs, et Andrew se posta derrière moi. Alors que je me rhabillais en tremblant, je sentis ses doigts caresser ma nuque, puis les bretelles de mon maillot de bain tombèrent.

— Retire-le, murmura-t-il.

Je m'exécutai et, aussitôt, il s'en empara pour le fourrer dans sa poche.

— Je te retirerai le reste là-haut, promit-il.

— Et toi, tu n'as encore rien retiré, répliquai-je, presque boudeuse.

— Veux-tu le faire maintenant ?

Je me tournai pour lui faire face. Son peignoir ouvert laissait voir une partie de son torse. Mes yeux descendirent plus bas, suivant la ligne parfaite de sa musculature. Je me mordis la lèvre, prenant conscience d'à quel point il était superbe. Et à moi. Je levai un sourcil amusé en voyant la bosse déformer son boxer noir.

— Mais si tu préfères patienter, me taquina-t-il en refermant les pans de son peignoir.

— Non… non… Attends ! lui ordonnai-je en m'approchant de lui.

Je plantai mes yeux dans les siens et, déterminée, passai mes pouces dans la ceinture de son maillot. Je le glissai le long de ses jambes, me baissant au même rythme pendant la manœuvre. Il leva les pieds pour s'en débarrasser et je le mis dans un des paniers prévus par l'hôtel. Quand je me retournai vers lui, il n'avait pas refermé son peignoir et son érection s'offrit à mes yeux.

Je lâchai un soupir avant de coller mon corps contre le sien pour l'embrasser. Il posa sa main sur ma nuque, m'attirant durement contre ses lèvres pendant qu'il défaisait le nœud de mon peignoir. Le contact de ma poitrine nue contre son torse chaud nous fit gémir dans la même seconde et une de mes mains se fraya un chemin entre nos corps pour le caresser.

A peine mes doigts l'avaient-ils effleuré que je sentis son sexe tressauter dans ma paume. Il relâcha mes lèvres et baissa les yeux sur son entrejambe. Je m'arrêtai, pas certaine d'agir au mieux. Mais très vite, il récupéra ma main et la reposa sur lui.

— Continue, m'intima-t-il.

— Je croyais que… Enfin… Si on allait dans la suite ? proposai-je.

Il cligna les yeux, s'apercevant que nous n'avions pas bougé de la piscine. Il repoussa ma main et referma son peignoir, avant de me pousser vers l'escalier de secours. Nous gagnâmes l'ascenseur et, dès que les portes furent refermées, Andrew me plaqua contre la paroi, m'embrassant comme un fou furieux.

— Tu n'as pas idée de ce que tu me fais, Kathleen, murmura-t-il en s'écartant de moi.

Brutalement, il rouvrit mon peignoir et se dirigea directement vers ma poitrine, embrassant et pétrissant mes seins. Mais ce ne fut qu'une étape. Ses lèvres glissèrent sur mon estomac et, très vite, arrivèrent à la hauteur de mon entrejambe. Il leva les yeux vers moi, quémandant mon assentiment, avant de retirer le morceau de tissu. Ses mains caressèrent mes jambes et, comme pour le haut, il plaça mon maillot dans une de ses poches.

Agenouillé devant moi, il fit le chemin inverse, embrassant l'intérieur de mes genoux, puis mes cuisses. Des tremblements terribles me parcoururent pendant que ses mains remontaient sur mes fesses. Il posa ses lèvres furtivement sur mon entre-jambe, grognant un peu quand j'écartai les cuisses, avant de remonter sur mon ventre, puis de déposer un baiser sur le sillon de peau entre mes seins.

Le « ding » de l'ascenseur retentit et Andrew me couvrit rapidement. Il prit ma main et nous gagnâmes sa suite. Une fois la porte refermée, il y eut un instant étrange, où je me demandais si ce que j'étais en train de vivre était bien réel. Andrew était devant moi, m'observant avec une étincelle de désir dans le regard.

— Allons dans la chambre, ordonna-t-il en prenant ma main.

Il m'entraîna derrière lui, sans que je n'offre une quelconque résistance, et me fit asseoir sur le *king size*. Je me sentais encore plus petite, encore plus faible sur cet immense lit, pendant qu'Andrew allumait les spots au-dessus de la tête de lit. Alors que je pensais le voir revenir devant moi, je perçus le mouvement du matelas qui s'enfonça, puis le bout de ses doigts effleura ma nuque. Il repoussa mes cheveux humides sur la gauche, embrassant la courbe menant de mon cou à mon épaule.

Je basculai la tête en arrière, m'adossant presque complètement à lui. Continuant à m'embrasser et à explorer ma peau de ses lèvres, il passa ses mains autour de ma taille, dénouant mon peignoir avant de l'écarter doucement. La seconde suivante, il en agrippa le col et le fit glisser de mes épaules. Je me dégageai du vêtement. Maintenant nue contre lui, je tournai la tête pour trouver sa bouche.

Je remuai et le repoussai gentiment avant de m'installer à genoux entre ses cuisses. A mon tour, j'entrepris de lui retirer son peignoir, bataillant avec le nœud fermement noué autour de ses hanches. Je râlai un peu, peu fière d'être mise en échec par ma nervosité.

— Laisse-moi faire, murmura Andrew en posant ses mains sur les miennes.

D'un geste rapide, il ouvrit son peignoir, et je pris un plaisir non dissimulé à coller mon corps nu contre le sien. J'enroulai mes bras autour de sa nuque, l'embrassant à perdre haleine pendant que mes mains passaient sur ses épaules pour lui enlever complètement son peignoir.

Quand, enfin, il fut totalement nu, il m'attira contre lui et nous basculâmes sur le lit. Je caressai son torse, appréciant les petits grognements qui lui échappaient. Très vite, ma main glissa le long de son ventre et retrouva son sexe érigé. Le corps en feu, je le caressai avec lenteur.

— Tellement bon, murmura-t-il en fermant les yeux. Continue.

Je poursuivis mon geste, observant son visage se crisper à chaque va-et-vient de ma paume contre lui. Il luttait, il bataillait même. Je tentai de l'apaiser, picorant son torse, son cou, ses lèvres et même son visage, mais il gémissait de plus en plus fort, amplifiant d'autant mon envie. Je m'allongeai sur lui, mon entrejambe frottant contre sa cuisse.

Brutalement, il attrapa mes mains et me retourna sur le lit. Il flotta au-dessus de moi quelques secondes, sa virilité caressant la peau de mon ventre. Je l'encourageai avec un sourire que j'espérais sexy, et il se décala pour s'allonger près de moi. J'amorçai un mouvement de hanche pour le retrouver, mais il me repoussa.

— Laisse-moi te regarder.

Je m'étendis de nouveau sur le dos, immobile, tandis que le désir brûlant et dévastateur menaçait de me faire exploser. Ses yeux balayèrent mon corps de bas en haut, ne s'attardant nulle part en particulier, mais semblant tout de même enregistrer le moindre détail. Quand il retrouva mon regard, je perçus de nouveau cette étincelle presque démoniaque dans ses deux émeraudes. Il porta ses doigts à mes lèvres, les caressant doucement. Je parvins à prendre son pouce dans ma bouche, le suçant fort afin d'atténuer les flammes qui me ravageaient. Andrew m'observa faire, ses mâchoires se crispant au rythme de mes lèvres.

— Des projets, mademoiselle Dillon ? sourit-il en retirant son pouce de ma bouche.

— Les mêmes que les vôtres, monsieur Blake.

Il réprima un rire, heureux et satisfait, et abaissa sa main pour la poser sur le haut de ma poitrine. J'exhalai un soupir d'anticipation. Et, avec une lenteur insupportable, il caressa mon corps. La pulpe de ces longs doigts traîna sur ma peau, passant entre mes seins, sur mon estomac, puis sur mes hanches avant de finir sur une de mes cuisses. Avoir ses mains sur moi était, sans aucun doute possible, la meilleure des sensations.

— Définitivement nue, affirma-t-il avec conviction.

— S'il te plaît, geignis-je.

Cette fois, je n'eus pas à renouveler ma requête. Il posa sa main sur mon sexe chaud et humide et le caressa doucement. Je criai de plaisir et me cambrai pour prolonger ce léger contact. Je murmurai son nom et, très vite, sa bouche étouffa mes gémissements. Du bout des doigts, il écarta mes plis et se fraya un chemin dans mes chairs humides.

Je me cambrai de nouveau, sentant des tremblements prendre possession de mes jambes. Je savais ce qu'annonçait ce signe chez moi : un orgasme fulgurant allait me ravager à la minute où il serait en moi. Andrew se serra contre moi, nichant sa tête dans mon cou.

— Tu es tellement belle, murmura-t-il.

— Andrew…, râlai-je, ne pouvant plus attendre.

Et dans l'instant, il inséra un doigt en moi, me faisant ainsi perdre tout contrôle. Mon corps se tendit soudainement, avant de se ramollir tout aussi vite. Je grognai de plaisir, mais Andrew entreprit un va-et-vient en moi, faisant fi de mon orgasme.

— Encore, murmura-t-il en insérant un second doigt.

A peine remise de mes émotions, la boule de chaleur était déjà en train de se reformer dans le creux de mon ventre. Il allait et venait avec frénésie, haletant dans mon cou. Je relevai les jambes, lui offrant un meilleur accès, l'encourageant par mes gémissements à poursuivre son agréable torture.

— Viens en moi, lui intimai-je, à bout de souffle.

— Je suis en toi, sourit-il en levant le visage vers moi.

— Non… Ça, expliquai-je en passant ma main sur son sexe tendu.

Il retira doucement ses doigts et la seule sensation de vide me contraria.

— Préservatif ? demanda-t-il.

— Non, balayai-je rapidement. Je… Enfin, je prends… ce qu'il faut, bégayai-je.

Un sourire s'étira sur ses lèvres et il m'embrassa tout en s'installant entre mes jambes. J'étais déjà pantelante, et ce fut encore pire quand son sexe effleura le mien.

— Tu es tellement… chaude, dit-il sur mes lèvres.

— A cause de toi !

— A cause ?

— Grâce, corrigeai-je. Grâce à…

Mes mots moururent dans sa bouche et il s'enfonça au plus profond de moi. De nouveau, mes jambes tremblèrent et je me sentis partir loin, emportée par une vague géante de plaisir. Andrew plaça ses mains de part et d'autre de mon corps et se souleva, atteignant le point le plus sensible de mon anatomie. Je me sentais… bien, vraiment bien, baignant dans un coton douillet, chaud, imprégné du parfum d'Andrew. Ses cheveux humides retombaient sur son front, voilant un peu son regard. Mais c'était la seule sensation de lui, complètement et parfaitement en moi qui canalisait toute mon attention.

— Andrew ! criai-je en saisissant les draps dans mes poings.

— Encore, murmura-t-il en refaisant le même mouvement.

J'entourai ses hanches de mes jambes, cherchant à le retenir contre moi. Mais il était plus fort et, quand il répéta « encore », un nouvel orgasme s'abattit sur moi, me coupant le souffle. Je murmurai son nom une nouvelle fois, encore et encore et, après s'être immobilisé en moi, il commença à bouger lentement.

— J'aime quand tu m'appelles Andrew… surtout comme ça, dit-il dans un murmure rauque.

— Andrew, répétai-je sur le même ton.

— Bon sang ! gronda-t-il en accélérant le mouvement.

Je prononçai de nouveau son nom et, pour toute réaction, il se lova contre moi, serrant son corps au plus près du mien. Ses mouvements se firent plus amples et, de nouveau, je me mis à trembler. Je fermai les yeux, je n'avais jamais ressenti ça avec quelqu'un d'autre. Mon cœur s'emballa, battant à un rythme chaotique, pendant qu'Andrew bougeait en moi.

— Redis-le ! m'ordonna-t-il.

— Andrew, haletai-je.

— Tellement... bon, Kathleen. Jamais été aussi... fort, avoua-t-il.

Son rythme s'accéléra de plus en plus, cadencé par nos gémissements mutuels. Alors que j'étais sur le point de tomber une nouvelle fois dans le vide, il colla son front contre mon front et plongea son regard dans le mien. Il porta sa main à ma joue, effleurant à peine mes lèvres.

— Kathleen, murmura-t-il comme une prière.

Et tout son corps se tendit contre le mien. Je me resserrai autour de lui, explosant à mon tour dans un cri de joie sans fin. Je tremblai dans ses bras et il me serra aussi fort que possible, les yeux clos, le sourire aux lèvres.

Quand il se retira de moi et se plaça à mes côtés pour me prendre dans ses bras, je compris que j'avais franchi plusieurs limites : la limite entre ma carrière et ma vie privée, la limite entre son passé et son présent, et une autre, moins évidente mais qui, maintenant, alors que ma tête reposait sur son torse, me sautait aux yeux, j'étais tombée amoureuse de lui.

Je frissonnai un peu et Andrew écarta les draps pour pouvoir nous installer dans le lit. Machinalement, je regardai l'heure : 1 heure du matin. Je n'avais aucune envie de rentrer, encore moins quand mon amant embrassa mon front avec tendresse.

— Tu restes ? demanda-t-il, incertain, en caressant mon dos.

— Tu me chasses ? plaisantai-je en me redressant.

— Non. Au contraire, je veux que tu restes. Je me sens... bien quand tu es là. Vraiment bien.

— Moi aussi, avouai-je.

— Et... enfin, pour être totalement honnête et présomptueux, j'envisage vraiment de renouveler cette expérience.

Je le fixai longuement avant de poser mes lèvres sur les siennes.

— J'ai quelque chose pour toi, dit-il en sortant du lit.

Je le suivis des yeux alors qu'il quittait la chambre, admirant le résultat de ses séances de natation : le dessin parfait de ses épaules, la musculature fine de son dos, ses superbes fesses. Il était… sublime. Je récupérai la chemise qu'il portait en début de soirée et l'enfilai pour le rejoindre. Je le retrouvai dans le salon. Toujours nu, il se tourna vers moi et un sourire se dessina sur son visage en voyant son habit sur moi.

— Je ne pensais pas que mes vêtements te plaisaient à ce point ! railla-t-il.

— Ça te dérange ? demandai-je, inquiète.

— Aucunement.

J'avançai vers lui, cherchant à contrôler mes yeux qui ne cessaient d'aller et venir sur son corps, surtout sur la partie la plus… intéressante.

— Voilà pour toi, murmura Andrew en me tendant une enveloppe. J'ose espérer que cette fois tu accepteras.

Je la lui pris des mains et, pendant qu'il se plaçait derrière moi pour me serrer contre lui, je l'ouvris.

Le bon pour les livres, le cadeau de Noël que j'avais refusé.

— Tu n'as aucune raison de le refuser maintenant, me souffla-t-il en embrassant mon cou.

— C'est vrai. Mais je n'aime pas la sensation d'être toujours celle qui reçoit les cadeaux.

— J'ai autre chose à te demander. Ça devrait… rétablir la balance « cadeaux ».

— Ah oui ? fis-je, heureuse de pouvoir lui rendre un peu de ce qu'il m'offrait.

— J'ai une réception, dans un mois, à San Francisco.

Je me figeai dans ses bras et posai l'enveloppe sur une table près de moi.

— Je veux que tu viennes, finit-il.

— Et la presse ? murmurai-je, hésitante. Je ne veux pas… Je ne veux pas que ma présence provoque…

— Rien d'officiel, assura-t-il. J'ai envie que tu sois là, mais si tu te sens mal à l'aise, ne te force pas. Je ne veux pas… Je veux que tu viennes parce que tu en as envie, pas pour me faire plaisir.

— D'accord, murmurai-je. Je viendrai.

— Vraiment ? s'étonna-t-il.

— Vraiment. J'ai envie d'être avec toi, et si cette réception m'offre cette opportunité, alors je la saisis.

Il me fit pivoter entre ses bras et posa sa bouche fermement contre la mienne. Ses lèvres attaquèrent les miennes avec avidité, et le souffle me manqua très vite. Je me reculai et croisai son regard sombre.

— Il y a un truc que j'aime quand tu portes mes vêtements, lança-t-il en saisissant le bas de la chemise pour me la passer par-dessus la tête.

— Ah oui ? exhalai-je.

— Je sais que tu es à moi.

Il enroula vivement un bras autour de ma taille et m'attira contre lui. Nous heurtâmes le canapé et je me retrouvai au-dessus de lui, une jambe de chaque côté de ses cuisses.

— A moi, répéta-t-il en embrassant ma poitrine.

— Andrew, murmurai-je avec cette intonation qu'il appréciait tant.

Il m'attira un peu plus contre lui, et se souleva pour prendre un de mes seins dans sa bouche. Je m'entendis gémir lourdement, mon corps se réveillant de son court engourdissement. Le désir galopant reprit possession de moi, et je me retrouvai en train d'onduler au-dessus d'Andrew. Mes mains agrippèrent le haut du canapé derrière lui, le serrant à m'en faire mal, quand Andrew enfonça un premier doigt en moi.

— Parfaite, murmura-t-il.

— A toi, soufflai-je sur ses lèvres.

— En toi, grogna-t-il en retirant sa main pour m'attirer sur son sexe.

La sensation m'arracha un cri de plaisir. Je restai immobile quelques secondes avant de sentir ses mains sur mes hanches. Je bougeai doucement, allant et venant sur sa longueur. Il bascula la tête en arrière, gémissant mon prénom.

Je remuai sur lui, en avant, en arrière, alternant un rythme rapide et un rythme plus doux. Je me concentrais sur le visage d'Andrew, admirant la crispation de ses mâchoires alliée au quasi-abandon de lui-même devant moi.

C'était pour lui, uniquement pour lui que je bougeais. Mon plaisir n'avait aucune importance, seuls comptaient ses gémissements et ses doigts qui s'enfonçaient un peu en moi pour m'indiquer la cadence à suivre.

Brutalement, il se redressa, me serrant contre lui. Sa bouche retrouva ma poitrine et remonta très vite, il mordilla ma lèvre inférieure et, soudain, tout ce que je retenais lâcha. Mon cœur frappa dans ma poitrine à une vitesse hallucinante et mon bas-ventre se contracta dans un orgasme fulgurant. Je m'effondrai dans ses bras avant de le sentir se crisper sous moi et se laisser emporter à son tour.

Après quelques minutes où seules nos respirations haletantes se faisaient entendre, je me sentis soulevée. J'enroulai mes jambes autour de lui, les paupières closes, bercée par ses bras puissants.

Ce fut l'étrange et brutale clarté qui me fit ouvrir les yeux. Je les clignai plusieurs fois, cherchant à repérer où nous étions.

La salle de bains.

— Qu'est-ce que…

— Une douche.

Et sans me lâcher, il nous fit entrer dans la gigantesque cabine de douche. L'eau, déjà tiède, commença à couler sur nous, et je glissai lentement le long de son corps. Il dégagea les mèches qui collaient à mon visage et me fit tourner. Après un instant, ses doigts se posèrent sur ma tête et il me lava doucement les cheveux. Après les avoir longuement rincés, il entreprit de me savonner, passant ses mains blanches de mousse sur chacune des parties de mon corps.

La sensation était à la fois grisante et relaxante. Andrew était doux, délicat, ses paumes épousaient parfaitement chacune de mes courbes, ne laissant aucun endroit inexploré. Quand ses mains remontèrent de mon ventre vers ma poitrine, je m'appuyai largement sur lui, mes fesses frottant contre son bas-ventre.

Il passa sur mes seins comme sur le reste de mon corps, m'arrachant un gémissement de frustration. Je devinais son sourire et ses mains se posèrent sur mes épaules, me massant longuement en revenant se placer sur ma nuque.

— Je vais t'offrir un de ces massages dont Meghan raffole, murmura-t-il en pétrissant mes épaules.

— Pourquoi dépenser de l'argent quand tu le fais si bien et gratuitement ?

— Pour te faire plaisir…

— Oh… Prenons le problème autrement : l'équipe de masseurs est exclusivement masculine, soufflai-je.

Ses mains se figèrent sur moi et je me pinçai les lèvres pour contenir mon rire.

— Je comprends pourquoi Meghan aime tant ça finalement ! plaisanta-t-il.

— Il faudrait être difficile !

— Te concernant, je vais m'octroyer ce privilège.

— La règle de l'exception, je présume.

— Mon exception, confirma-t-il en me tournant face à lui pour m'embrasser.

A mon tour, je pris le gel douche de l'hôtel et le fis mousser entre mes mains. Je les posai sur son torse, le savonnant doucement. La respiration d'Andrew s'accélérait à mesure que je descendais vers son entrejambe. Mais comme il l'avait fait avec moi, je passai sur son sexe sans m'y appesantir et descendis sur ses cuisses.

— Tourne-toi, lui dis-je doucement.

Il s'exécuta, et je repris le chemin inverse, remontant le long de ses jambes, caressant ses fesses avant de retrouver son dos finement musclé.

— Depuis quand nages-tu ? demandai-je en longeant sa colonne vertébrale.

— L'université. Ça me permet d'évacuer les tensions accumulées.

Je le rinçai rapidement et nous sortîmes de la cabine de douche. Andrew m'enroula dans une serviette immense et moelleuse avant de se frictionner rapidement. De retour dans le grand lit, alors qu'Andrew, dans mon dos, me serrait contre lui, j'en profitai pour aborder de nouveau le sujet « Eleanor » :

— Andrew ?

— Humm ? fit-il derrière moi.

— Est-ce que… Enfin, tout à l'heure tu as dit que j'étais

la première depuis Eleanor. Est-ce que… Est-ce qu'elle et moi nous nous ressemblons ?

— Je ne sais pas… Vous êtes différentes, mais vous êtes aussi déterminées l'une que l'autre. Eleanor était… plus agitée, toujours dans l'action. Elle prenait ses décisions en fonction de son ressenti, sans parfois se préoccuper de ce que pensaient les autres. Elle suivait son instinct.

— Tu me trouves plus réfléchie ?

— Plus posée. Tu es apaisante, sereine.

Je me tournai vers lui, plaquant mes mains sur son torse. Je me perdis dans le regard d'Andrew et constatai, en effet, que son visage était détendu, que ses gestes étaient doux, tendres, faciles.

— Ne cherche pas à être comme elle, murmura-t-il.

— Ce n'est pas… ce que je veux. Je crois… C'est bizarre, mais j'aurais aimé la connaître, souris-je.

— Eleanor… Comment dire… Imagine une tornade débarquer un jour devant toi, s'installer sur ton pupitre et te dire qu'elle a une idée formidable. J'aimais ça chez elle. Cette capacité à s'enthousiasmer de tout et de rien.

— Tu lui en veux toujours ? demandai-je doucement.

— Parfois. Mais peut-on vraiment en vouloir à quelqu'un qu'on a aimé si profondément ? Meghan a été plus… vindicative. Elle refuse de parler d'Eleanor, elle s'est sentie trahie.

— Ce qui explique qu'elle veuille te protéger de moi ?

— En partie, sûrement. Elle veut aussi te protéger. L'accident de voiture a tué Eleanor, mais sa liaison durait depuis quelques mois. Quelque part, notre couple devait certainement être déjà mort à ses yeux. Meghan pense d'ailleurs que cette aventure était liée à notre mode de vie, que l'argent a pris le pas sur notre histoire. Possible, mais je ne lui en veux pas d'avoir eu une liaison.

— Vraiment ? m'étonnai-je.

— Vraiment. Parce que je pense qu'elle m'aimait. J'ai envie de croire qu'elle avait juste envie d'autre chose, de quelque chose de différent de moi et de notre vie de couple. Je lui en veux de m'avoir menti. J'aurais préféré qu'elle me quitte, qu'elle assume être passée à autre chose.

— Comment aurait-elle pu ? lâchai-je. Comment aurait-elle pu quitter l'homme à qui elle avait donné tant de sa vie ?

— Je ne sais pas… Mais je préfère l'honnêteté. Toujours.

Il posa légèrement sa bouche sur la mienne et m'embrassa. Ce n'est qu'à ce moment que notre conversation au restaurant me revint à la mémoire. Je me détachai de ses lèvres, espérant démêler le sujet.

— Ce que tu as dit… ce soir.

— J'ai dit pas mal de choses, sourit-il.

— Au sujet de toi et moi… Enfin, sur le fait que tu sois mon patron.

— Oh… Ça… Le champagne aurait-il finalement cessé d'agir sur ton cerveau ? Tu es d'habitude si… perspicace !

— Mais… tu as dit que tu ne couchais pas avec tes employées.

— En effet. Je n'ai jamais considéré Eleanor comme une employée.

— Elle était…

— … Ma femme, oui.

La panique me gagnait et mon cœur, battant à un rythme bien trop rapide, menaçait de lâcher dans la seconde. Je sentis la main d'Andrew effleurer ma joue.

— Tu n'es pas en train de…

— Kathleen, si j'avais voulu te demander en mariage ce soir, j'aurais très certainement mis un genou à terre et glissé un diamant aussi gros que mon poing à ton doigt.

— Mais…

— Et j'aurais appelé ton père avant, évidemment, ajouta-t-il, un sourire aux lèvres.

— On se connaît à peine, contrai-je.

— C'est vrai. Je veux juste que tu te fasses à l'idée… Tu as parfois tellement de mal à accepter l'évidence.

— En tout cas, j'accepte très bien ton côté… excessif et présomptueux ! ironisai-je en me calant dans ses bras.

— C'est un début.

La conversation était finie, et même si j'avais eu des réponses à certaines de mes questions, de nouvelles fleurissaient dans ma tête.

Au matin, à mon réveil, Andrew me refit l'amour. Cette étreinte-là ne ressemblait pas à celles de la nuit passée. Lui comme moi voulions nous rassasier l'un de l'autre. Il repartait dans la journée pour San Francisco et, moi, j'allais reprendre mon rôle de Pénélope attendant le retour de son aimé.

Alors que nous partagions le petit déjeuner copieux qu'Andrew avait commandé pour nous deux, nous réglions l'un et l'autre nos impératifs d'agenda.

— Quand seras-tu de retour ? demandai-je tandis qu'il consultait son téléphone.

— Je reviens le 20. Juste pour une nuit. La réception est le 10 avril à San Francisco, je t'enverrai un billet d'avion.

— Andrew, je peux m'offrir mon…

— Je demanderai à Nathan de t'escorter à la sortie de l'aéroport, compléta-t-il en ignorant ma remarque. Ensuite, je viendrai pour le mariage de Lynne, le 25. Je resterai sûrement quelques jours.

Je notai précieusement les dates sur un morceau de papier, me promettant de boucler mon planning à venir avec Lynne en fonction de la présence d'Andrew.

— Euh… Dois-je prévoir un hôtel à San Francisco ? demandai-je avant de porter mon cappuccino à mes lèvres.

— La réception a lieu au *Sheraton*. On a quasiment réservé tout l'hôtel.

— Oh…

— Tu dormiras dans ma suite.

— Oh… Et où dormiras-tu ? souris-je.

— J'espérais, à vrai dire, partager cette suite avec toi, murmura-t-il avant de passer son pouce au-dessus de ma bouche, retirant ainsi le surplus de crème, et de le fourrer dans la sienne.

— Sans me demander mon avis ? risquai-je, le souffle court.

— Je ne me préoccupe généralement pas vraiment de l'avis des gens… Toutefois, te concernant, l'exception est et sera toujours de mise. Donc, Kathleen, accepteriez-vous de partager ma suite à San Francisco ?

— Je prends le lit, tu prends le canapé ! déclarai-je, hilare.

Il eut un sourire heureux, presque soulagé, qui me surprit. Il me regarda rire avec cette attention particulière et soutenue.

— J'aime ton rire.

Je rougis violemment. Andrew savait complimenter, mais ce genre de phrase, lâchée au hasard et incroyablement intime, me mettait toujours mal à l'aise. J'avais la sensation de voler le bien d'une autre, en l'occurrence, Eleanor. Et l'amour qu'Andrew lui portait occupait toujours mon esprit.

— A quelle heure est ton vol ? demandai-je pour changer très vite de conversation.

— Vers midi. D'ailleurs, je vais devoir y aller, ajouta-t-il en regardant sa montre. Prends ton temps, je vais me changer et préparer mes affaires.

Trente minutes plus tard, Andrew et moi étions habillés et échangions un dernier baiser.

— Tu rejoins le parking, une voiture te ramène chez toi.

— D'accord, murmurai-je.

— Si tu as le moindre problème, ou si ces vautours appellent encore chez toi, tu me le dis et je ferai le nécessaire.

— Andrew, je vais me débrouiller.

— Kathleen, promets-moi d'appeler. Je ne veux pas que cette histoire… te déstabilise, et je ne veux pas que cela nous déstabilise. Te perdre maintenant, après cette nuit, serait terrible pour moi.

— Pour moi aussi, avouai-je.

— Bien. Maintenant, rentre chez toi, je t'appelle dans la soirée. Et sois prudente, ajouta-t-il en me fixant avec intensité.

Il embrassa doucement mes lèvres et ouvrit la porte. S'assurant que personne ne rôdait à l'étage, je quittai la suite et gagnai l'ascenseur.

Chapitre 6

A peine avais-je franchi la porte de mon appartement que je me sentis vide. A vrai dire, ma soirée puis ma nuit avec Andrew m'avaient psychiquement épuisée. Il était à peine midi, et je ne devais revoir Andrew que dans quinze longues journées. Et autant de nuits. Je soupirai, déjà lasse que nos vies soient si compliquées, lui là-bas et moi ici.

Le retour à la normale fut expéditif. J'avais quelques courses à faire, quelques factures à payer, et devais me mettre en contact avec ma banque pour acter la signature de mon nouvel appartement. Quand tout fut enfin terminé, je m'effondrai dans mon canapé et il était quasiment 17 heures. Fort heureusement, je n'étais pas de service cette nuit, mais reprenais la nuit suivante. Je devais me remettre dans le rythme, et devais encore tenir un peu pour ne pas être lessivée le lendemain.

Et je savais déjà à quoi j'allais mettre à profit ma soirée : Eleanor Blake.

Pour une raison étrange, les aveux d'Andrew sur son amour pour elle, sur son caractère et sur sa liaison clandestine avec un autre homme m'avaient bouleversée. Je ne comprenais pas comment une femme qui avait tout pouvait en vouloir encore plus. Elle avait l'argent, la réussite, l'amour… Pourquoi aller chercher ailleurs ? Pourquoi vouloir mieux ?

Mon ordinateur sur les genoux, je me décidai à lancer mes recherches sur elle. Mes premières investigations sur Andrew n'avaient pas été couronnées de succès, mais j'espérais qu'il restait encore une trace d'Eleanor quelque part.

Sans surprise, je découvris qu'Eleanor était essentiellement présentée comme étant « la femme de ». Cela me surprenait d'autant plus que, d'après Andrew, elle était une femme de caractère, et je doutais qu'elle soit capable de se réduire à ce seul rôle. Finalement, un article qui lui était dédié dans un magazine féminin attira mon attention.

Avant d'être Eleanor Blake, elle était Eleanor Cummings, débarquant de l'Oregon, des étoiles dans les yeux et des rêves plein la tête. Si la plupart des gens l'assimilent à son mari, Andrew Blake, stratège des médias, elle ne se contente pas de l'affichage et revendique son rôle d'amante, de femme, d'amie et de directrice de communication.

La journaliste, Anna Klein, avait alors débuté son interview sur l'adolescence d'Eleanor, sur ses rêves de réussite. Aînée de la famille, elle avait débarqué à San Francisco sans beaucoup d'argent, mais avec l'envie de réussir.

Je cliquai sur le lien me renvoyant vers l'article, espérant compléter ce qu'Andrew m'avait esquissé.

AK : Andrew Blake, votre époux, parle toujours de vous comme d'une évidence dans sa vie. Pouvez-vous nous donner votre version ?

EC : J'ai rencontré Andrew à la faculté. Je crains de ne pas être originale. Nous sommes d'abord devenus amis, je crois que je suis tombée amoureuse de lui au moment de ce projet, en économie. Je l'écoutais parler, décrire cette entreprise fictive que nous devions monter… C'était incroyable (sourire). Andrew a cette volonté féroce de vouloir faire participer les gens. Il a dit un truc du genre « Eleanor, peux-tu compléter le point marketing ? » et, je ne sais pas, peut-être que c'est à ce moment que l'évidence s'est produite. Et puis un soir, nous nous sommes embrassés. Il est difficile de ne pas tomber amoureuse d'un homme comme Andrew.

Je souris largement. Je devais l'admettre : lui résister avait été compliqué et épuisant. Apparemment, Eleanor ne s'était pas battue contre ce qu'Andrew éveillait en elle. Il parlait d'« évidence », j'aurais presque préféré le terme « facilité » tant leur relation semblait avoir été simple à gérer.

AK : Beaucoup vous cantonnent à un rôle d'accessoire, est-ce que cela vous blesse ?

EC : J'avoue que je me sens à l'étroit dans le rôle de la jolie fille qui sourit. Je ne sais pas d'où vient cette image un peu réductrice. Le monde de l'entreprise, de la très grande entreprise, je veux dire, est assez masculin. Andrew est le P-DG de la société, mais jamais il n'a participé à cette image. Au contraire… Il a toujours été d'une prévenance sans faille. C'est un homme loyal.

Je songeai furtivement à la réception à laquelle Andrew m'avait demandé de participer. Avec le recul, je doutais d'avoir eu un regard, ou un sourire franc. Je représentais la distraction pour Abby, la mauvaise presse pour Matt et presque une intruse aux yeux de Meghan. Eleanor faisait partie intégrante de l'entreprise et subissait déjà ce genre de quolibets et de commérages… Je savais à présent que ce que j'allais affronter allait être encore plus violent. J'étais concierge de nuit, journaliste ratée, pas franchement une femme d'affaires accomplie pouvant rivaliser avec Andrew.

AK : Pouvez-vous nous dire comment se déroulent vos journées ?

EC : Nous avons une vie plutôt normale. Andrew fait pas mal de déplacements, sur la côte Est, à New York, pour finaliser l'acquisition d'un nouveau journal. C'est un projet auquel il tient et je lui apporte tout mon soutien.

AK : Ses absences doivent être douloureuses, non ?

EC : J'y suis habituée. Même si, parfois, j'aimerais avoir un homme qui rentre à une heure décente à la maison, j'aime mon époux… Nous nous attachons à communiquer chaque jour. Evidemment, ça ne remplace pas sa présence, mais il faut savoir faire des compromis. J'ai des amis, un métier… tout cela m'aide à compenser ses absences. Je n'ai pas pour habitude de me laisser abattre.

AK : Et donc, quand est-il là ?

EC : La plupart du temps, nous nous croisons le matin, avant le début de ses réunions. Nous déjeunons ensemble assez souvent. Le soir, il rentre tard, mais nous tenons à garder un moment pour nous. Je vous l'ai dit, nous avons une vie assez normale. Le plus difficile est de faire coïncider nos emplois du temps. Mais nous recevons des amis à dîner le week-end, nous avons passé nos dernières vacances au soleil…

Je recoupai les informations de l'article avec ce que m'avait dit Andrew. Les vacances au soleil pour sauver son couple à la dérive, l'acquisition du journal à New York. Je baissai les yeux en bas de l'article pour trouver la date : 18 novembre, quelques semaines avant sa mort.

Elle avait appris à gérer la solitude, l'absence, les déplacements. Et pourtant, malgré tous ces compromis, malgré les vacances, malgré le bébé, elle avait une liaison. J'imaginais sa double vie, presque schizophrène : elle croisait parfois son époux, travaillait pour lui, l'aimait, et trouvait le temps pour rejoindre un autre homme. Je comprenais alors qu'effectivement faire coïncider les emplois du temps avait dû être plutôt ardu.

> AK : Votre mari fait partie de la fameuse liste des hommes les plus sexy… Pouvez-vous briser le mythe ?
>
> EC : Que pourrais-je vous dire ? Andrew ne cuisine pas, et il peut se révéler vraiment… bordélique. Il a perdu son passeport dernièrement, et même les clés de sa voiture. C'est un mystère pour moi : cet homme retient une tonne d'informations, mais oublie les choses les plus basiques. Il n'offre que rarement des fleurs et oublie les dates d'anniversaire. Ça, c'est difficile. J'aimerais qu'il soit plus jaloux. Nous nous connaissons parfaitement et, même quand il refuse de l'admettre, je sais quand il n'aime pas quelque chose. Mais, sincèrement, je comprends qu'Andrew soit un homme convoité.

Je souris en voyant ce descriptif peu flatteur d'Andrew. Je me demandais même si elle parlait bien de l'homme qui m'offrait des roses, qui retenait chacun des minuscules détails de ma vie et qui avait fait montre d'une possessivité assez démonstrative depuis que nous nous connaissions. De toute évidence, il avait changé.

Ou alors, était-ce leur relation ? Elle s'échinait à décrire un bonheur sans faille, à nous faire croire à la perfection de sa vie, mais il y avait une forme de résignation dans ses mots. Ce sentiment curieux perdura quand je découvris la première photo qui habillait l'article. Eleanor apparaissait souriante, en mouvement, assise dans un fauteuil en cuir noir. Ses cheveux ramenés en arrière lui donnaient un air sérieux, presque exagérément autoritaire. Elle ne voulait plus être l'épouse, juste une femme.

AK : Et vous ? Etes-vous convoitée ?

EC : Parfois… Au départ, j'avais la sensation que les hommes n'osaient même pas me regarder parce que j'étais la femme de… Maintenant, c'est différent. Il y a de la curiosité à mon sujet. Les gens découvrent que je travaille, que j'ai des envies, des goûts, que je ne suis pas que la femme de… A vrai dire, c'est flatteur.

AK : Avez-vous, avec votre mari, le projet d'avoir des enfants ?

EC : Qui n'a pas ce projet ? Maintenant, il faut parfois savoir attendre et être patiente, comme pour tous les sujets d'importance. C'est une envie plutôt récente.

Peut-être était-elle déjà enceinte à ce moment-là. Paradoxalement, alors qu'elle parlait maternité et enfant, une chose me frappa : elle était seule. Elle ne parlait pas d'envie commune, ni d'Andrew en tant que père. Le simple fait de rappeler que les choses changeaient à une vitesse effrayante résumait la situation : même si elle était enceinte, même si elle était prête, elle avait exclu l'homme dont elle voulait des enfants.

AK : Si j'en crois les rumeurs, vos collaborateurs font part de votre envie permanente d'agir. Seriez-vous boulimique de travail ?

EC : Non. Le travail n'est pas toute ma vie. Je suis une passionnée, je vis les choses. On me reproche mon enthousiasme ? Peu importe… On me reproche de vivre un peu brutalement ? Peu importe… Je ne m'attache pas à ce genre de commentaires. Je n'aime pas… la routine, ou ce qui commence à s'y apparenter. Parfois, une idée vous vient et il faut la suivre. La vie est tellement courte, je ne vois pas pourquoi je me refrénerais. Rien n'est écrit. Gamine, oui, je voulais réussir… Mais si on m'avait dit que j'en serais là… je n'y aurais jamais cru. Tout est question d'opportunité.

Pour la première fois depuis le début de ma lecture, je retrouvai la femme dont Andrew m'avait parlé. Elle était impulsive et instinctive. Elle avait cet enthousiasme débordant pour la vie et ce qu'elle nous apporte. J'imaginais furtivement Eleanor et Andrew ensemble, l'alliance du feu et de la glace. Peut-être avait-elle considéré Andrew comme une opportunité ?

AK : Vous ne vous inquiétez pas des impératifs ?

EC : Je ne connais pas ce mot (rire). C'est d'ailleurs un terme que je tente de faire oublier à mon mari qui a toujours des « impératifs ». Ceci étant dit, même si la plupart des gens me prennent pour une exubérante, j'ai certaines valeurs auxquelles je tiens : être honnête avec soi-même, être heureux, oublier les rumeurs.

AK : Les journaux spécialisés disent que l'empire de votre mari pourrait s'écrouler à cause de la chute des ventes.

EC : *Blake Medias* se porte bien. Et si ce n'était pas le cas, Andrew ne serait pas à New York en train de négocier un contrat.

AK : Des photos récentes vous montrent avec un autre homme. Avez-vous des commentaires à faire à ce sujet ?

EC : (Rires) J'aime mon époux. Eperdument. Chaque jour, je savoure la chance que j'ai d'être avec un homme comme lui. Je vous l'ai dit, je ne m'intéresse pas aux rumeurs.

Je trouvai une seconde photo, sur laquelle Eleanor apparaissait plus droite, plus figée. Les mains croisées, elle fixait avec obstination l'objectif. Il n'y avait pas le sourire lumineux du premier cliché, juste l'allure de la femme d'affaires, déterminée à réussir.

Encore une fois, je relus ses mots. Elle disait l'aimer. Sans doute ne mentait-elle pas, sans doute l'aimait-elle, mais je doutais de la force de ses sentiments pour lui. Elle le disait elle-même : la solitude lui pesait, mais elle compensait. Elle parlait des petits défauts d'Andrew, sans jamais s'en attendrir.

AK : Et votre époux, qu'en pense-t-il ?

EC : Je ne suis même pas certaine qu'il ait vu ces photos (rires). Quand je vous parlais de la jalousie tout à l'heure… Peut-être devrais-je les lui montrer finalement, histoire de flatter mon ego et me faire offrir un bijou magnifique qui me fera oublier son agenda surchargé.

AK : Dernière question : vous semblez toujours sûre de vous, confiante en la vie et en l'avenir, y a-t-il une chose qui pourrait vous manquer ?

EC : Je ne sais pas. C'est une question difficile. Je veux dire, j'ai plein de choses : mon travail, mon mari, des projets… Mais peut-être manque-t-il quelque chose que j'ignore ? Ou peut-être que j'ai tout ça, mais que je pourrais en avoir plus encore… Alors, oui, il manque sûrement quelque chose à ma vie, reste à déterminer quoi.

A peine avais-je bouclé ces derniers mots que je retournai sur ma page de recherches et récupérai la fameuse photo floue. A la lumière des mots d'Eleanor et de la description d'Andrew, je compris maintenant que l'homme à côté d'elle devait être son amant. Je rapprochai la photo plus près de moi, mais on ne distinguait vraiment rien. Le photographe devait sûrement être trop loin pour espérer un vrai scandale.

Je retrouvai d'autres clichés, encore plus flous. De prime abord, Eleanor et cet homme semblaient se tenir la main mais, en examinant de plus près, il aurait pu tout simplement s'agir de deux amis marchant l'un près de l'autre. Enfin, sur la dernière photo, un microscopique entrefilet donnait une interprétation :

> Eleanor Blake, femme d'Andrew Blake et directrice de la communication de *Blake Medias*, sortant d'un restaurant en compagnie d'un homme. D'après les témoins, les deux amants étaient à l'écart de la foule et se sont tenus la main pendant tout le dîner.
> Malgré les démentis d'Eleanor Blake sur les photos avec ce même homme, il y a dix jours, il semblerait que l'idylle se confirme. D'après nos informations, l'homme, dont l'identité est toujours inconnue, a été vu, dernièrement et à plusieurs reprises, sortant et entrant du domicile des Blake.

Je regardai longuement la photo. Je me posais encore et toujours la même question : pourquoi ? Pourquoi avait-elle tourné le dos à Andrew ? Pourquoi cette femme qui disait aimer son mari lui mentait-elle ?

Je sursautai à la vibration bruyante de mon portable sur la table basse.

Andrew.

— Bonsoir, murmurai-je en m'installant confortablement sur le canapé.

— J'espère que je ne te réveille pas au moins.

— Je… Euh… Non… Il est si tard que ça ? demandai-je en jetant un œil sur l'horloge.

— Presque 2 heures du matin chez toi.

— Je n'ai pas vu l'heure tourner, admis-je. Je… lisais.

— Livre ?

— Presse.

— Dois-je comprendre que tu réfléchis enfin sérieusement à mon offre ?

— Non. J'ai déjà un métier, Andrew ! Comment s'est passé ton vol ? demandai-je pour changer de sujet au plus vite.

— Triste, long et ennuyeux. Et je crois que tu me manques.

— Tu devrais t'occuper l'esprit, pour limiter… ça.

— Peut-être mais, à vrai dire, j'aime assez quand mon esprit est occupé par toi. Tu es… presque aussi apaisante que la natation.

— Presque ?

— Tu sais ce que je veux dire. Tu veux que je te dise ce qui est le plus ironique ?

— Dis-moi, soufflai-je.

— Pendant des mois, je ne voulais pas sortir de cette maison, pour ne pas affronter la réalité… Maintenant… depuis toi, murmura-t-il, je n'ai même plus envie d'y mettre les pieds.

— Andrew, cette maison… tu y tiens, tu y as des souvenirs.

— Alors, comment expliquer que je sois plus attaché à ma suite au Peninsula ? Je préfère les souvenirs qui sont là-bas. Et toi, ajouta-t-il un ton plus bas.

Je changeai mon téléphone d'oreille, à la fois gênée et heureuse. Andrew savait comment trouver les mots pour me chambouler. Si le quitter ce matin avait été difficile, le laisser de nouveau cette nuit serait encore plus dur.

— Tu me manques aussi, avouai-je. Moi aussi je compte les nuits.

— Enfin ! se réjouit-il dans un rire. Enfin, tu l'admets !

— Je ne pensais pas que ton ego avait besoin d'être glorifié.

— Kathleen, je ne me suis jamais senti aussi démuni, aussi impuissant que devant toi. Alors, oui, mon ego a besoin d'être glorifié !

— Tu me manques, répétai-je. Tu me manques beaucoup, assurai-je. Et j'ai vraiment envie que nous partagions une nouvelle soirée.

— Tu ne veux toujours rien me dire ?

— N'as-tu jamais rien fait de réellement imprévisible dans ta vie ?

— Tu veux dire à part t'avoir rencontrée, être tombé sous ton charme maléfique et avoir failli te faire l'amour au milieu d'une piscine ? Non, rien !

— Je suis maléfique ? dis-je en faisant semblant de m'offusquer.

— Dans le bon sens du terme ! C'est un compliment, précisa-t-il.

— Merci de me rassurer. Mais malgré tout, je garde la surprise.

Je l'entendis soupirer de lassitude. Ce que j'interprétai naïvement comme un signe d'abandon de toute lutte était en fait… autre chose.

— Kathleen, il faudra que tu m'en parles, que tu le veuilles ou non, dit-il avec une froideur effrayante.

— Pourquoi ?

— Je ne peux pas… faire ce que je veux. Pas à New York. Et même si je veux bien prendre les risques les plus fous pour être avec toi, je ne veux pas que tu sois… un dommage collatéral.

— Andrew, qu'est-ce qu'il se passe ? La presse, encore ?

— Pas que la presse… Nathan et Meghan ont reçu des

coups de fil étranges. Mon emploi du temps est connu partout dans San Francisco.

— Lauren ?

— Je ne sais pas. Mais il est hors de question que tu sois mêlée à ça. On peut me pourrir la vie, mais je ne veux pas que la tienne change.

— Elle a déjà changé, murmurai-je. Je suis avec toi maintenant. Je suis mêlée à ça, que tu le veuilles ou non.

— Kathleen… Tu…

— Andrew… s'il te plaît. Je peux gérer ça ! Je te dirai ce qu'on fait, mais je veux que tu sois honnête avec moi sur le sujet.

De nouveau, il soupira, vaincu.

— Quand je disais que tu étais maléfique ! riposta-t-il avec une trace de rire.

— Je sais que tu veux me protéger, mais il ne m'arrivera rien. Et à vrai dire, la seule façon que tu aurais de me protéger efficacement serait sûrement de me quitter, plaisantai-je.

— Inenvisageable, rétorqua-t-il aussitôt. Vraiment, inenvisageable. Dieu seul sait dans quelles mains tu tomberais…

— Je sais… Si j'en crois mon père, mes choix concernant les hommes ont toujours été douteux.

— Il est flic, il s'y connaît, approuva Andrew. J'aimerais connaître son avis sur moi. Surtout quand il saura que je t'empêche d'aller dormir la nuit !

— Que… Quoi ?

— Je parle de ce coup de fil, Kathleen… Quel genre d'idées avais-tu encore dans la tête ? Sûrement des choses impures et peu chastes.

— Toi, soufflai-je. Des choses impures et toi.

— Me voilà rassuré. Nous avons exactement le même genre d'idées. Maintenant, file au lit.

— Cela ne m'aidera pas à limiter les pensées impures, plaisantai-je.

— Un jour, nous serons tous les deux dans ce lit et tu me diras exactement le genre de pensées qui te hantent.

— Toutes ?

— Une à une... Encore et encore, ajouta-t-il.

J'étouffai un gémissement à la mention de son « encore », me rappelant précisément du son de sa voix et de son regard sombre lorsqu'il l'avait prononcé pour la dernière fois. Je déglutis avec difficulté, sentant mon corps s'embraser doucement.

— Passe une bonne nuit, maléfique Kathleen, murmura-t-il.

— Jamais sans toi, avouai-je.

— Jamais sans toi non plus. Je t'embrasse.

Je raccrochai la seconde suivante et la fatigue prit finalement le pas sur mon organisme. Après deux bâillements, je décidai de suivre le conseil d'Andrew et d'aller me coucher. Avant de rejoindre ma chambre, je plaquai un Post-it sur l'écran de mon ordinateur pour me souvenir de ma première mission à effectuer le lendemain : appeler mon père.

A mon réveil, en fin de matinée, j'avais la sensation d'avoir dormi des jours entiers. Rarement mon sommeil avait été aussi apaisant et reposant. Comme un automate, je me glissai sous la douche et, quelques minutes plus tard, j'étais dans ma petite cuisine à me verser une tasse de thé brûlant.

Vers midi, alors que je m'apprêtais à appeler mon père, la sonnette de ma porte retentit. Je collai mon œil au judas avant d'étouffer un rire qui tenait plus du gloussement.

— Kathleen Dillon ? fit le jeune livreur devant moi.

— C'est moi, acquiesçai-je en récupérant les roses blanches.

Je signai le bon de livraison comme je le pouvais, avant de refermer la porte. Je plongeai les fleurs dans un vase puis composai le numéro d'Andrew.

— *Blake Medias*, bonjour, dit une voix douce.

— Bonjour, Kathleen Dillon pour Andrew Blake, je vous prie.

— Mademoiselle Dillon, M. Blake est en déplacement aujourd'hui. Son vol doit atterrir à Sacramento dans environ vingt minutes.

— Oh…

J'étais légèrement surprise d'entendre une voix si chaleureuse, en comparaison de celle de Lauren, cette dernière ayant passé le plus clair de son temps à me filtrer.

— Bien. Je l'appellerai directement dans ce cas. Merci de votre aide.

— Je vous en prie, mademoiselle Dillon.

J'allais raccrocher quand la voix de l'assistante cria mon nom dans le combiné :

— Mademoiselle Dillon ? fit-elle une troisième fois. M. Evans souhaiterait s'entretenir avec vous.

— Aucun souci.

— Je vous mets en relation. Bonne fin de journée.

Il y eut un petit déclic et, tout de suite après, l'accent texan de Nathan résonna dans le téléphone :

— Kat ! se réjouit-il. Techniquement, je suis censé vous détester pour m'avoir mis à dos l'homme qui signe mon chèque à la fin du mois… Mais, je suis prêt à faire preuve de mansuétude !

— Il a vraiment été si terrible ? demandai-je, inquiète.

— Non… d'où ma mansuétude. Ceci étant dit, j'ai une vague idée de ce qui a pu lui faire oublier toute sa rage. Je tenais donc à vous remercier.

— Je ne sais pas si je dois être… choquée ou flattée, ris-je.

— Flattée… Je tenais à vous remercier à plusieurs titres… Hormis le fait de m'avoir sauvé du licenciement et d'une mort certainement douloureuse, je tenais à vous dire que vous avez vraiment un effet bénéfique sur Andrew.

Je réprimai un rire en jetant un œil au bouquet de fleurs sur la table. Quel était le mot qu'Andrew avait employé… Ah oui… « Maléfique ».

— Je… J'en suis ravie, balbutiai-je finalement.

Il y eut un petit silence, et j'eus soudain une idée. Andrew craignait visiblement pour sa vie privée et ma sécurité. Et moi, je tenais à ce que notre soirée soit une vraie surprise.

— Nathan, pouvez-vous me rendre un service ?

— Kat, mes services ne sont jamais gratuits.

— Je pensais pourtant que vous aviez passé une bonne soirée avec mon amie Lynne, soulignai-je.

— Je… Euh… Oui. En effet. Que puis-je pour vous ?

— Andrew revient à New York d'ici quelques jours. Je lui « dois » une soirée en fait.

— Règle numéro 1, Kat : ne jamais rien devoir à cet homme… C'est l'histoire de toute ma vie ! plaisanta-t-il.

— J'imagine ! Je tiens à garder la surprise, mais Andrew semble très inquiet. Si je vous explique ce que j'ai prévu, pourrez-vous prévoir le nécessaire ?

— Si je résume bien : vous me demandez de cacher un secret à Andrew ? s'enquit-il, très sérieux. Je veux dire Andrew, l'homme qui peut tuer rien qu'avec la force de son esprit retors ?

— Je suis certaine que Lynne appréciera ce geste… courageux !

— Dites-moi tout !

Je lui expliquai dans les grandes lignes mon plan. De toute façon, la logistique était assez limitée. Je n'avais pas prévu que nous soyons au contact du public. Cette soirée n'était qu'à nous, et je ne voulais pas la partager. Nathan m'interrompit une ou deux fois, de façon extrêmement professionnelle, et, à la fin de mon explication, résuma ce qu'il devait prévoir.

— Pas de soucis, Kat. Je m'occupe de ça. Mais si Andrew soupçonne quelque chose, je nierai en bloc !

— Je comprends. Serez-vous aussi du déplacement ? demandai-je.

— Je ne sais pas. J'aime beaucoup New York, mais…

— C'est Lynne ?

— Andrew m'avait dit que vous étiez perspicace.

— Je ne le suis pas tant que ça, ripostai-je en repensant au fait que je le croyais marié. Mais j'ai vu quelque chose entre vous lors de la réception.

— Elle va se marier.

— Depuis quand cela vous arrête-t-il ? souris-je.

— Ce n'est pas tant le mariage que le futur marié. Philip Kingston est redoutable en affaires. Je doute qu'il apprécierait d'apprendre que j'ai dîné avec sa future épouse.

— Nathan, vous voulez vraiment mon avis sur le sujet ?

— Ça dépend… Est-ce que ça risque de ruiner le peu d'espoir qu'il me reste ?

— Je crois que Lynne fait une erreur avec ce mariage.

— Vraiment ? s'étonna-t-il.

— Philip n'est pas… désagréable. C'est juste qu'il ne la

regarde pas comme il devrait le faire. Il ne la regarde pas comme vous, vous le faites.

Il y eut un silence pendant lequel je devinai que Nathan réfléchissait intensément. J'avais dans l'idée de l'encourager, mais je ne voulais pas aller contre Lynne. Il me fallait être plus subtile dans ma façon d'agir. Je marchai en long et en large dans mon salon, cherchant la meilleure des attaques.

— Kat, je sais qu'Andrew a dû… attendre avant que vous le considériez comme il le souhaitait. Je ne crains pas le refus de Lynne. Je… Comment vous dire ? Nous nous sommes rentrés dedans et j'ai su que c'était elle que je voulais. Et tout était parfait et, après, j'ai appris qui elle était.

— La fiancée de Philip, finis-je pour lui.

— Sa fiancée, oui. J'ai mis cela sur le compte d'une erreur de jugement personnel. Vous trouvez que Philip n'est pas désagréable ? A mes yeux, c'est sûrement le type le plus déloyal que je connaisse. Il est redoutable et travaille à une possible carrière en politique.

— Lynne n'est pas comme lui ! m'exclamai-je, presque choquée.

— Je le sais maintenant. Mais nous venons enfin de percer à New York, tout roule… Je ne tiens pas à faire scandale en m'affichant avec la fiancée d'un type qui sera certainement sénateur dans cinq ans !

— Alors vous baissez les bras ? soufflai-je, triste et désemparée de laisser Lynne avec Philip.

— Je ne peux rien faire d'autre.

— Malgré vos conversations ?

— Nos conversations sont ce qui me maintient la tête hors de l'eau. Mais je n'ai aucun doute sur l'issue de notre… relation. Elle se mariera avec Philip.

— Laissez-moi lui parler. Je suis certaine… que tout n'est pas réellement écrit.

— Je suis certain de l'inverse, Kat. Je dois filer en réunion, merci encore pour… Andrew.

— Merci à vous de garder le secret.

— A bientôt, Kat.

Je raccrochai avec la sensation que tous mes idéaux avaient été sauvagement piétinés. Pendant un instant, j'avais cru que Lynne verrait ce que j'avais vu, j'avais imaginé qu'elle comprendrait qu'elle faisait fausse route… Et j'avais naïvement cru que Nathan m'aiderait. Mais au lieu de ça, il abandonnait. Il la laissait.

Un peu malmenée par cette discussion, je me décidai à appeler mon père. Vu l'heure, il devait déjà être au commissariat. Assise sur le canapé, je fixai les fleurs devant moi. Avec un peu de chance, je réussirais à parler à Andrew dès que son avion aurait atterri. Je lançai mon ordinateur, espérant me replonger au plus vite dans mes recherches sur Eleanor.

— Bailey ! cria une voix forte, éraillée par le tabac.

— Bailey, bonjour. C'est Kat… Kat Dillon…

— Kat ! Sacré nom d'un chien ! se réjouit-il. Comment vas-tu ?

— Bien… Je vais bien. Est-ce que papa rôde dans le coin ?

— En tournée pour la matinée. Je lui dirai que tu as appelé.

— OK… J'espère que ta fille va bien.

J'eus un sourire en songeant au nombre incalculable de fois où mon père m'avait confiée à Carrie, la femme de Bailey, pendant qu'il partait pour une urgence. Annie était devenue comme une sœur.

— Annie va bien. Elle va se marier d'ici quelques mois.

— Oh… Génial ! m'enthousiasmai-je. Je suis heureuse

pour elle. Je vais sûrement venir voir mon père d'ici quelques semaines, j'irai l'embrasser et la féliciter personnellement. Comment va Carrie ? m'enquis-je.

— Une jambe dans le plâtre depuis deux jours. Elle a bêtement glissé sur du verglas.

— Zut ! Dis-lui que je pense à elle et que je compatis.

La conversation que j'avais eue avec mon père quelques semaines avant me revint en tête.

— Bailey ? Je… Je fais un article… sur *Blake Medias*, mentis-je effrontément.

— Je croyais que tu n'étais plus un de ces charognards de journaliste ?

— C'est juste… un article. En free-lance, précisai-je. Papa m'a dit que tu avais été en charge de l'enquête sur la mort de sa femme.

— L'accident ? fit-il avec étonnement. La voiture a glissé sur du verglas et a fini dans un arbre. Triste mais fréquent. Ce pauvre homme, Blake, il était… presque mort.

— Il était là ?

— Il a déboulé peu après mon arrivée. Je lui ai demandé d'identifier le corps. Il a simplement hoché la tête avant d'aller vomir un peu plus loin. Ensuite… Il est resté avec une autre femme à nous regarder travailler. Il n'avait pas l'air de s'en rendre compte. Je lui ai posé des questions, mais il n'a pas répondu.

— Et ensuite ? Qu'a donné l'enquête ?

— Rien de plus. Les conditions météo étaient vraiment désastreuses… Blake n'avait aucune idée de ce qu'elle faisait sur cette route, il répétait sans cesse qu'elle n'aurait pas dû être là. J'ai bouclé l'affaire. Il n'y avait rien de plus à savoir.

— C'est tout ? fis-je, stupéfaite.

— C'est tout… Si tu veux, je t'envoie mon rapport. Tu verras, rien de croustillant. Un accident parmi tant d'autres.

— Je veux bien, s'il te plaît.

Mon cerveau fonctionnait à toute vapeur. J'avais ce curieux pressentiment, cette sensation indéfinissable de louper quelque chose. J'entendais Bailey s'activer sur son ordinateur, maudissant au passage la lenteur de l'appareil. Il me demanda mon adresse mail et, quelques instants plus tard, son nom apparut dans ma boîte de réception. J'ouvris rapidement le dossier avant de réagir sur le détail qui me chiffonnait :

— Bailey ?

— Oui ?

— C'était le 25 décembre, c'est ça ?

— La nuit du 25 au 26… Généralement, c'est plutôt calme à cette période, les gens restent chez eux.

— Blake a-t-il dit pourquoi elle était sur la route en pleine nuit ? Allait-elle chercher quelqu'un ?

— Blake a juste dit qu'il arrivait de l'aéroport. Il n'avait pas vu sa femme depuis dix jours.

— OK… Merci, Bailey. Embrasse bien Carrie et Annie pour moi.

— Sans faute. Je dirai à ton père de te rappeler. Et… pour le rapport…

— Ça reste entre toi et moi, Bailey.

Je raccrochai la seconde suivante et me jetai littéralement sur la lecture du rapport de police. Il était conforme à ce que Bailey m'avait raconté. Aucune autopsie n'avait été menée. La cause du décès était évidente. Je me fis un thé, réfléchissant à ce que je venais d'apprendre.

L'image d'Andrew, dévasté sur le bord de cette route,

sûrement avec Meghan, me vint en tête. En lieu et place de l'appel que j'avais d'abord envisagé, je préférai un message :

> Vas-tu m'offrir des fleurs chaque fois que nous nous voyons ? Merci, elles sont magnifiques. K.

J'arpentai mon salon en réfléchissant, relisant le rapport, relisant l'interview d'Eleanor. Je tentai d'imaginer les événements, de trouver un enchaînement cohérent, mais rien ne me vint. Mon portable resta muet durant une partie de l'après-midi, et je n'eus la réponse d'Andrew qu'à mon départ pour le Peninsula :

> Tu es magnifique. Je t'offrirais la boutique, si ça pouvait te permettre de rester près de moi. A.

Toujours les mots pour me faire fondre, songeai-je avec un sourire.

Je rassemblai mes notes sur Eleanor ainsi que l'impression du rapport de police pour les emporter avec moi à l'hôtel. J'arrivai au Peninsula un peu plus tôt qu'habituellement et toquai à la porte de Lynne.

— Entrez ! cria-t-elle, en colère.

— Lynne ? soufflai-je en passant la tête par l'entrebâillement.

— Oh ! c'est toi ! Entre… Désolée, s'excusa-t-elle rapidement, je viens de me disputer avec Philip !

— Rien de grave, j'espère ?

— Il est encore absent ce week-end. Son père le réquisitionne pour une réunion je ne sais où.

— Désolée, Lynne.

Je m'installai dans un des fauteuils face à son bureau et, en un instant, sa colère se dissipa pour laisser place à un large sourire.

— Dis-moi tout, souffla-t-elle, conspiratrice.

— A quel sujet ?

— Andrew Blake !

— On a dîné, avouai-je en rougissant.

— Bon sang ! Nathan avait raison, tu as couché avec lui ! s'écria-t-elle, incrédule. Kat ! C'est un client !

— Je sais, Lynne… Je sais que je n'aurais pas dû. Mais ce n'est pas comme si je pouvais… fuir.

— Tu peux te faire virer pour ça !

— C'est ma démission que tu veux ? la questionnai-je durement.

Elle s'appuya lourdement contre le dossier de son fauteuil et sembla me jauger. Elle me fixa avec intensité pendant que je me crispais.

— Tu veux partir ? demanda-t-elle sérieusement.

— Non. J'aime cet endroit. Me crois-tu incapable de faire mon métier parce que je suis avec lui ?

— Je ne sais pas, Kat… J'ai peur pour toi, peur de ce qui pourrait arriver s'il changeait d'avis. Tu as l'air… tellement éprise. Je ne veux pas que tu souffres.

— Tu comprends enfin ce que je ressens au sujet de ton mariage avec Philip, ripostai-je, agacée.

— Je connais Philip depuis plus de deux ans ! Tu connais Blake depuis deux mois !

— Tu as raison, Lynne, admis-je en me levant du fauteuil. Tu as raison, je ne le connais pas depuis longtemps. Mais, curieusement, si ma vie en dépendait, je préférerais mille fois la placer entre les mains d'Andrew qu'entre celles de Philip.

Elle se figea, stupéfaite. Je me dirigeai vers la porte et, juste avant de la claquer derrière moi, je décidai d'enfoncer le clou, histoire de mettre un terme définitif à cette conversation :

— Nathan t'aime. Et je sais qu'une part de toi l'aime aussi… Sinon, tu ne serais pas constamment en train de surveiller ton téléphone.

— Je…

— Dis-moi que j'ai tort ! lui ordonnai-je. Dis-moi que j'ai tort de sortir avec un homme que je connais à peine quand, toi, tu es amoureuse d'un homme avec qui tu as une relation téléphonique.

Elle baissa le regard, fautive et honteuse, et je claquai la porte derrière moi. Malgré tous mes efforts pour rester calme, Lynne m'horripilait de plus en plus. Elle faisait comme tous les autres : elle jugeait Andrew sans prendre le temps de le connaître.

Passablement énervée, je gagnai mon poste en écoutant à peine les transmissions de Sam. J'avais la sensation désagréable que Lynne avait percé ma bulle de bonheur et, pour ça, je la détestais. Gregory arriva devant mon pupitre peu après ma prise de service.

— Ton courrier, dit-il simplement en me tendant une lettre.

— Merci, murmurai-je avant de prendre l'enveloppe.

Gregory fronça les sourcils et je m'étonnai de son calme inhabituel.

— Un problème, Greg ?

— Je réfléchis.

— Oh… Vas-y doucement, souris-je.

— On m'a fait une proposition, lâcha-t-il soudain.

— Tu veux changer de travail ? m'étonnai-je.

— Je ne sais pas… Peut-être. Il faut que je pèse le pour et le contre. Je dois filer. Passe une bonne nuit !

— Merci, toi aussi, répondis-je, un peu perturbée à l'idée que Gregory ne travaille plus pour le Peninsula.

J'élaguai aussi vite que possible les tâches courantes, y compris la validation de la réservation d'Andrew pour sa prochaine visite. Je m'apprêtais à ouvrir l'enveloppe de l'inconnu quand mon téléphone vibra sur le bureau.

Je t'appelle demain dans l'après-midi. Passe une bonne nuit. A.

Je t'embrasse… Encore et encore. K.

Après avoir attendu une hypothétique réponse, je reposai mon téléphone et découvris une nouvelle lettre.

« Chère Marie,

Je ne suis pas insomniaque. Il semblerait juste que l'inspiration me vienne plus facilement la nuit, quand mon esprit se vide de toutes obligations professionnelles.

Toutefois, cette nuit est différente des autres. Comment pourrais-je vous expliquer ce que moi-même j'ai tant de mal à comprendre ? Pendant longtemps, j'ai aimé une femme. Elle était, sans nul doute, mon âme sœur, ma force, ma vie tout entière même. Et un jour, tout cela est tombé en morceaux, comme un château de cartes, la chute des premières entraînant celle des autres. Un à un, les pans de ma vie que je croyais si parfaite, si réussie, se sont effondrés.

Ma vie n'était plus parfaite, juste vide et incomplète.

Mais cette nuit, j'ai compris à quel point j'avais eu tort. J'ai aimé cette femme de toutes mes forces, de toute mon âme, mais ce n'est rien par rapport à ce que je ressens maintenant pour elle. Elle dort actuellement, aussi paisible qu'un lac, et pourtant, en elle réside une telle volonté, une telle rage… C'est comme si elle m'avait sorti d'un sommeil profond. C'est incomparable et stupéfiant.

Est-ce différent ? Je dirais… bouleversant. Au sens noble du terme, elle a chamboulé mon monde.

Elle fait de moi un autre homme. Différent et meilleur. En paix avec moi-même.

Elle est ma perfection dans ma vie imparfaite. Elle est

mon océan de calme dans mon monde en mouvement. Elle est… incroyablement réelle. Ma nouvelle réalité.

J'ose espérer que l'homme que vous avez rencontré vous apporte autant qu'elle m'a apporté. Je me demande ce qu'elle penserait de notre relation. A vrai dire, je ne crois pas que je pourrais la lui expliquer. Comment dit-on à quelqu'un qu'on se confie à une parfaite inconnue ? Comment dit-on à quelqu'un que cette relation est importante ?

Vous êtes importante. Sans vous, elle ne serait pas en train de dormir.

Je vais devoir vous laisser pour la rejoindre, mais j'avais besoin de vous dire merci pour tout.

Je vous embrasse,

Votre inconnu.

P.-S. : Connaître mon prénom est-il si important ? »

Je repliai la lettre après l'avoir relue trois fois. Mon cœur frappait dans ma poitrine à un rythme hallucinant. Comment faisait-il ? Malgré ce qu'il disait, j'avais la sensation de ressentir chacune de ses émotions. Il aimait cette femme, il l'adorait même. De nouveau, cette silhouette masculine et virile se dessina dans ma tête. Je l'imaginais en train d'écrire, admirant la femme endormie dans son lit.

Cette lettre eut le mérite de chasser mes démons… J'oubliai ma rage contre Lynne et ma stupéfaction envers Gregory. La seule chose qui me hantait, c'était le manque d'Andrew. Sûrement parce que je me retrouvais dans les mots de l'inconnu. Andrew m'avait tirée d'un sommeil profond, et il avait, de façon plus qu'évidente, chamboulé mon monde.

Je récupérai une feuille blanche et entrepris de lui répondre :

« *Cher inconnu,*

Ma théorie s'effondre. Vous n'êtes ni tourmenté, ni secret, ni… sombre. Et vous avez réussi votre défi : vous avez posé des mots sur vos sentiments pour elle. Je pense que vous l'aimez. Même si vous ne le dites pas franchement, la façon dont vous parlez d'elle, votre admiration pour elle prouvent que vous l'aimez.

Je suis heureuse pour vous. Cependant, je doute d'y être vraiment pour quelque chose. Cette femme se serait peut-être présentée à vous sans mes lettres. J'espère qu'elle prendra soin de vous et de la partie de votre âme que vous lui confierez. Dites-lui d'y faire attention, j'y tiens particulièrement.

Concernant l'homme que j'ai rencontré… je ne crois pas pouvoir faire comme vous et mettre des mots sur mes sentiments pour lui. C'est violent et incontrôlable. Là où vous semblez maîtriser vos émotions, j'avoue que je suis plutôt dans la situation inverse. Les limites que je m'imposais depuis si longtemps ont explosé, comme s'il m'ouvrait les yeux sur un monde nouveau dont j'ignorais tout.

Pour être honnête, ce nouveau monde me pose un problème : je m'inquiète de ce que je pourrais y découvrir. Et je m'inquiète encore plus des conséquences possibles de sa disparition. Curieusement, même si je tiens à lui plus que je ne le pensais possible, j'ai ce sentiment horrible et surpuissant que je vais le perdre.

Je ne sais pas si je suis assez forte, si je suis assez "magnétique" pour le garder avec moi.

C'est au-delà de tout ce que je pouvais imaginer… Je n'arrive même pas à croire qu'une fille comme moi ait pu l'intéresser.

Est-ce différent ? C'est totalement différent de ce que j'ai déjà vécu. Il m'attire et me fascine à la fois. J'ai envie de lui poser mille questions, mais les réponses qu'il me donne entraînent de nouvelles interrogations.

Si elle est votre perfection dans votre univers imparfait, je ne saurais quoi dire de lui…

J'aime l'homme qu'il est… J'aime qu'il soit confiant, têtu, prévenant et horripilant. J'aime ses défauts, peut-être plus que ses qualités, parce qu'ils en disent tellement plus sur lui.

Je crois que j'ai trouvé ce qui résume le mieux ma relation avec lui : il est ma force d'attraction, imprévisible et continue.

Je n'ai pas la chance de pouvoir le rejoindre, ni de pouvoir dormir dans son lit et, rien que pour ça, je vous envie.

Je vous embrasse,

Marie.

P.-S. : Cacher votre prénom est-il si important ? »

Une fois ma lettre achevée, j'eus le sentiment d'avoir avancé, d'avoir mis un nom sur ma relation avec Andrew. Même si je m'en réjouissais, j'avais ce pincement lancinant dans le creux de mon ventre. Tout était parfait… Mais, d'une certaine façon, je redoutais ce que l'avenir nous réservait.

Chapitre 7

A mon retour chez moi, je décidai de remiser le dossier Eleanor Blake. Après réflexion, j'en avais finalement conclu que c'était le mystère autour de sa personnalité qui me dérangeait dans ma relation avec Andrew. Je lui avais explicitement demandé de ne pas s'appesantir sur le passé, je ne pouvais donc vraiment pas me permettre de mener une contre-enquête… Surtout sur un accident de la route.

La semaine se passa rapidement, rythmée par les coups de fil quotidiens d'Andrew. Il avait employé les grands moyens — livraison d'une trentaine de roses, suppliques, menaces et promesse du collier assorti à mes boucles d'oreilles —, mais je refusai de lui avouer quoi que ce soit.

La semaine suivante, je signai, en compagnie de Philip, l'achat de mon appartement. Malgré ma récente querelle avec Lynne, nous passâmes la soirée ensemble à discuter essentiellement des derniers préparatifs du mariage. J'en profitai pour la prévenir qu'Andrew souhaitait m'y accompagner. Elle accepta aussitôt, se refusant à tout commentaire hasardeux.

Mon aménagement devait avoir lieu le week-end précédant la réception à San Francisco. Aussi, je commençais à empaqueter mes affaires. Alors que j'attaquais un second carton de livres, Andrew m'appela. Je m'assis à même le sol, calant mon dos contre un des murs de ma chambre.

— Bonsoir, Kathleen, murmura-t-il.

— Bonsoir, comment vas-tu ?

— Je compte les jours. Je dirais même que je compte les heures.

— Moi aussi. Que fais-tu ? l'interrogeai-je en entendant du mouvement dans le combiné.

— Ma valise. Un déplacement à Sacramento pour finaliser une transaction.

— Ne t'arrêtes-tu donc jamais ? m'exaspérai-je.

— Oh… Voilà une conversation intéressante. L'impact de mon métier sur ma vie quotidienne…

— Ce n'est pas ce que je voulais dire !

— Que voulais-tu dire alors ?

— Je… Rien… Que tu travailles beaucoup… C'est tout. Ça doit être… épuisant, bégayai-je.

— C'est mon métier et je l'aime profondément. Mais si je devais choisir entre mon métier et toi, ça serait toi, Kathleen.

— Andrew…, murmurai-je, ce n'est pas ce que je voulais dire.

Même à moi, ma voix me parut incertaine. Evidemment, le sujet des déplacements d'Andrew m'avait plusieurs fois effleuré l'esprit. A vrai dire, je m'étais même réellement interrogée sur le rythme de sa vie professionnelle après avoir lu et relu l'interview d'Eleanor. J'avais des doutes sur ma capacité à faire face à ses absences répétées.

— Si je me permets autant de déplacements, c'est parce que je n'ai personne qui m'attend, avoua-t-il finalement. Mais quand tu te décideras à venir vivre ici, je changerai sûrement mes habitudes.

— Quand « je me déciderai » ? répétai-je, stupéfaite.

— L'homme de ta vie apprécierait sûrement que tu quittes New York pour être à ses côtés !

— « L'homme de ma vie » ?

Cette conversation me semblait de plus en plus surréaliste — vivre avec Andrew Blake me semblait encore irréel — et j'avais besoin de savoir où je mettais les pieds.

— Andrew, tu n'es pas sans savoir que ce poste a été assez convoité dernièrement, me repris-je. Malheureusement, je ne vois pas qui pourrait décemment arriver à la cheville de mon père !

— Hum… Est-ce un défi, Kathleen ?

— Juste une constatation. Mon père est un homme juste, droit et fidèle à ses principes. Je doute qu'il me laisse fréquenter un homme dont les intentions sont douteuses.

— Douteuses ? Mes intentions sont tout ce qu'il y a de plus sincère ! s'offusqua-t-il en riant.

— Je ne crois pas, souris-je.

— Je ne veux que ton bonheur, chuchota-t-il. Et si je peux œuvrer à ça, alors je serais le plus heureux des hommes. Mais… toute plaisanterie mise à part, j'aimerais que tu envisages l'idée d'être à mes côtés. Constamment, je veux dire, et pas seulement quand je viens à New York.

— Andrew… C'est un peu…

— Prématuré… Je sais, je sais. Cette conversation l'est aussi à vrai dire.

— Ce n'est pas moi qui ai lancé le sujet, me défendis-je.

— C'est vrai. Et peut-être que tout cela te semble vraiment précipité… Mais je veux juste que tu comprennes que mes intentions ne sont pas… douteuses.

Je devinai la trace d'un sourire dans sa dernière phrase et

souris à mon tour. Je devais admettre qu'il avait su amener le sujet. Notre relation se construisait à distance, pour le moment, mais je savais que j'en voudrais plus.

— Je vais y réfléchir, soufflai-je.

— D'accord.

La pointe de déception dans sa voix ne m'échappa pas. Mais prendre des décisions si importantes pour lui, comme pour moi, ne s'improvisait pas.

— Je t'aurai… à l'usure, comme d'habitude, ajouta-t-il après un court silence.

— Toujours aussi présomptueux, monsieur Blake.

— Je gagne toujours, Kathleen.

Et rien qu'avec cette phrase, je me sentis fondre. Il avait raison, il gagnait toujours, surtout avec moi. Il y eut un petit silence gêné et je me décidai à reprendre la parole pour chasser cette conversation :

— Tu vas à Sacramento, donc ?

— Trois jours à Sacramento, puis retour ici, et ensuite New York.

— Mon Dieu, mais tu passes ton temps à faire et à défaire ton sac ?

— Pas vraiment… J'ai toujours une valise de prête. Et Lucinda fait en sorte que je ne manque de rien.

— Lucinda ?

— Ma… Mon employée de maison, sourit-il. Dit comme ça, ça fait vraiment snob ! plaisanta-t-il.

— Parce que ça l'est. Et donc, cette femme fait tes valises ?

— Et mes dîners, ainsi que la lessive et l'intendance de manière générale. C'est un peu… la femme de ma vie, finalement.

— Oh… Serait-ce un défi ?

— Tu es intéressée ? se réjouit-il.

— Je réfléchis... Te faire la cuisine, repasser tes chemises, préparer tes dîners... Je ne sais pas, pourrais-je être à la hauteur de cette Lucinda ?

— Ta seule présence ici suffirait. Tu pourrais rester ici, avachie sur le canapé, que cela me ferait le plus grand des plaisirs.

— Je préfère lire...

— Aucun souci. Je te ferai construire une bibliothèque, riposta-t-il aussitôt.

Je jetai un œil à mon carton de livres en retenant un rire. Cet homme ne connaissait aucune limite.

— Pourrons-nous avoir la suite de cette conversation dans une semaine ? demanda-t-il avec sérieux.

— La conversation sur la bibliothèque ?

— Non... La conversation te concernant avachie sur mon canapé, possiblement nue, évidemment, compléta-t-il.

— Evidemment. Bien sûr, parlons-en pendant la soirée que je te dois.

— Parfait !

— Et n'oublie pas que si cette soirée n'est pas satisfaisante nous cesserons toute relation.

— Crois-moi, je vais mettre tout mon cœur à faire en sorte que cette soirée soit inoubliable. Elle te hantera jusqu'à la fin de tes jours.

Je hoquetai en entendant sa voix rauque et chaude. Cette seule promesse suffisait : il y aurait d'autres soirées.

— Je dois finir mon sac, je t'embrasse.

— Je t'embrasse aussi. Prends soin de toi.

— Je compte sur toi pour ça. Et je ne parle pas que d'intendance, murmura-t-il d'une voix chaude et profonde.

— Oh… Vraiment ? Je pense que tu en attends beaucoup de moi, Andrew.

— Pour le moment, tu ne m'as jamais déçu. Tu demeures l'exception dans ma vie.

Je ne pus m'empêcher de sourire, conquise par cet homme. Toutes mes maigres tentatives pour paraître hermétique à ces marques d'attention disparaissaient en une seule phrase.

— Nous reprendrons cette conversation en tête à tête. Je dois vraiment te laisser maintenant.

— Bon voyage à Sacramento.

Je raccrochai, secouant la tête d'incrédulité. Aucune limite, c'était absolument certain. Ou alors, il prenait un malin plaisir à les effacer une à une et à m'entraîner avec lui sur un chemin que je ne maîtrisais pas.

Je repris mon carton et l'imaginai seul dans sa chambre en train de faire son sac. Un sourire s'étira sur mon visage. La perspective d'être près de lui, dans ces moments-là, paraissait agréable. Nous aurions pu parler, plaisanter, partager un moment ensemble.

Faire son dîner.

M'avachir dans son canapé.

Dormir dans son lit.

Rien de tout ça ne me semblait ni impossible ni dangereux. Au contraire, ces images provoquaient cette sourde et pétillante excitation. Mon ventre se tordit et j'empilai mes livres en souriant encore plus. Il avait encore raison sur un point : il gagnait toujours.

Ce n'est qu'en fermant le carton que cela me frappa. Je retournai dans le salon, l'esprit encore un peu embrumé par ma conversation avec Andrew, et ressortis le rapport de police sur l'accident d'Eleanor. J'avais cherché une explication rationnelle pendant des heures, retourné le problème dans tous les sens, avant d'abandonner. Seulement, je n'avais pas vu l'évidence.

Je retrouvai la liste des effets découverts dans la voiture d'Eleanor.

Les mots de Bailey me revinrent : Andrew arrivait de l'aéroport après dix jours d'absence.

Mon cœur manqua un battement, et, enfin, je me résolus à formuler tout haut ce que j'avais compris.

— Elle venait de le quitter, murmurai-je, stupéfaite.

Les pièces du puzzle trouvaient enfin leur place. Je repensais à son interview où elle disait à mots couverts que la solitude au sein même de son mariage lui pesait. Andrew était parti depuis dix jours, mais quel genre d'emploi du temps avait-il eu avant ? Eleanor avait dû se sentir mise à l'écart et seule.

J'épluchai le rapport de police de nouveau, cherchant un indice sur les causes de sa fuite. L'avait-elle quitté pour un autre homme ? Pour un homme qui aurait été plus présent ? Andrew l'avait dit lui-même : il ne comprenait pas ce qu'elle faisait là.

Je fixai de nouveau les clichés flous. Rien à faire, on ne distinguait rien de cet homme. Aucun nom n'avait filtré et, pourtant, il semblait avoir ses habitudes dans l'entourage des Blake. Un proche, donc. Ma tête commençait à bourdonner. J'étalai les différents papiers au sol et m'assis, les examinant un à un et relisant les comptes rendus.

Après une heure d'analyse, je secouai la tête et dépliai mes membres engourdis. Je devais me préparer pour aller travailler, et j'espérais que cela m'aiderait à chasser Eleanor Blake de mon esprit.

***

A ma prise de service, je compris que la nuit ne serait pas des plus agitées. L'hôtel était réservé quasiment en totalité pour une conférence de cardiologie, et tous ces médecins, généralement, ne faisaient guère d'esclandres. Alors que je rangeais mon pupitre, je trouvai une nouvelle lettre de l'inconnu dans ma bannette, accompagnée d'un mot :

« Le monde moderne existe, Kat… Les e-mails aussi ! Greg. »

Je souris largement, non seulement à cause de la lettre de l'inconnu, mais aussi pour la remarque de Gregory. C'était justement la présence du papier entre mes mains, le dessin de ses lettres, l'odeur du papier qui rendaient cette relation si tangible et exceptionnelle. La rendre immatérielle aurait gâché toute la force de notre lien.

Je classai mes deux dossiers et m'installai confortablement pour lire mon courrier :

> *« Chère Marie,*
>
> *Je suis heureux pour vous, heureux que vous ayez trouvé un homme qui vous mérite. Comment pouvez-vous croire que personne ne puisse s'intéresser à vous ? Depuis le début, je cherche à vous rencontrer… Vous refusez, je le comprends… Mais si je tiens tellement à vous, alors que je ne vous ai jamais vue, je peux tout à fait imaginer qu'un homme soit attiré par vous.*
>
> *Vous avez sûrement raison au sujet de ce que j'éprouve pour cette femme. Je l'aime sûrement plus que je ne le devrais. Elle me stupéfie un peu plus à chacune de nos conversations, elle affronte les événements sans jamais se laisser abattre. Comme vous le disiez dans une lettre précédente : elle est incroyable… Et mes sentiments pour elle sont d'une telle force ! Vous croyez que je contrôle la*

situation alors que c'est absolument faux. Elle me contrôle. Elle est celle qui m'indique où je dois aller, ce que je dois faire.

Mes mots peuvent laisser penser que tout est idéalement parfait avec elle. J'aimerais que cela le soit… Mais j'ai la sensation que ce n'est pas suffisant. La perdre serait me perdre, moi.

Je crois tout faire pour qu'elle comprenne mon attachement… Pourtant j'ai l'horrible pressentiment que l'aimer ne suffira pas à la garder près de moi.

Vous rappelez-vous quand vous m'avez parlé du destin, avoir mentionné ces "signes invisibles" ? Croyez-moi, ils ne sont pas si invisibles et ils surpassent n'importe quel sentiment.

Mais je l'aime, comme jamais je ne crois avoir aimé quelqu'un. Pas uniquement parce qu'elle me fait me sentir bien, mais surtout parce qu'elle m'accepte sans jugement, sans préjugé. Et malgré ce que vous pensez, je suis tourmenté… Tourmenté par toutes ces choses que je ne contrôle pas et qui m'échappent… Tourmenté par son absence, par sa voix, par la légèreté qu'elle apporte à ma vie.

Il me tarde d'avoir votre réponse… Vous comprendrez, sûrement mieux que quiconque, mes doutes.

Je vous embrasse,

Votre inconnu. »

Je reposai la lettre avec un sentiment mitigé. L'homme à qui j'écrivais depuis maintenant plusieurs semaines me demandait conseil. Et je n'avais aucune idée de comment le rassurer. Je n'étais franchement pas la plus aguerrie en termes de relations amoureuses.

Toutefois, au petit matin, alors que je rentrais chez moi, je m'installai sur mon lit pour lui répondre :

« *Cher inconnu,*

Votre lettre me surprend. Vous me demandez conseil alors que nous ne nous connaissons que par lettres inter-

posées. Par ailleurs, je ne suis pas certaine de la pertinence de mon jugement.

Vous l'aimez ?

Vous avez donc résolu la plupart des doutes qui vous assaillent.

Rien n'est plus important — plus fort que ce sentiment. Vous ne devriez pas croire en ces signes néfastes… Ce sont ces propres signes qui vous ont mis sur sa route, ces mêmes signes qui vous ont permis d'oublier votre peine.

De quoi avez-vous peur ? Craignez-vous de la perdre, parce qu'elle ne vous aimerait pas en retour ? Craignez-vous qu'elle change d'avis et vous tourne le dos ? Craignez-vous qu'un autre homme ne passe avant vous ?

Vous l'aimez… Vos décisions seront bonnes, parce qu'elles seront juste guidées par vos sentiments envers elle.

Le seul moyen d'apaiser vos craintes n'est pas de me parler, mais de lui parler à elle. Lui avez-vous dit ce que vous ressentez ? Qu'importe ce que vous affrontez, vous n'êtes pas seul. Vous dites qu'elle ne vous juge pas, je suis donc certaine qu'elle appréciera que vous vous ouvriez à elle.

Tout va bien pour moi. Les choses avancent. Du moins, j'en ai l'impression. Je ne l'ai pas vu depuis quelques jours, et il me manque bien plus que je ne lui avouerai jamais. Je n'ai pas encore de mot pour dire ce que je ressens pour lui. Mais il a cette incroyable confiance en nous, cette assurance en notre avenir, et cela m'aide à me projeter.

Je crois que vous aussi… vous devriez vous projeter. Parlez-lui.

Marie. »

Le lendemain, quand je postai ma lettre après avoir longuement hésité, j'avais une sensation étrange et horrible. Je m'aperçus que je n'avais pas été spécialement amicale, ni rassurante dans ma réponse, alors que c'était sûrement du soutien qu'il cherchait.

Peu importe… Il devait lui dire. Et quelque part, ce n'était pas à moi de le rassurer, mais à celle qu'il aimait de le faire. Notre relation épistolaire venait de trouver sa première vraie limite : parfois, vous ne pouvez pas faire des choses à la place des autres.

Le reste de la semaine fut calme, animé seulement par les messages d'Andrew et nos conversations surréalistes. Je passai une partie de mes journées à emballer ma vie dans des cartons, ne gardant que le strict nécessaire pour mes derniers jours dans cet appartement. Le jour de l'arrivée d'Andrew, je pris le temps de tout nettoyer de fond en comble et de faire des courses.

D'après Eleanor, Andrew ne savait pas cuisiner… J'avais donc décidé de lui apprendre et de savourer une des rares occasions d'observer Andrew dans un domaine qu'il ne maîtrisait pas. Je jubilais d'avance. Pourtant, un coup de fil de Nathan me sortit de mes pensées heureuses. Après les banalités d'usage, je détectai un changement de ton dans sa voix.

— Kat, avez-vous parlé de cette soirée à quelqu'un ? Même de manière évasive ?

— Nathan, tout est sous contrôle, souris-je face à son quasi-affolement. Que se passe-t-il ? Est-ce qu'Andrew va bien ?

— Il est dans l'avion. Promettez-moi de ne pas lui dire que j'ai appelé !

— Nathan ! râlai-je pour la forme.

— Promettez-moi, Kat, répéta-t-il avec hargne.

— Nathan, ou vous me dites ce qu'il se passe, ou effectivement je risque de faire part de cet appel à Andrew.

Je l'entendis soupirer et devinai que la situation n'était pas si légère que je le supposais. Je m'installai dans mon canapé et encourageai Nathan à me parler.

— Kat… C'est assez compliqué à vrai dire.

— Je pense pouvoir suivre, sifflai-je, mécontente.

— Quelqu'un sait pour Andrew… Enfin pour vous deux.

— Je croyais que Lauren était à l'origine des fuites !

Mentalement, j'entamai une liste de toutes les personnes au courant de ma relation avec Andrew : Lynne, Gregory, Maria, Daniel, Philip… Certaines personnes de l'hôtel devaient aussi le savoir, sans compter Angela bien sûr, Perkins qui devait avoir des doutes…

— Mais je croyais que le communiqué de presse avait calmé les journalistes ? m'exclamai-je.

— En effet… Ce ne sont pas les journalistes qui nous inquiètent. Kat… il faut que vous compreniez qu'Andrew n'est pas… M. Tout-le-monde. Sa réussite ne plaît pas, son ambition attise les jalousies et…

— Il a été menacé ? demandai-je avec une voix terne.

— Oui. Et vous aussi. Ce qui nous inquiète réellement. Les menaces sont vraiment violentes et, malgré tous nos efforts, impossible de localiser le type derrière tout ça.

— Violentes à quel point ? soufflai-je, la peur me saisissant lentement.

— Très violentes. Cela arrive parfois, mais cette fois c'est vraiment différent. Quelqu'un sait… beaucoup de choses, des détails presque intimes.

— Comme ?

— Comme le fait que vous ameniez le café à Andrew dans sa suite, comme votre soirée au théâtre…

Autant l'idée que quelqu'un sache que j'apportais son café à Andrew ne me dérangeait pas vraiment, autant le fait que cette même personne soit au courant des soirées impromptues m'inquiétait réellement. Cela relevait de notre relation, de notre histoire intime, secrète et cachée.

Toucher à ça, salir ça, c'était écœurant.

— Comment va Andrew ? m'enquis-je avec inquiétude.

— Il a peur pour vous mais pas pour lui, il est habitué, en fait il craint surtout votre réaction.

— Je présume que c'est pour ça qu'il ne m'en a pas parlé ! conclus-je avec amertume.

— Possible… Mais je crois qu'il voulait surtout vous protéger de tout ça… Et nous cherchons l'origine de ces menaces.

— Je parlerai à Andrew, assurai-je.

— N'en faites rien ! Il est vraiment inquiet pour vous. Il fait tout ce qu'il peut pour vous préserver ainsi que votre relation. Si vous le confrontez sur le sujet, il niera.

— Je ne lui laisserai pas le choix.

— S'il vous plaît, Kat… Il a déjà envisagé beaucoup de solutions à votre sujet, j'ai réussi à les écarter, ne ruinez pas mon travail ! Andrew prétend que tout va pour le mieux. Il le fait pour vous et parce que vous le rendez heureux. Je comprends que vous vous en fichiez de ruiner mon travail, mais ne ruinez pas ça… Pour Andrew.

Le silence se fit et je pris conscience que Nathan avait raison. Je n'avais aucune envie de saccager ma relation avec Andrew.

— Je fais de mon mieux, Kat, pour identifier ce type… Je suis certain que nous nous affolons pour rien. Je vous demande juste d'être là pour Andrew.

— D'accord, soupirai-je, soudainement lasse. D'accord, je

vais jouer le jeu. Mais promettez-moi de me tenir au courant s'il se passe la moindre chose.

— Je le ferai, Kat. En attendant, je vous conseille d'en dire le moins possible à Andrew, et aux gens autour de vous.

— Même à Lynne ? tentai-je pour sonder la véracité de ses dires.

— Y compris à Lynne. Personne. Andrew arrive à New York vers 18 heures et prendra un taxi jusqu'au Peninsula. Je ne vous retiens pas plus. Je devine que vous avez mieux à faire.

Je ris doucement, maintenant plus détendue. Curieusement, même si, de prime abord, apprendre qu'Andrew et moi étions menacés m'avait effrayée, j'étais maintenant soulagée de le savoir. Au moins, je savais contre quoi me battre.

— Comment va Lynne ? demandai-je, le sourire aux lèvres.

— Aux dernières nouvelles, plutôt bien… Ses préparatifs avancent, dit-il d'une voix terne.

— Elle vous parle des préparatifs de son mariage ?

— Oui… Je suis… compréhensif. Et vous pouvez me traiter d'idiot si vous le voulez !

— Comment faites-vous pour supporter ça ?

— Vous savez ce qu'on dit… Le purgatoire avec elle est préférable au paradis sans elle…

— Woah… C'est de vous ? m'étonnai-je.

— Non… J'ai dû lire ça sur une boîte de céréales, admit-il en riant. Peu importe, même si je dois rester éternellement son ami, c'est déjà…

— Elle est amoureuse de vous ! le coupai-je vivement. Bon sang, Nathan, n'avez-vous aucune force de caractère ? C'est bien pour votre détermination qu'Andrew vous a embauché, non ? Je veux dire, vous savez négocier, décrocher des contrats, obtenir ce que vous voulez de vos clients… Et là, vous restez à att…

— Lynne n'est pas un contrat. Je me fiche de perdre un contrat, mais perdre Lynne serait… dramatique. Si elle est vraiment amoureuse de moi, et je ne vous cache pas que j'aime vraiment cette prometteuse idée, alors elle viendra.

— Nat…

— Fin de cette conversation. Vous devriez vous concentrer sur l'arrivée d'Andrew. Je sais qu'il avait vraiment hâte de vous retrouver.

— D'accord, soufflai-je, vaincue.

— Bonne soirée, Kat. Soyez prudente, surtout.

— Bonne soirée.

Je raccrochai l'instant suivant et secouai la tête pour chasser mes pensées sombres. Nathan avait raison : je devais me concentrer sur Andrew. Je jetai un regard à ma montre. Si Andrew atterrissait à 18 heures, il serait à l'hôtel vers 19 heures. Cela me laissait encore deux heures pour me préparer.

Après avoir pris un bain et m'être littéralement lustrée de la tête aux pieds, j'enfilai une robe noire courte me moulant de façon avantageuse. Pour l'occasion, j'avais décidé de me mettre en valeur. Même si Andrew semblait se satisfaire de mon uniforme en polyester, et que son envie de me voir nue était récurrente, j'avais envie d'être féminine.

Je remontai mon second bas et vérifiai mon maquillage. Je plaçai les boucles d'oreilles qu'il m'avait offertes. Puis, je fis un tour rapide de l'appartement, tamisant les lumières avant de mettre un peu de musique. Dans la cuisine, je sortis les quelques bougies chauffe-plats que j'avais, avant de les poser sur la table basse de mon minuscule salon.

Soudain, je me demandai si tout cela était une bonne

idée. Andrew était déjà venu à mon appartement, mais je le trouvais maintenant trop étroit, trop étriqué pour lui. La suite du Peninsula allait certainement lui manquer. La vibration de mon portable me sortit de mes pensées.

Suis en direction de chez toi… A.

Mon cœur s'emballa bêtement dans ma poitrine et je vérifiai une dernière fois que tout était en ordre. J'ajustai ma robe, pinçai mes lèvres pour les colorer un peu plus et replaçai mes cheveux sur mes épaules.

Près de trente minutes plus tard, alors que je frottais mes mains moites l'une sur l'autre, la sonnerie de la porte me fit bondir du canapé. Par habitude, je collai mon œil au judas et découvris Andrew. Un sourire immense s'étira sur mes lèvres et, tandis que mon cœur frappait dans ma poitrine, j'ouvris la porte.

A son tour, le visage d'Andrew s'illumina et il dégaina une rose parfaite et immaculée de derrière son dos.

— Depuis le temps que je voulais t'en apporter une moi-même !

Je m'effaçai pour le laisser entrer, observant sa silhouette longiligne habillée d'un jean brut et d'une chemise bleue à peine cachée par son habituel caban. Je refermai la porte et il se tourna vers moi.

— Merci, murmurai-je en prenant la fleur de ses mains.

— Mais de rien, sourit-il pendant que son regard naviguait sur moi. Tu es magnifique.

Il fit un pas vers moi, alors que je restais statufiée, collée à la porte de mon appartement. Il plongea son regard dans le mien et, très vite, je me retrouvai coincée entre son corps et la porte.

— Tu m'as manqué, murmura-t-il sur mes lèvres avant de m'embrasser doucement.

J'enroulai mes bras autour de sa nuque et approfondis le baiser, caressant ses lèvres de ma langue. Andrew me plaqua contre la porte, étouffant un grognement contre ma bouche, avant d'agripper fermement mes hanches. Je lâchai la rose pour me perdre dans sa chevelure, gémissant en sentant les mains d'Andrew descendre sur mes fesses. Il rompit le baiser trop vite à mon goût et souda son front au mien.

— Bonsoir, dit-il à bout de souffle.

— Bonsoir.

Il retrouva mes lèvres dans un nouveau baiser passionné et brûlant. Mes gémissements devinrent incontrôlables. Pantelante, je m'écartai de lui et il posa ses lèvres dans mon cou, embrassant toutes les parties découvertes de ma peau. Une de ses mains remonta le long de mes flancs et je me perdis de nouveau, noyée dans l'envie de son corps contre le mien. Je basculai la tête en arrière, me faisant presque mal, pendant que la bouche d'Andrew caressait le haut de ma poitrine.

— Andrew, murmurai-je, les jambes flageolantes.

Ses lèvres firent le chemin inverse, embrassant mon cou, puis mon menton avant d'effleurer mes lèvres.

— Répète-le, m'ordonna-t-il en pressant mes fesses dans ses mains.

— Andrew, soufflai-je de nouveau en soutenant son regard.

Il ferma les yeux brièvement et, quand il les rouvrit, j'y trouvai la lueur sombre du désir. Il me voulait. Ses mains remontèrent dans mon dos et il se recula un peu, créant un vide minuscule mais pourtant insoutenable.

— Tu m'as manqué aussi, avouai-je dans un sourire.

Je posai une main sur son torse avant d'y caler ma tête pour quémander une étreinte. Il me serra dans ses bras avec une force incroyable avant de poser un chaste baiser sur mon front.

— Distrais-moi, sourit-il, avant que je ne déchire cette robe pour te sauter dessus.

— Et si je ne suis pas d'accord ? demandai-je, un sourire coquin sur les lèvres.

— Kathleen, même si je sais que tu as programmé cette soirée, j'ai pris la liberté moi aussi de programmer certaines choses.

— Oh… Comme ?

— Comme faire en sorte que cette nuit soit inoubliable.

Je rougis violemment, avant de passer devant lui pour me diriger vers la cuisine. Il me suivit en silence dans la petite pièce. Je me plaçai devant le plan de travail, prête à lui expliquer ce que j'attendais de lui. Mais, soudain, il se glissa derrière moi et attira mes fesses contre son entrejambe. Son souffle chaud caressa ma nuque et une boule de chaleur intense explosa dans mon ventre quand je devinai ses lèvres à proximité de mon cou.

— Je veux que tout New York sache que tu es à moi, murmura-t-il en appuyant chacun de ses mots par un frottement explicite.

— Garder le silence est donc exclu ? demandai-je, le souffle court.

— Je ne veux entendre que toi… Et cette façon si particulière que tu as de prononcer mon prénom. Mais avant… je me plie à ton programme, annonça-t-il en me relâchant pour se placer à mes côtés.

Les joues en feu, je réprimai le tremblement de mes mains et inspirai fortement.

— J'ai appris que tu n'étais pas un grand cuisinier, commençai-je.

— Qui t'a donné ce genre d'information ? demanda-t-il avec sérieux.

— J'ai mes sources.

Inutile de lui préciser que j'avais lu l'interview d'Eleanor. Cette soirée ne devait être que pour nous, et je ne comptais pas rouvrir de dossiers sensibles avant un long moment.

— Donc, j'ai pensé qu'on pourrait préparer le dîner ensemble.

— Tu cherches à me mettre mal à l'aise ?

— Non… Juste à partager un moment avec toi.

— En cuisine ? s'étonna-t-il.

— En cuisine, approuvai-je. J'ai envie de t'apprendre certaines choses et de trouver la faille chez mon petit ami parfait.

Il sourit, incrédule, avant de secouer la tête. Quand il releva les yeux sur moi, sérieux et concentré, je sentis ma poitrine se comprimer douloureusement.

— Kathleen, c'est toi ma faille. Tu me rends faible. La seule chose qui est parfaite chez moi, c'est toi… Rien d'autre.

Il posa ses lèvres sur les miennes, comme s'il voulait sceller cette promesse. Hagarde, je m'écartai de lui et me dirigeai vers le réfrigérateur.

— Que dois-je faire ? demanda-t-il en déboutonnant les manches de sa chemise pour les replier.

— Je… Euh… j'ai prévu des linguines au citron.

J'observai ses avant-bras tandis qu'il pliait méticuleusement sa chemise. Il défit sa montre et la posa sur la petite table derrière lui. Je sortis de ma stupeur et tendis trois citrons à Andrew, lui demandant de les zester, de les presser et d'en filtrer le jus. Il suivit mes instructions à la lettre et je m'étonnai de son obéissance. J'avais espéré le mettre en position de faiblesse ce soir, mais en fait j'étais plutôt admirative.

— Tu veux goûter ? proposai-je en remuant la sauce au citron.

— Avec plaisir.

Je lui tendis la cuillère avec précaution et vis un sourire moqueur s'étirer sur ses lèvres.

— Pas comme ça.

Il me prit la cuillère des mains et me fit ouvrir la bouche. La sauce coula sur ma langue, douce et onctueuse, et Andrew posa ses lèvres sur les miennes. Sa langue s'insinua dans ma bouche et je trébuchai sur mes propres pieds, face à la violence de l'assaut.

— Parfait, assura-t-il en se reculant tout aussi brutalement.

Il se lécha les lèvres avec gourmandise et me toisa.

— Absolument parfait.

Je dressai rapidement deux assiettes et demandai à Andrew de prendre le vin qui attendait au réfrigérateur. Il me suivit dans le salon, armé de la bouteille de vin blanc que j'avais réservée. J'étalai quelques coussins au sol avant de m'asseoir devant la petite table. Andrew remplit nos verres et déposa la bouteille dans un seau à glaçons avant de s'installer à mes côtés.

— Je sais que ça ne vaut pas le *Vesuvio*, m'excusai-je pendant qu'il s'installait au sol.

— C'est très bien, Kathleen. Vas-tu me dire ce que sont tous ces cartons ? me demanda-t-il après sa première bouchée.

— Je déménage. J'ai acheté un appartement.

— Oh ! vraiment ? Celui-ci ne te plaisait plus ?

— J'avais besoin de plus d'espace et je voulais tourner la page sur un certain nombre de choses.

— Je ne suis donc pas le seul à vouloir fuir mon passé ?

— Je ne fuis pas. Je veux juste oublier cette vie-là.

Il sembla méditer sur ce que je venais de dire. Je devinais qu'il se posait des questions et, quelque part, j'étais reconnaissante qu'il ne m'interroge pas plus.

— As-tu pris ton billet pour dans quinze jours ?

— Je… oui. J'ai transmis à ton assistante mon heure d'arrivée.

— Une voiture t'attendra à l'aéroport. J'aimerais t'assurer que je serai là, mais les choses sont compliquées.

Je repensai à ma conversation avec Nathan, et décidai de tenter une approche espérant qu'il s'ouvre à moi.

— Compliquées à quel point ? La presse fait encore des siennes ?

— Elle est calmée. La plupart des journalistes craignent pour leur carte de presse. Ils ne veulent pas se mettre à dos un type qui pourrait potentiellement devenir leur patron.

— Tu comptes racheter des titres ? demandai-je, curieuse.

— J'attends de voir si *Powerfull* fonctionne bien ici. J'en ai besoin pour être crédible sur la côte Est, expliqua-t-il avant d'avaler un peu de ses pâtes.

— Donc, si ce n'est pas la presse…, commençai-je en laissant délibérément ma phrase en suspens.

— Tu ne devrais pas t'inquiéter. Je m'occupe de tout.

— Je veux savoir, Andrew. Dois-je craindre quelque chose ?

Il reposa sa fourchette et fronça les sourcils. Je me retenais de lâcher le flot d'informations que Nathan m'avait transmis. Andrew prit ma main dans la sienne et la porta à ses lèvres pour l'embrasser.

— Kathleen, souffla-t-il en entremêlant nos doigts, tu

es… tu es… à ce jour l'élément le plus important de ma vie. Et ma seule crainte, c'est qu'il t'arrive quelque chose.

— Je sais que tu cherches à me protéger.

Je relâchai sa main et m'approchai de lui pour m'installer sur ses jambes. Du bout de ses doigts, il repoussa les cheveux qui cachaient une partie de mon visage, avant de soupirer.

— Je ne veux pas… te propulser dans ce monde. Tu es tellement… loin de tout ça. Je refuse de te jeter en pâture à ces… vautours, de faire de toi une cible dans ce monde de fous furieux.

— Mais…

Il agrippa une de mes jambes et m'installa face à lui. Il prit mon visage entre ses mains et ses yeux plongèrent dans les miens avec une rare intensité.

— Je n'ai pas changé d'avis sur nous, assura-t-il. Je… Je refuse de te savoir harcelée. Tu es… rare et précieuse, et je fais ça pour nous.

— Pour nous ? murmurai-je sans comprendre.

— Pour toi, pour te protéger… Et pour moi… Si je te perds, je me perds aussi.

Je me figeai et sentis mon cœur tressauter dans ma poitrine. Andrew me fixait toujours, incroyablement sincère.

— Fais-moi confiance, m'implora-t-il. J'ai déjà fait le nécessaire pour… limiter les impacts sur ta vie.

Nichant ma tête dans son cou, je sentis ses mains entourer ma taille et me serrer contre lui. Il respira mon parfum. Je me perdis volontiers dans son étreinte, m'apercevant que je lui faisais une confiance totale. Je n'avais pas envie de replonger dans un monde de violence, d'appels anonymes et de menaces explicites. Dans ses bras, je me sentais à l'abri de tout, dans une bulle chaude et parfaite…

Je m'écartai un peu et posai ma bouche sur la sienne. D'abord surpris, je sentis ensuite ses doigts s'enfoncer dans ma taille et il m'entraîna avec lui sur le sol de mon salon. Il me fit allonger sur le dos, son corps recouvrant le mien tandis que ses lèvres bougeaient lentement contre les miennes.

De nouveau, la chaleur se propagea dans mon corps, excitant toutes mes terminaisons nerveuses. Je tentai de prendre le contrôle de notre étreinte, mes mains passant de son dos à ses épaules, avant de finir sur l'encolure de sa chemise. Mais Andrew les captura et les coinça au-dessus de ma tête avant de se détacher de mes lèvres.

— Finissons cet excellent dîner d'abord, murmura-t-il près de mon oreille.

Il se redressa, me laissant au sol, à bout de souffle et le cœur trépidant. Je me relevai péniblement, lui jetant un regard noir. Il prit son verre, et tout en me regardant me réajuster, le porta à ses lèvres. Après quelques minutes de silence, il reprit les hostilités.

— Où devons-nous finir la soirée ? demanda-t-il.

— Ici.

— Oh… Me feras-tu visiter ta chambre ?

— Afin de concrétiser tes fameux projets ? souris-je en nous resservant du vin.

— Toutes ces pensées peu chastes et impures que tu as suggérées dernièrement.

— Je n'ai rien suggéré, il s'agit plutôt de tes propres conclusions.

Il éclata de rire, un rire joyeux et clair qui résonna dans tout l'appartement. Il reprit des pâtes, me fixant avec une lueur d'amusement tout en se léchant les lèvres.

— J'ai une question, lâcha-t-il soudainement.

— Oui ?

— Tout le monde t'appelle Kat… Y compris ma mère, souligna-t-il. Est-ce juste réservé à un cercle d'amis proches ?

— J'aime que tu m'appelles Kathleen, répondis-je en rougissant. Ça sonne… différent dans ta bouche. Je pense que c'est équivalent à ce que tu ressens quand je t'appelle Andrew. J'ai l'impression d'être importante.

— Tu l'es, Kathleen, confirma-t-il en insistant volontairement sur mon prénom.

Nous finîmes notre plat en discutant essentiellement de la réception de San Francisco. J'occultai les détails purement logistiques, me doutant qu'Andrew ne tenait pas vraiment à en parler.

Je composai le dessert en cuisine, un tiramisu aux fruits rouges, quand Andrew m'y rejoignit.

— A quelle heure arriveras-tu ? me demanda-t-il.

— Aux environs de 15 heures, heure de San Francisco. Dois-je prévoir une robe ? Enfin quelque chose d'habillé, précisai-je en voyant un sourire coquin naître sur ses lèvres.

— Je serai en smoking, je demanderai à Meghan de faire le nécessaire.

— Mais…

— Elle privatisera une boutique, ou le *Sheraton* mettra à disposition ce qu'il te faut. Ne t'en fais pas pour ça…

Je soupirai, sachant que râler ne changerait rien à sa décision. Je déposai la crème dans les verrines, me concentrant sur ma tâche. Je réfléchissais à toute vitesse aux implications de ma présence à cette soirée. Après ça, nous ne pourrions plus vraiment nier notre relation. Surtout que je n'envisageais pas d'agir comme une amie, ni d'être effacée. Andrew avait déjà fait montre, en public, de son attirance pour moi.

— A quoi penses-tu ? dit-il.

Je sursautai, mon cœur bondissant de surprise dans ma poitrine. Il enroula son bras gauche autour de moi et posa ses lèvres dans mon cou.

— A la réception, dis-je en reprenant mon souffle.

— Humm… Et à quoi en particulier ? demanda-t-il d'une voix chaude.

— A ça, murmurai-je en posant ma main par-dessus la sienne, à hauteur de mon ventre. A… à notre comportement, balbutiai-je en sentant Andrew suçoter la peau de mon cou.

— J'essayerai de me retenir, promit-il. A une condition toutefois.

Il quitta mon cou et cala son corps contre le mien. Sa main s'appuya sur mon ventre, m'empêchant une quelconque fuite.

— Je veux être là pour les essayages de ta robe.

— Et Meghan ?

— Oublie Meghan. Juste toi et moi… Notre dernière séance d'essayage était plutôt réussie, non ?

— Tu n'as pas le temps de m'accueillir à l'aéroport, mais tu as le temps de me voir en plein essayage ? raillai-je.

— La vie est une question de priorité… Et de sécurité. Je n'ai pas le contrôle sur l'aéroport et sur la sécurité là-bas, alors qu'à l'hôtel… C'est différent, conclut-il.

Je posai mes mains sur le rebord du plan de travail. Mon corps avait cessé de m'obéir à l'instant où Andrew avait posé son bras possessif autour de moi. Mon cerveau était aux abonnés absents, et il me fallut une concentration monstre pour lui répondre.

— C'est vrai, admis-je en pensant à l'effet de ses mains sur ma peau lors de l'essayage des bijoux dans sa suite.

— Et je veux pouvoir contrôler ce que tu portes.

— N'aimes-tu pas mon choix de ce soir ? soufflai-je.

— Si… Mais je tuerai quiconque te verrait vêtue de la sorte. Ce qui est à moi est à moi. Je ne partage pas.

Derrière moi, j'entendis un bruit étrange presque métallique. Je laissai échapper un cri en sentant un frisson me parcourir. Andrew me maintint contre lui, accentuant sa pression autour de moi, pendant qu'il faisait courir un glaçon sur le haut de mon bras nu. Sur ma peau en feu, il fondit presque instantanément.

— Cette robe est sublime, mais dévoile beaucoup, beaucoup trop de peau.

Je hoquetai, me laissant aller dans ses bras. La sensation de froid ne me calmait pas. Au contraire, il me semblait que j'avais encore plus chaud, plus envie de lui même.

— Je refuse qu'un autre homme pose les yeux sur toi… Ne vois-tu pas ce que tu provoques ?

Le glaçon glissa le long de mon bras, finissant sur le dos de ma main, toujours crispée sur le plan de travail.

— Andrew, murmurai-je, le souffle court.

— Pour tous, lors de cette soirée, tu seras Mlle Dillon… Ton prénom et ton corps me sont réservés, gronda-t-il en se débarrassant, sur le plan de travail, du glaçon quasiment fondu.

De nouveau, je devinai le bruit des glaçons dans le seau à glace, puis la sensation de froid envahit mes épaules. L'eau glacée coula le long de ma colonne, passant sous ma robe. Je gémis doucement, avant de sentir la bouche chaude d'Andrew suivre le même chemin.

— Satin et soie, murmura-t-il sur ma peau. Satin, soie et moi… voilà les seules choses que j'autoriserai sur toi.

Je gémis de nouveau, plus lourdement, ma tête pesant maintenant une tonne. Sa bouche remonta le long de mon dos, traînant paresseusement sur ma peau. Sa prise autour de ma taille faiblit légèrement et j'en profitai pour me tourner vers lui et l'embrasser à en perdre haleine.

— Satin et soie, acquiesçai-je finalement.

— Et moi, ajouta-t-il en plantant son regard carnassier dans le mien.

— Et toi. Toujours toi…

Son glaçon toujours en main, il le passa sur mon décolleté, m'arrachant un cri de surprise. Ses lèvres se soulevèrent dans un petit sourire satisfait, puis il suivit du regard une goutte qui disparaissait entre mes seins. Sans un mot, il posa ses lèvres à la naissance de ma poitrine et lécha la trace glacée. Je me cambrai, savourant sa caresse, bloquée contre le plan de travail. Lentement, il se redressa et tritura les bretelles de ma robe.

— C'est une bonne chose que tu aies prévu cette soirée chez toi.

— Ah oui ? balbutiai-je.

Je sentais son souffle court et chaud dans mon cou, et lui lançai un regard.

— Oui. Je n'ai pas spécialement envie de me comporter en gentleman maintenant.

Au même instant, les bretelles glissèrent sur mes avant-bras, et il fit glisser le Zip — la seule chose maintenant le tissu sur moi. La robe tomba à mes pieds dans un bruissement et j'entendis Andrew grogner en me voyant quasiment nue devant lui.

— Portais-tu des bas sous ton uniforme ? demanda-t-il d'une voix rauque.

— Je… Non…

— Tu le feras maintenant… Juste pour moi.

— D'accord, monsieur Blake, soufflai-je, prête à me soumettre au moindre de ses caprices.

De nouveau, ce petit sourire heureux apparut sur ses lèvres.

— J'ai tellement lutté pour que tu m'appelles Andrew… Maintenant, je rêve de t'entendre m'appeler « monsieur Blake ».

Je souris à mon tour, satisfaite de voir son regard sombre naviguer sur mon corps. En son absence, je me demandais souvent ce qu'Andrew me trouvait mais, sous son regard, je me sentais idolâtrée. Un bruit venant du seau à glace me sortit de ma torpeur. Andrew me fixait droit dans les yeux pendant que le glaçon approchait de ma peau brûlante. De l'espace entre mes clavicules, il descendit vers ma poitrine. J'étouffai un gémissement, me pinçant les lèvres pour retenir un cri.

Quand le glaçon atteignit mon sein et son téton déjà érigé, je bougeai légèrement et soufflai bruyamment. Andrew me tortura ainsi de longues secondes, laissant le glaçon fondre sur moi. Quand il releva les yeux vers moi, je n'y voyais plus la lueur d'amusement, juste le désir et l'envie. Puis il fronça les sourcils, visiblement agacé par quelque chose. Mon cerveau mit quelques instants à réagir avant de détecter la sonnerie de son téléphone.

Il reposa le glaçon près de moi et arracha son portable de sa poche. Il y jeta un œil furtif avant de le couper et de le remettre dans sa poche.

— C'était… C'était peut-être urgent, balbutiai-je en me couvrant la poitrine de mon bras.

— Rien n'est plus urgent que toi ce soir.

D'un geste vif, il repoussa mon bras et pressa son corps contre moi. Son bassin se frotta contre le mien, et je devinai aisément son excitation.

— Puis-je retirer le reste de tes vêtements ?

— Je… Oui…, soufflai-je, presque soulagée de savoir qu'il ne faisait pas que s'amuser avec moi.

Dans une lenteur extrême, il s'agenouilla devant moi et fit glisser mon string noir le long de mes jambes. Il m'en débarrassa rapidement, me faisant lever un pied, puis le second. Je fis glisser le haut de mon premier bas, mais Andrew chassa mes mains et le remit en place.

— Interdiction de les retirer sans mon accord.

— OK…, murmurai-je, décontenancée par son ton sévère.

Il passa sa main près de mon intimité, me faisant me tendre au maximum dans l'instant. Il captura un nouveau glaçon, me faisant gémir d'anticipation et, comme il l'avait fait avec mon premier sein, tortura le second. La respiration hachée, je ne savais plus si je devais lui demander d'arrêter ou de continuer. L'adrénaline cavalait dans mon corps, éveillant tous mes muscles, toutes mes terminaisons nerveuses, et quémandant Andrew contre moi.

Il m'embrassa avec ferveur, insinuant sa langue puissante dans ma bouche. Je l'entendis grogner, tandis que l'eau glacée parcourait mon ventre. Une boule de chaleur énorme se formait dans le creux de mon estomac, et je me sentais déjà au bord de l'implosion. Andrew quitta mes lèvres et sa bouche glissa sur moi pour trouver mon sein froid et humide.

La sensation de chaud intense juste après ce froid glacial fut saisissante et je poussai un cri de surprise. Perdue dans mon plaisir, accrochée au plan de travail, je ne pris conscience qu'après plusieurs secondes qu'Andrew me parlait.

— Donne-moi ton portable, m'ordonna-t-il.

— Qu… Quoi ? marmonnai-je en me retenant de demander sa bouche de nouveau sur moi.

— Ton téléphone. Donne-le-moi !

Maladroitement, je récupérai mon téléphone derrière moi et le lui tendis. De nouveau, il grimaça en voyant l'appareil vibrer entre ses mains.

— Quelqu'un cherche vraiment à nous interrompre, râla-t-il.

— Qui est-ce ? m'enquis-je.

— Personne.

Et pour s'assurer que je n'irais pas vérifier, il jeta mon portable dans le seau à glaçons derrière lui, noyant ainsi le correspondant qui cherchait à me joindre.

— Andrew ! m'offusquai-je. C'est peut-être important.

— Tu es la seule chose qui m'importe ce soir... Il me semblait avoir été clair sur ce point, répondit-il en s'agenouillant devant moi.

Il me lança un regard sombre, presque sévère. Je rougissais violemment en sentant ses yeux brûler ma peau et s'attarder sur mon entrejambe. Il fronça les sourcils et se lécha les lèvres.

— Mais... Mais c'est peut-être un problème... un problème grave, enchéris-je.

Ma voix s'éteignit en sentant ses mains parcourir ma peau. Il caressa mes cuisses et s'approcha un peu plus de moi. Il glissa son genou de manière autoritaire entre mes jambes pour les écarter. Son regard s'attarda sur mes cuisses, puis remonta lentement vers mon intimité. Il leva la tête vers moi et je sentis mon excitation s'intensifier.

— Demain, tu pars avec moi, affirma-t-il avec autorité, tout en enroulant ses bras autour de mes cuisses.

— Andrew, murmurai-je, je ne peux pas. J'ai... Enfin... Ça va... poser... problème, bégayai-je alors que ses cheveux caressaient mon bas-ventre.

— Problème ? De toute façon, il n'y a que peu de problèmes qu'un orgasme ne peut résoudre, lança-t-il avant de récupérer un glaçon et de le mettre dans sa bouche.

— Qu… Quoi ? balbutiai-je avant de laisser échapper un gémissement.

Mes yeux fixèrent l'espace d'un instant la tête d'Andrew nichée entre mes cuisses, puis je basculai la mienne en arrière en haletant. Sa langue passa sur mon sexe et j'écartai un peu plus les jambes. La sensation de froid sur mon intimité brûlante m'arracha un cri et je lâchai le plan de travail pour m'agripper à ses cheveux.

Andrew raffermit sa prise autour de mes cuisses et, dans un grognement, me lécha de nouveau, s'insinuant pour trouver mon clitoris. Il y appliqua le glaçon, et une vague de plaisir s'abattit sur moi dans une violence indescriptible.

Ses mains bougeaient sur moi, ne me laissant aucune possibilité de lui échapper. Je murmurai son nom, comme une supplique, espérant qu'il m'entende. Mais à l'inverse, sa langue redoublait d'efforts et me faisait l'amour. Je relevai la jambe, cherchant un équilibre précaire avant de me repositionner. Andrew, sans me lâcher, profita de ce mouvement pour plaquer un peu plus sa bouche et approfondir notre étreinte.

Je l'entendis grogner, puis il s'écarta. Je gémis de frustration. J'étais si près de l'orgasme que j'aurais protesté si j'en avais eu la force. Mais je n'eus pas le temps d'y réfléchir. Mes mains toujours perdues dans ses cheveux, je plaquai Andrew contre moi avec force, tandis que ses longs doigts entraient dans mon intimité.

Ils glissaient en moi dans une lenteur extrême, caressant mon point G à un rythme régulier.

— Plus… vite, quémandai-je, en sentant mon cœur battre à tout rompre dans ma poitrine.

Et il s'exécuta, enfonçant ses doigts en saccade, caressant du bout de sa langue mon clitoris gonflé. Je pressai sa tête contre moi, l'orgasme empêchant toute pensée cohérente. Il accéléra encore, allant et venant en moi. Andrew dut sentir mes jambes trembler car il resserra sa main gauche autour de moi, me maintenant contre lui. Il grogna fortement, faisant vibrer tout mon corps. L'orgasme déferla en moi alors qu'il s'attardait sur la partie la plus sensible de ma chair.

A bout de souffle, je criai son nom. Mes jambes lâchèrent et je glissai au sol. Andrew me récupéra, pantelante.

— Allons dans ta chambre, murmura-t-il.

Il me souleva et j'enroulai mes bras autour de sa nuque. Une fois allongée sur mon lit, je rouvris les yeux et le vis, à mes côtés, me couvant du regard tandis que je me lovais dans ses bras.

Brutalement, sa demande me revint à la mémoire.

— Tu veux que je parte avec toi ? demandai-je pour m'assurer que j'avais bien compris.

— Oui. Ton dîner m'a convaincu…

— Tu me veux juste pour mes talents de cuisinière ? souris-je en triturant les boutons de sa chemise.

— Je te veux pour toutes ces choses qu'on peut faire dans une cuisine.

Son sourire s'effaça quand je relevai les yeux vers lui. Malgré cette soirée, je savais qu'il ne me disait pas tout.

— Je ne peux pas quitter New York comme ça, soufflai-je. J'ai mon travail, j'ai… des amis.

— Kathleen, râla-t-il, je n'aime pas l'idée d'être constamment loin de toi… de compter les jours.

Je défis le premier bouton de sa chemise, puis le deuxième, passant ma main sous le tissu pour sentir sa peau. Je le sentis frémir, puis il saisit mon poignet pour me faire cesser.

— Tu cherches à éviter cette conversation ? demanda-t-il avec un sourire.

— Non.

Il desserra sa prise et j'eus le loisir d'ouvrir complètement sa chemise. Il se redressa et la retira. Je passai mes mains sur son torse, appréciant de le sentir réagir contre ma paume, avant de gagner la boucle de son jean.

— Tu sembles… tendu, murmurai-je en embrassant son ventre.

— Je suis rarement calme en ta présence.

Je défis les boutons de son jean et passai ma main sous son boxer. Son sexe était gonflé, dur, et diablement tentant. Je le caressai doucement, sentant Andrew se contracter un peu plus contre moi.

— Moi qui pensais avoir rencontré l'un des hommes les plus puissants du pays…

— Tu l'as dit… je ne suis qu'un homme, Kathleen, marmonna-t-il alors que je le caressais un peu plus fermement.

Je le libérai et me levai pour lui retirer son jean, son boxer et ses chaussures. Je me réinstallai près de lui, me calant dans ses bras. Son sexe toujours tendu me tentait, mais j'avais dans l'idée de le torturer un peu. Il soupira lourdement et ferma les yeux en me serrant contre lui.

— A quoi penses-tu ? demandai-je dans un murmure.

— A la dernière fois où j'ai failli baisser les bras, quand tu m'as parlé d'une relation strictement professionnelle. J'ai cru te perdre et cette simple idée est révoltante.

Il me bascula sur le dos et m'embrassa tendrement.

Lentement, il glissa le long de mon corps et s'attela à retirer mes bas, avant de les jeter au sol.

— Je ne veux plus… jamais ressentir ça de nouveau. J'étais en colère parce que tu refusais de voir la vérité en face.

— La vérité ? chuchotai-je.

— Toi et moi.

Il embrassa le haut de ma poitrine et caressa mes côtes de ses mains. Je sentis son sexe effleurer mon intimité, mais je refusai de bouger. Je repensais à cette soirée, à son regard glacial quand j'avais déposé des serviettes à la piscine.

— Viens avec moi, m'intima-t-il d'une voix douce.

Et la seconde suivante, en une seule poussée, il entrait en moi me faisant crier de plaisir.

— Je vais prendre ça pour un « oui ».

Il bougea son bassin, me pénétrant une nouvelle fois avec force. Quand je croisai son regard, je sentis mon cœur bondir dans ma poitrine. Cette même sincérité que lors de notre dîner, cette incroyable intensité qui me donnait la sensation d'être exceptionnelle.

— J'ai déjà un travail pour toi, continua-t-il.

— Andrew ! gémis-je sous l'assaut d'un nouveau coup de reins.

— Je vais aussi prendre ça pour un « oui ».

Je me cambrai, mon dos s'arquant presque douloureusement. Son regard sombre me scrutait et je me forçai à garder les yeux ouverts. Je plantai mes doigts dans ses épaules, ses muscles bougeant en rythme avec chacune de ses poussées.

— Je veux t'entendre murmurer mon prénom chaque soir.

— Andrew, soufflai-je, au bord d'un nouvel orgasme.

— Et chaque matin…, ajouta-t-il d'une voix rauque.

Je me tendis autour de lui, sentant son bassin bouger contre le mien de plus en plus rapidement. Il enfouit sa tête dans mon cou, le souffle de plus en plus saccadé à mesure que le plaisir nous gagnait.

— Je gagne toujours, Kathleen, gronda-t-il contre ma peau en appuyant chacun de ses mots par une nouvelle poussée.

Puis il se redressa et planta ses yeux dans les miens. Haletants tous les deux, nous nous sourîmes, heureux et seuls au monde.

— Demain ? articulai-je péniblement.

Il poussa un peu plus fort en moi et l'orgasme me foudroya. Il posa ses lèvres sur les miennes, se tendant au-dessus de moi, sans bouger. Dans un dernier coup de reins, il jouit avec force et s'effondra contre ma poitrine.

Je caressai ses cheveux avec tendresse et il me serra contre lui.

— Je vais prendre ça pour un « oui », murmurai-je.

Chapitre 8

Andrew se décala sur son flanc avant de me prendre dans ses bras. Je glissai mes doigts sur les siens, réfléchissant à ce qu'il venait de me demander. Si l'idée m'avait paru effrayante au départ, je l'envisageais maintenant différemment. Ses lèvres butinaient mon cou et sa chaleur irradiait mon corps.

— Tu réfléchis trop, murmura Andrew derrière moi.

— Non… Je… Je me projetais, à vrai dire.

Je me tournai vers lui et remontai le drap sur nous. Il repoussa les quelques mèches de cheveux masquant mon visage et posa ses lèvres sur les miennes.

— Dis-moi ce qui te tourmente, souffla-t-il sur mes lèvres.

— Rien… Vraiment rien, promis-je avant de me caler dans ses bras.

L'instant suivant, alors qu'Andrew caressait mes cheveux de façon apaisante, je sombrai dans le sommeil.

Je me réveillai en sursaut pendant la nuit, hantée par le visage sanguinolent d'Eleanor. Dans mon cauchemar, elle me poursuivait en hurlant un flot inintelligible d'insultes et de vociférations. Haletante et le cœur battant, je cherchai Andrew. Mais mon lit était vide. Mon réveil affichait 4 heures du matin, et après m'être frotté le visage pour chasser ce mauvais rêve, je tâtonnai à la recherche d'un T-shirt.

Les habits d'Andrew ne traînaient plus au pied du lit, l'angoisse me gagna et je rejoignis le salon en espérant l'y retrouver.

— Je ne voulais pas te réveiller, dit-il en me voyant entrer dans la petite pièce.

— Juste un mauvais rêve, expliquai-je avant de constater qu'il était habillé. Tu pars ?

— Oui, répondit-il sèchement.

J'approchai de lui, mais il recula aussitôt. Son visage, partiellement éclairé par un lampadaire, m'effraya. Ses mâchoires étaient serrées et il était d'une pâleur extrême.

— Que se passe-t-il ? demandai-je, de plus en plus inquiète.

— Meghan a été agressée hier soir, répondit-il avec une étonnante franchise.

— Agressée ? Et comment va-t-elle ? m'inquiétai-je.

— Bien… Si on peut dire.

Il enfila son caban et s'attacha à ne pas croiser mon regard.

— Je dois partir. Je rentre à San Francisco.

— Tu veux dire maintenant ? m'étonnai-je.

— Maintenant, oui.

J'approchai de nouveau de lui, espérant qu'il ne me fuirait pas cette fois. Il ne bougea pas, mais son visage se referma un peu plus, témoignant du profond combat qui devait l'habiter. Je soupirai, prise d'un profond et mauvais pressentiment.

— Je vais faire un sac, affirmai-je en me dirigeant vers ma chambre.

— Inutile. Tu ne viens pas.

Je me figeai et sentis mon corps se glacer dans la foulée.

J'allumai la lampe près de moi et découvris Andrew, blanc comme un linge et crispé.

— Je pars. Tu restes ici.

— Qu… Quoi ? m'écriai-je.

— J'ai pris ma décision, ajouta-t-il en boutonnant sa veste.

— Tu as pris ta décision ? répétai-je, abasourdie. Et je présume que je n'ai pas mon mot à dire ? sifflai-je.

— En effet.

Il souffla profondément et son visage passa de l'angoisse à la colère la plus vive en une seconde. Il diminua la distance entre lui et moi, alors que je parvenais à peine à contrôler les larmes de rage qui pointaient à mes yeux. Je posai une main sur son torse pour le repousser. Je le fixai, cherchant la faille dans le masque d'homme d'affaires parfaitement vissé sur son visage. En vain.

— Je vais disparaître de ta vie, expliqua-t-il. Tout redeviendra comme avant.

— Comme avant ? hurlai-je. Avant quoi au juste ? Avant que tu débarques au Peninsula ? Avant que tu me séduises ? Avant que je tombe amoureuse de toi ?

Il recula légèrement et sembla surpris par ma réaction. Ses mâchoires se serrèrent encore plus et son corps se raidit.

— Tu ne sais pas ce que tu dis, riposta-t-il. Tu te trompes sur moi.

— En effet, je me suis lourdement trompée. Ai-je au moins le droit à une explication ?

— Je ne pensais pas t'en devoir une, siffla-t-il entre ses dents.

— Tu ne pensais pas ? Alors quoi ? J'étais juste un amusement de passage ? C'est… agréable de foutre en l'air la vie de quelqu'un ?

— Kathleen, ne rends pas les choses plus… compliquées.

— Tu croyais pouvoir partir de chez moi et disparaître sans aucune explication ? Je n'ai donc vraiment aucune valeur à tes yeux ?

— En tout cas, pas aussi importante que ce que je croyais.

Je me tus et sentis mon cœur partir en lambeaux. Il arborait toujours ce masque impénétrable, dénué d'émotions, hormis le pouvoir. Il voulait gagner.

— Je te l'ai dit, je n'abandonne pas facilement, ripostai-je.

— Vraiment ? Devons-nous aborder ta brillante carrière dans le journalisme ?

Ma main partit brutalement et claqua contre sa joue dans un bruit sec en y laissant une trace rouge. Andrew ne cilla pas, risquant même un petit sourire satisfait.

— Tu ne sais rien, marmonnai-je en prenant conscience que je ne regrettais pas ma gifle.

— Cette petite scène m'en a appris suffisamment. De toute évidence, tu n'es pas la seule à t'être trompée.

Il passa à mes côtés, froid et distant. Mon cœur frappait dans ma poitrine. Mon cerveau m'intimait de lui dire de rester, de me fournir une véritable explication. Le dos tourné à lui, je fermai mes poings et soufflai.

— Couches-tu avec Meghan ? demandai-je dans un dernier accès de rage.

— Je ne vois vraiment pas en quoi ça te regarde, répondit-il froidement.

— Je vais prendre ça pour un « oui », assénai-je.

J'entendis un déclic et je compris qu'il était en train d'ouvrir la porte de mon appartement. Je n'aurais donc droit à aucune explication. Je me ruai sur le guéridon et en extirpai sa note et son alliance. Il me fixa étrangement, presque inquiet de ce que j'allais faire.

— Reprends-la, lui intimai-je.

De nouveau, il me fixa et, après une brève hésitation, il prit l'alliance. Nos doigts se frôlèrent et je perçus clairement ce léger tressautement de mon cœur, ce mouvement qui me disait qu'il ne pouvait pas me quitter. Mais la colère reprit instantanément le dessus.

— Je n'étais donc qu'un amusement… Comment disait Abby déjà ? « Une rafraîchissante distraction » ?

— Kathleen…

— Non, le coupai-je. Plus de « Kathleen » !

Il observa son alliance, nichée au creux de sa main, puis me fixa. Le souffle court, j'attendais une réaction de sa part, un geste, un mot, un tremblement même, n'importe quoi qui aurait pu le trahir.

Contre toute attente, il se figea un peu plus et un sourire sans âme s'afficha sur son visage.

Il remit son alliance à son annulaire et les larmes que j'avais eu tant de mal à retenir coulèrent finalement. Je les chassai d'un revers de main et Andrew sortit de mon appartement.

— Au revoir, Kathleen, murmura-t-il avant de rejoindre l'ascenseur.

Je fermai la porte derrière lui et laissai les larmes rouler le long de mes joues. Machinalement, je regardai l'horloge : 4 h 20… En vingt minutes, il venait de ruiner ma vie.

Curieusement, c'est la rage qui s'exprima d'abord. Il m'avait manipulée, il avait fait en sorte que je tombe sous son charme pour finir par me quitter, sans aucune explication. Je filai vers la cuisine, cherchant mon téléphone, avant de me souvenir qu'il flottait au milieu des glaçons fondus.

Encore plus en colère, je récupérai ma puce et jetai le téléphone dans le vide-ordures. Brutalement, j'eus un déclic. Je débarrassai la cuisine, effaçant les traces de notre soirée, puis nettoyai le salon. Au bout de trente minutes, j'avais réussi à éradiquer tout ce qui aurait pu me rappeler Andrew Blake.

Dans ma chambre, je retirai les draps, son odeur ne devait pas rester ici. J'avais commis l'erreur de faire de nouveau confiance à un homme… Et j'avais à présent la sensation d'avoir été percutée par un trente-huit tonnes mais d'être pourtant toujours en vie, souffrant le martyre, et attendant la délivrance de la mort.

Des souvenirs de la soirée d'hier me revinrent, violents et m'anéantissant peu à peu. La colère laissa place à l'incompréhension. Pourquoi déployer tant d'efforts, pourquoi trouver les prétextes les plus fallacieux pour passer du temps avec moi, pour, au bout du compte, me quitter en pleine nuit ?

Je parvins à gagner ma cabine de douche, la vue brouillée par les larmes. Sous le jet brûlant, je m'autorisai à réellement pleurer. Les larmes coulaient sur mes joues dans un flot ininterrompu. Je ne savais pas ce qui était le plus dur finalement : son départ, son ton glacial ou juste l'impression de chute vertigineuse et tourbillonnante.

Après notre première nuit, Andrew avait abandonné le masque d'arrogance et de froideur qu'il portait habituellement. Il m'avait laissé l'accès à une autre facette de sa personnalité, la facette qu'il ne révélait qu'aux proches.

Mais ce matin le masque froid était réapparu, plus solide que jamais, infranchissable et déroutant. Il n'avait rien dit, il n'avait pas fourni d'explications, il n'avait même pas essayé de me parler : son air dur et sévère, ajouté au retour de l'alliance à son doigt m'avaient ravagée.

Le visage rougi par les larmes, je m'habillai et retrouvai le salon. Malgré tous mes efforts, il me semblait encore sentir sa présence. Il hantait les lieux et me hantait encore plus. Complètement abrutie par ce mélange étrange de colère et de peine, je fixai la table basse, les coussins, le carré de moquette où nous nous étions embrassés.

Je revoyais son sourire heureux et l'intensité de son éblouissant regard. Comment avait-il pu faire ça ? Comment avait-il pu me faire croire que j'étais importante, que j'existais à ses yeux, pour finir par partir ?

Ecœurée et passablement déprimée, je retournai à ma chambre. Je retrouvai la robe beige de la réception et la replaçai dans sa housse. De la même façon, je retirai les boucles toujours fixées à mes oreilles et les replaçai dans leur boîte. Je refermai l'écrin brutalement, le faisant claquer entre mes doigts.

Je réfléchis rapidement au mot qui accompagnerait mon « colis », avant de songer à ce qu'Andrew m'avait dit ce matin.

« Monsieur Blake, je vous prie de trouver ci-joint les éléments indispensables à toute distraction digne de ce nom. Le tout est en excellent état — ayant très peu servi — et je ne doute pas que vous trouverez d'ici peu une nouvelle "exception" pour utiliser ces délicieux accessoires. Kathleen Dillon. »

Je repliai ma note et l'accrochai au cintre, m'assurant qu'elle tiendrait jusqu'au Peninsula. Vers 6 heures du matin, lasse de tourner en rond et de chercher une explication rationnelle au changement de comportement d'Andrew, je gagnai l'hôtel, avec la housse, dans l'espoir de pouvoir parler à Lynne. J'étais convaincue qu'elle me remonterait les bretelles, m'anéantissant un peu plus en m'assénant un « je t'avais prévenue », mais j'avais besoin d'y voir clair.

— Bonjour, Sam, lançai-je en tentant d'être enjouée.

— Kat ? s'étonna-t-il.

Il me fixa brièvement, mais je compris à son regard que j'avais échoué. Mes yeux brûlaient encore des larmes que j'avais versées et je devais sûrement avoir l'air encore plus pâle que d'ordinaire.

— Sais-tu si Blake a libéré sa suite ? demandai-je en me tordant pour déchiffrer le cahier de transmissions.

— Pas encore.

— Parfait. Peux-tu lui faire monter ça ? le priai-je en déposant les cadeaux d'Andrew sur le pupitre.

De nouveau, Sam me fixa, puis regarda la housse, avant de revenir sur moi. J'osai un sourire et il prit la housse entre ses mains pour la placer derrière lui.

— Ça lui appartient, expliquai-je sobrement. Je pense que ça lui fera plaisir de retrouver ses effets personnels.

S'il le perçut, Sam ne releva pas le sarcasme dans ma voix. Quelques minutes plus tard, il fit appeler un des valets de chambre et lui confia la housse. La peine que je ressentais s'estompa l'espace d'une délicieuse seconde, remplacée par une intense jubilation. Il avait récupéré son alliance, il devait donc récupérer le reste.

Je me décidai à gagner notre salle de pause. Boire un café, même mauvais, ne pouvait pas me faire de mal. J'eus un sursaut de surprise en voyant Gregory, la tête appuyée contre la machine, pendant qu'elle ronronnait et crachotait un liquide brunâtre.

— Greg ?

— Kat ?

Il se tourna vers moi, les yeux ronds, avant de se propulser dans ma direction et de me serrer dans ses bras musclés. Quand il me relâcha, la surprise avait fait place à l'angoisse. Il scrutait mon visage, sûrement encore marqué par la déception et l'amertume.

— Est-ce que tout va bien ? me demanda-t-il avec urgence. Tu es venue attendre Blake ?

— Je… Euh… Oui, ça va… Et non, je ne l'attends pas, marmonnai-je. J'ai eu une nuit… courte. Que fais-tu à l'hôtel à cette heure-ci ? demandai-je soudain.

— Je ne désespère pas de rentrer chez moi. Je reviens de l'hôpital. La petite blonde de Blake a été rouée de coups par un fou furieux… Je l'ai retrouvée, recroquevillée et inconsciente. Blake ne t'en a pas parlé ? m'interrogea-t-il. On a finalement réussi à le joindre, tôt ce matin.

Je repensai furtivement au visage torturé d'Andrew à mon réveil. Je chassai la vague de commisération qui était en train de me gagner. Il m'avait quittée, plutôt lâchement. Je n'aurais pas de peine pour cet homme, je devais avant tout gérer la mienne.

— Seulement très brièvement. Il est parti tôt ce matin. Quand a-t-elle été agressée ? demandai-je pour changer de sujet rapidement.

— On a aussi tenté de t'appeler pour le contacter, répondit Gregory en ignorant ma question.

— On… On avait coupé nos téléphones.

Brutalement, je sentis mes jambes flageoler et je reculai en direction d'une des chaises en plastique mises à notre disposition. Je m'assis prudemment, observant mes mains trembler de manière incontrôlable. La fatigue et le raz-de-marée émotionnel prirent le pas sur ma raison et sur ma volonté.

— Il… Il ne voulait pas être dérangé, dis-je d'une voix terne.

— Sauf urgence… C'était une urgence hier soir ! J'ai quitté l'hôpital quand je l'ai vu entrer dans la chambre de Meghan.

— Comment va-t-elle ?

— Quelques contusions et deux côtes cassées… Une entorse au poignet.

Je tremblais de plus en plus et Gregory posa sa main gigantesque sur les miennes pour me calmer.

— Tout va bien, Kat. Elle va s'en remettre.

— Est-ce… Est-ce qu'on sait qui a fait ça ?

— Non. La seule chose qui m'inquiète, c'est qu'elle a été agressée dans l'ascenseur. Je l'ai trouvée dans le parking. Je dois ramener les images de la télésurveillance pour l'enquête. Mais je doute qu'on trouve quoi que ce soit.

Je me relevai de ma chaise, toujours mal assurée. Gregory me suivit des yeux, s'assurant que je n'allais pas tomber dans la seconde. Je me fis couler un café, plus pour me donner une contenance que par réelle envie, et fixai le gobelet en train de se remplir.

— Kat, je suis inquiet pour toi, lâcha Gregory avec sérieux.

— Je suis juste… chamboulée.

— Ce n'est pas ce que je voulais dire. Ta relation avec Blake…

— Actualise tes informations alors, ripostai-je avec colère. Je n'ai plus de relation avec Blake, il a rompu ce matin, avant d'aller rejoindre sa chère Meghan…

Gregory me dévisagea étrangement et je me rendis compte de la méchanceté gratuite dans ma voix. Andrew connaissait Meghan depuis des années, je ne pouvais pas lui reprocher d'être inquiet pour elle.

— C'est sûrement mieux ainsi, commenta Gregory. Mieux que tu ne sois plus avec lui.

— Mieux pour qui ? grinçai-je.

— Pour toi. Kat, ça aurait pu être toi.

— Bien sûr que non, soufflai-je, exaspérée.

Gregory s'approcha de moi et posa ses mains sur mes épaules, comme pour s'assurer que j'allais bien l'écouter.

— Elle s'est fait attaquer ici. Ce n'était pas un hasard. Nous recevons des menaces depuis que Blake a débarqué ici, et si j'en crois Evans, les choses sont encore pires à San Francisco.

Gregory me relâcha, visiblement soulagé de voir que son discours avait fait son petit effet. Mon cœur battait la chamade. Je me rassis, toujours bouleversée : j'en voulais à Andrew, je lui en voulais d'avoir agi en goujat et en hypocrite avec moi, mais savoir que Meghan avait été agressée ici me mit mal à l'aise.

— Combien de temps doit passer Meghan à l'hôpital ? demandai-je soudain.

— Elle sort dans l'après-midi.

— Bien. J'irai la voir.

— Aucune chance. Consignes de sécurité ultrastrictes. Personne n'entre dans sa chambre, sauf Blake.

— Merde ! pestai-je.

Je repensai au regard glacial d'Andrew, à son masque d'arrogance, presque haineux… D'après ce que j'avais pu constater, il était intraitable lorsqu'on attaquait son territoire ou son cercle de proches. Lauren en avait fait les frais, et j'en faisais maintenant, moi aussi, l'amère expérience. Peu importait que j'aie été présente dans sa vie, je savais qu'il m'expulserait *manu militari* si j'osais le défier.

Et pourtant, il y avait quelque chose, dans sa manière

de fuir mon regard, dans sa façon de m'ignorer, qui ne lui ressemblait pas.

Je voulais le haïr, mais cette simple pensée me rebutait.

Je n'avais pas sa capacité à être froide et hermétique aux sentiments humains.

— Je dois lui parler, soufflai-je à Gregory.

— Impossible, Kat… Moi aussi j'ai des consignes !

— Mais il n'est même pas à l'hôtel ! m'exaspérai-je. Que tu appliques ses instructions quand il est là, je veux bien, mais…

— Mais maintenant je dois *aussi* appliquer ses instructions ailleurs ! me coupa-t-il avec sévérité.

— Tu bosses pour lui ? m'étonnai-je. Je n'arrive pas à y croire !

— Pour être tout à fait précis, ajouta-t-il avant de boire un peu de son café, techniquement, je dépends d'Evans !

— Explique-moi comment tu en es arrivé à bosser pour un homme qui ne t'inspirait encore aucune confiance il y a quelques semaines… Dois-je te rappeler tes tirades à base de « Tu ne sais rien de son passé » ? m'enquis-je avec colère.

— J'ai mis les choses au clair… Je n'apprécie toujours pas Blake, mais il n'est pas si… mauvais que je le pensais.

— Alors laisse-moi aller le voir. S'il te plaît, Gregory, suppliai-je.

— J'ai des instructions. Désolé, s'excusa-t-il.

Je jetai le reste de mon café, prête à mener une mission commando au sein de l'hôpital. Gregory m'adressa un regard, plutôt inquiet de me voir reprendre aussi vite des forces. Je ne voulais pas abdiquer. J'avais déjà fait pire… avant. Passer les barrières de sécurité de l'hôpital n'était pas grand-chose par rapport à crocheter le bureau de mon supérieur pour obtenir des informations pour un article. Idée qui s'était révélée…

bonne, mais dont je n'avais pas mesuré les conséquences à long terme.

— Allez, venez, je vous offre notre meilleur café, entendis-je dire Lynne alors qu'elle poussait la porte.

— Lynne, tu ne devrais pas leur mentir… Ce café provoque des ulcères, plaisanta une voix que j'identifiais comme étant celle d'Angela.

Quelques secondes plus tard, elles entrèrent dans la petite salle accompagnées de Maria et de Philip. Lynne marqua un temps d'arrêt en me voyant, avant de froncer les sourcils.

— J'avais oublié un truc, mentis-je pour expliquer ma présence matinale. Dans mon vestiaire… Et Gregory m'a proposé d'aller boire un café.

A son tour, Gregory me fixa étrangement, puis se décida à aller dans mon sens. Il devait sûrement se rendre compte qu'il ne m'avait pas demandé une véritable explication à ma présence ici.

— Comment va Meghan ? s'enquit tout de suite Angela avec inquiétude.

— Elle va mieux. Désolé pour hier soir, s'excusa Gregory en regardant Lynne.

— Non… Tu as bien fait de m'appeler. Perkins l'aurait fait de toute façon.

— Et nous préparions le plan de table du mariage, donc tu as très bien fait de nous interrompre, sourit Philip en enroulant son bras autour de la taille de Lynne.

Maria sirotait son infâme boisson sans rien dire, nous observant tour à tour. De toute évidence, elle n'était pas au courant de l'agression de Meghan.

— Ça fera sûrement la une des journaux de fin de journée,

observa pensivement Gregory. J'ai l'impression que la moitié de la ville est au courant.

— Tu as fini ton service ? demandai-je à Angela.

— Dans une petite heure... Mais Lynne a proposé d'offrir cet alléchant café, je n'ai pas pu refuser... Dan me remplace.

— Dan ? m'écriai-je.

— Embauché hier... Il m'aide en salle pour le moment, mais il assurera surtout les services de jour. Ne t'inquiète pas.

— Voilà pourquoi on ne mélange pas le boulot et le reste, railla Lynne.

— La ferme, grondai-je.

— N'étais-tu pas avec Blake hier soir ? demanda Angela.

Je ne répondis pas, toisant tous les regards braqués sur moi. Andrew voulait de la discrétion, j'étais servie !

— Je vais y aller, dis-je à Gregory en sachant qu'il relèverait le double sens de ma phrase.

— Je pars avec toi, annonça Maria, visiblement mal à l'aise parmi nous.

— J'ai glissé un truc pour toi dans ton vestiaire, m'informa Gregory alors que je quittais la pièce.

— O.K., murmurai-je.

Je passai par les vestiaires et me hâtai d'ouvrir mon casier. J'avais un doute sur le « truc » que Gregory y avait glissé. La lettre de l'inconnu virevolta dans les airs avant de s'écraser à mes pieds. Je la fourrai dans une de mes poches et retrouvai Maria dans le hall.

Cette dernière réajustait des fleurs au pied des escaliers avec concentration. Soudain, j'eus cet espoir stupide et incroyablement surréaliste. Andrew n'avait pas rendu sa suite, peut-être que tout n'était pas perdu. Je la rejoignis et soupirai lourdement, avant de me lancer.

— Maria, as-tu eu une commande… pour moi ? demandai-je timidement.

Elle se tourna vers moi, délaissant les fleurs, et me fit un faible sourire, avant de secouer la tête.

— Rien pour toi. La commande a été annulée ce matin.

Je baissai les yeux sur le marbre de l'entrée. Une nouvelle fois, je venais d'être percutée par le fameux trente-huit tonnes. Ma conversation avec Gregory avait distrait mes pensées d'Andrew, mais apprendre maintenant qu'il avait prévu des fleurs pour ensuite les annuler était… horrible.

— Je suis désolée, murmura Maria en posant sa main sur mon épaule.

— Ce n'est rien.

— Kat, j'aimerais aller dans ton sens, mais je ne te dirai pas que ce n'est rien. J'ai vu cet homme et je sais qu'il t'aime.

— Je ne crois pas, Maria. Il est parti ce matin, je me suis réveillée à cause d'un cauchemar et j'en vis maintenant un autre.

Je sentis les larmes affluer, mais ravalai la boule dans ma gorge. Je ne devais pas me laisser aller, pas pour lui.

— Je m'en remettrai, assurai-je en relevant fièrement la tête.

— Je ne crois pas que ce soit la solution… Tu devrais plutôt te confronter à lui, non ?

— J'ai essayé.

— Où est passée la Kat qui n'abandonne jamais ?

Elle me fit un sourire encourageant et je repensai brièvement à l'inconnu. Je l'avais encouragé à parler à cette femme qui l'aimait. Je me sentais maintenant hypocrite de ne pas suivre mes propres conseils. Maria se dirigea vers la sortie et je la suivis, incertaine.

— Maria, tout me semble tellement compliqué, soupirai-je.

— Personne n'a dit que ça serait simple. Mais je refuse de te voir te réfugier dans tes annonces, alors que ce que tu cherches est devant tes yeux…

— Mais…

— Il t'aime, répéta-t-elle. C'est évident. Tu ne devrais pas te soucier des roses.

— Non, je devrais juste me soucier de l'*annulation* des roses, corrigeai-je avec ironie.

— Je dis juste que les roses sont là pour pallier son absence ! Et que, pour l'instant, il est toujours à New York.

— Au chevet d'une autre…

— … qui n'était pas avec lui hier soir…

— Tu m'agaces, râlai-je en voyant où elle voulait en venir.

— Je sais. Je t'agace parce que j'ai raison. Va le voir !

— Tu as tort. Parce qu'à part arriver sur un brancard en simulant une mort imminente jamais je ne pourrai entrer dans ce foutu hôpital.

Maria grimpa dans sa camionnette d'un autre âge et me fit un signe de tête pour l'accompagner. Je fronçai les sourcils sans comprendre.

— J'ai des fleurs à faire livrer, expliqua-t-elle.

— Et ?

— Des fleurs pour Meghan Stanton et je crois que je vais avoir besoin d'un livreur vraiment motivé !

Près de trente minutes plus tard et après un détour à sa boutique, Maria se gara devant le Lennox Hill Hospital. J'étais de plus en plus nerveuse et surtout peu convaincue par l'efficacité de ma démarche. Andrew avait été clair : il n'interviendrait plus dans ma vie, je doutais qu'il revienne sur sa position.

Maria me glissa le bouquet de fleurs dans la main et se pencha pour ouvrir la portière.

— Et si on me demande de qui viennent les fleurs ? tentai-je en cherchant un moyen d'esquiver.

— Tu dis qu'il y a une carte !

— Elle est vierge !

— Tu dis que tu es juste la livreuse.

— Meghan me connaît !

— Meghan, oui, mais pas la sécurité. Ne cherche pas à faire marche arrière !

Je ramenai mes cheveux sur mon crâne et vissai une casquette sur la tête. Maria m'aida à l'ajuster et je quittai la camionnette. Mon amie démarra juste après, ne me laissant pas le temps de changer d'avis.

Entrer dans l'hôpital fut relativement simple et m'encouragea pour la suite. Ce n'est qu'en tombant nez à nez avec le panneau référençant l'ensemble des services de l'hôpital qu'une forme de découragement prit le dessus. Je n'avais aucune idée de l'endroit précis où pouvait se trouver Meghan. Je gagnai l'accueil, décidée à mener à bien ma mission.

— Excusez-moi, j'ai des fleurs à livrer pour Mlle Meghan Stanton.

Elle fronça les sourcils — le nom de Meghan devait sûrement éveiller quelque chose chez elle — avant de river les yeux sur son écran. Sa chevelure rousse débordait sur ses épaules. Quand elle releva ses yeux clairs sur moi, je compris qu'elle ne m'aiderait pas.

— Désolée, aucune visite autorisée, répondit-elle, laconique.

— Oh… Mais c'est vraiment important, je dois m'assurer que ces fleurs lui soient livrées.

— Dans ce cas, laissez-les-moi et je les lui amènerai directement.

Je me sentais coincée maintenant. Si je refusais, je passerais pour une folle à lier et elle appellerait sûrement la sécurité.

— L'expéditeur tenait vraiment à ce que Mlle Stanton les reçoive en mains propres, tentai-je de nouveau.

— J'ai des instructions. Donnez-moi les fleurs, répéta-t-elle en se levant de sa chaise.

Je reculai, la panique me gagnant tout à fait. J'aurais tout aussi bien pu prendre l'escalier, mais je ne me voyais pas en train d'arpenter tout l'hôpital avec mes satanées fleurs. Elle contourna son pupitre, visiblement perturbée par ma réaction, tandis que je reculais jusqu'à ce que mon dos percute quelqu'un.

Je me tournai vivement, à la fois gênée et au bord de la crise cardiaque.

— Mademoiselle ? entendis-je dire la jeune femme derrière moi.

— Nathan ? soufflai-je en croisant ce regard gris familier.

— Kat ?

Son regard navigua de moi aux fleurs, puis à la jeune fille derrière moi. Je rougis violemment, songeant que je n'allais sûrement pas avoir d'explications valables pour justifier ma présence ici. Mais j'étais presque soulagée de le voir, il allait sûrement être ma solution.

— Je… Je voulais amener des fleurs à Meghan, murmurai-je en baissant la tête.

— Depuis quand êtes-vous fleuriste ? demanda-t-il en pointant ma casquette de son index.

— Je vais vous expliquer, parvins-je à dire en me découvrant la tête. Pouvez-vous m'amener à la chambre de Meghan ?

Il me fixa étrangement, à la limite de l'incrédulité, et la jeune femme de l'accueil finit par nous rejoindre. De nouveau, elle demanda d'une voix forte et sévère à ce que je lui confie les fleurs. Je lançai un regard suppliant à Nathan, éloignant le bouquet de la rousse.

— Je vais accompagner mademoiselle pour les fleurs, répondit-il à la jeune femme de l'accueil.

— Puis-je avoir votre nom ? demanda-t-elle.

— Je vous demande pardon ? fit Nathan en la fusillant du regard.

— Votre nom, je vous prie. J'ai une liste et je ne peux pas laisser n'importe qui entrer.

— Evans. Ne prenez même pas la peine de vérifier, je suis sur cette fichue liste.

La jeune femme baissa les yeux, apparemment heurtée par le regard glacial de Nathan. La seconde suivante, Nathan agrippa mon coude et me tira en direction des ascenseurs, me faisant trébucher sur mes propres pieds. La cabine sur la gauche s'ouvrit dans un « ding » et Nathan m'y poussa violemment. Les portes se refermèrent et il se tourna vers moi, en colère et perdu.

— C'est quoi cette histoire ? cria-t-il, m'effrayant un peu plus. Des fleurs pour Meghan ? s'étonna-t-il.

— J'ai besoin de voir Andrew !

— Andrew ?

Son visage s'apaisa aussi brutalement qu'il s'était crispé et un silence s'installa entre nous. Je relevai les yeux vers lui.

— Il est parti ce matin, murmurai-je.

— Comment ça « parti » ?

— Parti. Il… Il ne veut plus me voir, il a dit qu'il avait fait une erreur et que…

Ma voix s'éteignit et je sentis les larmes couler sur mes joues. Je les chassai d'un geste nerveux de la main, me fustigeant de me laisser aller devant Nathan. Je baissai la tête, fixant mes pieds tout en tentant de me recomposer un visage digne.

Je serrai le bouquet dans ma main, me faisant presque mal. Nathan me fit relever la tête, tirant mon menton vers lui du bout de son index. Il plongea ses yeux dans les miens et je compris qu'il voyait que je luttais pour ne pas craquer. L'ascenseur s'arrêta dans une secousse et il m'entraîna dans les couloirs verdâtres de l'hôpital.

— Allons en salle d'attente, proposa-t-il en bifurquant sur la gauche.

— D'accord, acquiesçai-je.

Ce n'est qu'en le suivant dans le dédale de couloirs que je remarquais la petite valise trolley qu'il traînait derrière lui. Nathan était à San Francisco hier soir, il venait sûrement d'arriver à New York. Je m'assis sur une des chaises rembourrées et Nathan s'installa face à moi, penché en avant, ses avant-bras sur ses cuisses.

— Vous vous sentez mieux ? s'inquiéta-t-il.

— Je… Oui… Désolée. C'était… un moment de faiblesse, dis-je.

— Ça arrive à tout le monde. Même à moi !

— Je n'y crois pas une seconde ! ripostai-je, incrédule. Vous êtes une espèce de roc… Un roc avec beaucoup d'humour, mais un roc tout de même !

— Je vous assure, derrière cette fabuleuse apparence, plastronna-t-il en se désignant, il y a un cœur qui bat.

— Au moins vous êtes digne, marmonnai-je, honteuse.

— Pas vraiment… J'ai juste une bonne crème de jour, un truc revitalisant, avec concentrés actifs et caféine intégrés. Franchement, ça rendrait digne Ramsès II, même au fin fond de sa pyramide.

J'éclatai de rire devant son aveu et il sourit à son tour, heureux d'avoir pu améliorer un peu mon humeur.

— Je préfère ça. Maintenant, racontez-moi, m'encouragea-t-il d'un signe de main.

— Nous avons passé la soirée ensemble et… ce matin, il m'a annoncé que c'était fini.

— Fini ? répéta-t-il avec étonnement.

— Fini.

— Il a développé ?

— Aucune explication, répondis-je en me tordant les mains. Tout allait bien et… Meghan a été agressée et…

Nathan soupira, me coupant dans mon explication. Il se redressa et dégaina son téléphone pour l'éteindre. Quelques secondes plus tard, il se dirigea vers la porte de la salle d'attente pour s'assurer qu'elle était bien fermée, nous isolant ainsi totalement.

— Donc, vous tentiez de trouver la chambre de Meghan pour le voir ? demanda-t-il en se réinstallant dans sa position initiale.

J'opinai, prenant conscience de la faiblesse de mon stratagème. Même si j'avais réussi à trouver cette chambre, Andrew m'aurait sûrement mise dehors sans prendre de gants.

— Cette obstination est… déconcertante.

— Nathan, je ne remets pas en cause notre… rupture, articulai-je avec difficulté. J'aimerais juste avoir une explication raisonnable et…

— « Raisonnable » ? s'esclaffa-t-il. Vous voulez une explication « raisonnable » de la part d'un homme qui n'a aucune idée de ce que ce mot veut dire ?

— Je suis heureuse de vous faire rire ! raillai-je en croisant les bras sur ma poitrine.

— Désolé, Kat… Mais ce que vous alliez faire était de toute évidence une mission suicide !

Il tenta de camoufler son sourire, mais je vis les coins de sa bouche se tordre malgré ses efforts.

— Et la casquette ne vous va vraiment pas ! ajouta-t-il en la désignant, repliée entre mes doigts.

— J'ai besoin d'une explication, Nathan ! Je… Il m'a demandé de venir avec lui à San Francisco, et quelques heures plus tard, il m'annonce que je ne suis qu'une charmante erreur !

— Andrew a dit « charmante erreur » ?

— Non… Mais il a remis son alliance.

Le sourire de Nathan s'effaça instantanément et il reprit son sérieux.

— Je ne peux croire qu'il ait fait ça, murmura-t-il avec stupéfaction.

— Je dois le voir, répétai-je de nouveau.

— Kat… Andrew est mon patron, c'est vrai. Mais c'est aussi un ami proche, je le connais et il n'est pas le genre d'homme à prendre une décision à la légère.

Je m'enfonçai dans ma chaise, sentant l'amertume me gagner de plus en plus. Même Nathan n'était pas un allié sur lequel je pouvais compter. J'étais en train de perdre ma meilleure carte.

— Et je sais aussi qu'il agit plus souvent dans l'intérêt des autres que dans le sien.

Nathan me fixa avec intensité, joignant ses mains devant lui en signe de réflexion.

— En tout cas, dans sa vie personnelle, précisa Nathan.

Quelque chose m'échappait. J'entendis des rires dans le couloir, puis une sonnerie de téléphone.

Sa sonnerie. Il était là.

Et soudain, je compris. D'une manière ou d'une autre, l'information sur la présence d'Andrew à New York avait filtré.

— Quelqu'un sait, murmurai-je en citant Nathan. Quelqu'un a su qu'il était à New York.

— Kat…

— Mais c'est évident. Pourquoi attaquer Meghan ? Ça n'a pas de sens !

— Il y a des détraqués partout ! tenta-t-il.

— Au Peninsula ? m'écriai-je. C'est impossible Gregory m'a dit qu'elle avait été agressée dans l'ascenseur et que…

Ma voix s'éteignit et je n'osai même pas formuler la suite de ma réflexion. Je n'aimais pas cette implacable logique.

— Il a peur pour moi ? exhalai-je, incertaine. Il m'a quittée pour ça ? Juste pour… me protéger de ça ?

Nathan passa une main sur son visage et la fatigue du voyage sembla finalement s'abattre sur lui. Les traits tirés et le regard terne, il frotta nerveusement ses mains l'une contre l'autre.

— C'est l'une des nombreuses choses que j'étais parvenu à chasser de son esprit…

— Mais… Mais… Ce n'est pas…, balbutiai-je en sentant la panique me gagner.

— Kat, calmez-vous, me rassura Nathan en prenant une de mes mains dans la sienne. Il veut juste votre bien.

— Mon bien ? Andrew pense que je suis une enfant fragile qui doit être préservée ? Je peux…

— Il a déjà perdu sa femme. Je ne crois pas qu'il survivrait à un nouveau drame.

— Alors quoi ? Il veut se préserver à tout prix ?

— Kat, vous ne comprenez pas. Andrew était… en deuil depuis des mois, nous avons tout fait pour qu'il s'en sorte. Mais, il faut être honnête, c'est vous qui avez été le déclencheur. Lorsqu'il m'a dit qu'il vous avait confié son alliance, ça a été la meilleure des nouvelles depuis des semaines !

— Sincèrement, je ne comprends pas. Tout était parfait…

— Exactement, Kat.

Il serra un peu plus fort ma main dans la sienne et, brutalement, la porte s'ouvrit. Je bondis sur ma chaise et retirai ma main de celle de Nathan, avant de me lever précipitamment.

— Andrew ! soufflai-je, atterrée qu'il me trouve ici.

Nathan se leva à son tour. Le regard d'Andrew navigua sur nous deux et mon cœur se serra. Il me toisait de cette même façon, abjecte et méprisante, que la plupart des clients de l'hôtel. Dans cette minuscule pièce, j'étais de nouveau transparente.

Chapitre 9

— As-tu fait ce que je t'ai demandé ? lança Andrew à Nathan.

Ce dernier ouvrit sa valise et lui tendit un téléphone portable. Andrew le récupéra et, d'un même geste, en sortit un autre de sa poche puis le rendit à Nathan.

— Nouveau numéro ? s'enquit Andrew en m'ignorant toujours.

— Oui, il s'agit de ta ligne professionnelle. Ta nouvelle ligne personnelle sera activée dans la matinée.

— Parfait. Demande à Emily de commander de nouvelles cartes de visite avec ce numéro. Et rappelle-lui les règles de confidentialité.

— Ça sera fait.

Il y eut un silence et je m'aperçus que je fixais le téléphone entre les mains de Nathan. J'osai espérer qu'il ne s'agissait pas de la ligne qui me servait à joindre Andrew. Nathan me jeta un coup d'œil et soupira avant de poser la question qui me brûlait les lèvres :

— Qu'est-ce que je fais de cette ligne ?

— Annule-la. Elle est inutile désormais, ajouta-t-il en évitant soigneusement de croiser mon regard.

Sans ajouter un mot, Nathan rangea le petit appareil dans sa valise et Andrew en profita pour composer un numéro.

— S'il te plaît, plaidai-je pour attirer son attention.

Il repoussa le téléphone de son oreille et se tourna vers Nathan.

— Laisse-nous, lui intima-t-il.

Son collaborateur sortit de la pièce et Andrew referma la porte derrière lui. Je me rassis, la peur tourmentant mon ventre. Je le dévisageai. Il n'avait rien à voir avec l'Andrew de la veille. Son visage était cendreux, ses traits tirés et son regard d'une dureté sans nom. Je me recroquevillai sur la chaise en plastique, effrayée par le mélange de colère et de rage qu'il dégageait.

— Je pensais que nous nous étions tout dit, asséna-t-il en s'installant face à moi.

Il se voûta légèrement et releva les yeux vers mon visage. Figée dans mon siège, je tentai de canaliser les mille pensées qui se bousculaient dans ma tête. Il recala le téléphone sur son oreille et m'ignora de nouveau.

— Dans cinq minutes, au Lennox, dit-il sèchement à la personne au téléphone.

Il raccrocha et se releva de sa chaise. Je fixai son visage fatigué, espérant trouver la faille. Andrew avait rarement été aussi glacial avec moi et je ne savais pas comment contourner son attitude froide.

— Une voiture t'attendra dehors d'ici cinq minutes, annonça-t-il.

— Je ne partirai pas d'ici sans une explication.

Il eut un sourire manifestement ironique, puis il secoua la tête.

— Ce n'était pas une proposition. Tu rentres chez toi.

— Je veux juste te parler, tentai-je avec désespoir.

— Comme beaucoup de gens, tu en attends trop de moi, répondit-il, glacial.

— Pour l'instant, j'aimerais juste que tu me regardes ! ripostai-je en le voyant se diriger vers la porte.

Il s'immobilisa et, sous sa chemise, je devinai le dessin de ses épaules. Ses muscles se tendirent et il se tourna vers moi.

— Je sais pourquoi tu as fait ça, assénai-je avec violence.

Son silence m'encouragea à poursuivre. J'avais enfin réussi à capter son attention. Il ne pouvait plus m'ignorer.

— Je suis désolée pour Meghan et pour ce que j'ai dit à son sujet à l'appartement, continuai-je.

— Bien.

— C'était stupide de ma part. Meghan est ton amie et…

— J'ai déjà couché avec elle, me coupa-t-il alors que ses lèvres se soulevèrent dans un agaçant rictus.

Cette méchanceté gratuite me coupa le souffle. Mais je me repris : il était évident qu'il voulait m'éloigner de lui à tout prix.

— Et j'ai couché avec d'autres hommes avant toi. Sommes-nous quittes sur le sujet ? sifflai-je.

Ses mâchoires se serrèrent un peu plus et je l'entendis déglutir bruyamment. Je risquai un sourire, satisfaite de ne pas être tombée dans son piège.

— Je sais ce que tu cherches à faire. Tu veux m'éloigner de toi pour assurer ma sécurité, mais je ne me laisserai pas faire, Andrew.

— Il te reste deux minutes, me coupa-t-il en jetant un coup d'œil à sa montre.

Je sentis mon cœur tambouriner furieusement dans ma poitrine. J'avais la sensation de m'écraser de plein fouet contre un roc indéboulonnable. Malgré mes assauts, malgré notre apparente proximité, Andrew me fuyait toujours et m'ignorait.

— Je comprends que tu aies peur pour moi. Ce qui est arrivé à Meghan est… horrible, mais je ne veux pas… Je ne veux pas être loin de toi.

Avec prudence, je m'approchai de nouveau de lui. Nous n'étions plus séparés que de quelques centimètres et je ressentais toute l'énergie qu'il dépensait à se contenir.

— Je… Tu… Ma vie n'est plus la même maintenant et je refuse que tu prennes les décisions pour moi.

— Je prends les décisions, Kathleen. Fin de l'histoire.

— Fin de l'histoire ? Nous sommes un couple…

— Etions, me corrigea-t-il.

— Alors tu t'es donné tant de mal pour me séduire, tant de mal pour que je tombe dans tes bras pour… rien. Pour m'écarter dès que quelque chose ne rentre pas dans tes plans ?

Il rit doucement, un peu désabusé.

— Tu ne comprends toujours pas qui je suis, contra-t-il. Tout… y compris toi, tout rentre toujours dans mes plans. Je t'ai voulue…

— Et tu m'as eue, finis-je pour lui. Où est l'homme qui, hier soir, m'a dit « si je te perds, je me perds » ?

— J'applique ce principe, Kathleen.

— Mais tu te trompes, m'écriai-je, à bout de nerfs. Tu te trompes ! Ce n'est pas en m'écartant de ta vie que tu vas écarter… les… problèmes, finis-je en bégayant.

Nous nous toisâmes de longues minutes, lui presque tétanisé par ce que j'osais lui dire, et moi à bout de souffle.

— As-tu terminé ? demanda-t-il en regardant de nouveau sa montre.

— Ton temps est-il si précieux que tu ne peux même pas m'accorder deux minutes supplémentaires ?

— Je gère les priorités. Et Meghan est la priorité.

— Pendant quelque temps, j'ai bêtement cru que c'était moi. J'ai bêtement cru que tu n'étais pas juste Andrew Blake, l'homme aux excès hallucinants. Je t'ai défendu, Andrew, j'ai défendu notre relation. J'ai géré les priorités, moi aussi. Tu as été ma fichue exception ! criai-je.

Son regard se voila et je soupirai lourdement pour contenir ma colère. Je voulais tellement un signe, ou juste un mot de sa part me signifiant que j'avais eu raison d'y croire.

— Je suis flatté, lâcha-t-il avec un petit sourire.

— Evidemment… Voilà donc comment tu traites toutes tes relations finalement : elles te servent un temps et quand tu le décides, tu t'en sépares.

— Kathleen…

— Tu sais quoi ? Je comprends qu'Eleanor ait choisi d'aller voir ailleurs… As-tu agi avec elle comme tu agis avec moi maintenant ?

— Cela ne te ressemble pas d'être à ce point cynique, riposta-t-il.

Son regard se mit à briller de rage. Je connaissais l'homme jusqu'au-boutiste, l'homme arrogant, l'homme extravagant, mais je n'avais jamais eu l'occasion de me confronter à la partie la plus sombre de sa personnalité.

— Tu n'as rien à voir avec elle, tu es… tellement différente.

— Je n'ai pas besoin d'être protégée, assurai-je avec toute ma conviction.

— Tout le monde a besoin d'être protégé.

— Je ne suis pas fragile !

— Tu ne comprends pas ! me coupa-t-il vivement. Ce n'est

pas toi que je veux sauver ou préserver… Je ne t'ai jamais considérée comme une femme fragile ou sous influence !

— Mais…

Brutalement, son regard vira. S'il avait vacillé pendant que je lui parlais d'Eleanor, il était maintenant profond, quasiment impénétrable.

— Je ne veux pas que tu m'éloignes de toi, dis-je une fois de plus.

— Tu n'as pas le choix… Bon sang, tu es si… têtue ! râla-t-il. Je vais rentrer à San Francisco et tu resteras ici.

— Andrew, ce n'est pas…

— C'est ma décision. Et même si cela t'horripile, il va falloir que tu l'acceptes. Nous nous limiterons à ce que tu voulais dès le départ : une relation strictement professionnelle.

— Ce n'est plus ce que je veux ! m'écriai-je.

— Je me fiche de ce que tu veux ! me coupa-t-il.

— Crois-tu que je vais acquiescer sans rien dire ? Que je vais oublier… tout ce qui s'est passé ? La robe ? Les boucles d'oreilles ? Ton alliance ? Tu voulais que je vienne avec toi à San Francisco…

— Tu n'es pas une femme fragile, si j'en crois tes propres mots. Tu oublieras… Et je crois savoir que tu as toi-même fait le tri, ajouta-t-il avec sarcasme.

Sa remarque me désarçonna, et je repensai brièvement à la robe et aux boucles que je lui avais rendues. Pendant une seconde, je me demandais si mon geste l'avait, d'une manière ou d'une autre, touché.

— Ta voiture t'attend.

Mon cœur s'effondra au fin fond de mon estomac. Mes mains se mirent à trembler et j'utilisai le peu de force qui me restait dans la canalisation de ces secousses. Andrew s'éloigna et, tandis que chacune des fonctions de mon corps semblait s'éteindre au fur et à mesure, j'entendis la porte de la salle grincer.

— Je vais rentrer à pied, soufflai-je.

— Kathleen, menaça-t-il, je veux que tu rentres chez toi en voiture. C'est non négociable.

Il se tourna vers moi et je me relevai péniblement de ma chaise, encore étourdie par la conversation.

— Je crois que cela serait en désaccord avec les termes de notre relation strictement professionnelle, conclus-je.

— Kathleen, ce n'était aucunement un souhait. Tu rentres en voiture, m'intima-t-il en accentuant chacun des mots.

— Je me fiche de ce que tu veux, murmurai-je en le toisant.

Avec déception et amertume, je constatai que le regard d'Andrew était terne et vide. De nouveau, il me fixait avec cette ignorance méprisante des gens qui ont l'argent et le pouvoir. Non seulement je n'avais pas réussi à faire tomber le masque, mais j'avais la sensation qu'il s'en était construit un autre, plus robuste et infaillible.

— Je vais demander à Nathan de t'escorter, lâcha-t-il en faisant fi de ma dernière remarque.

— A votre convenance, monsieur Blake, raillai-je.

— Au revoir, Kathleen, murmura-t-il avant de décrocher son téléphone.

Il referma la porte derrière lui et le bruit de ses pas, s'éloignant de moi, s'atténua peu à peu. Nathan réapparut quelques instants plus tard. Sans un mot, je le suivis jusqu'aux ascenseurs. Je sondai son regard, mais il était aussi vide et désemparé que le mien.

En silence, il m'ouvrit la portière de la voiture qu'avait

commandée Andrew. Je m'installai sur la banquette en cuir, laminée par mon entretien avec lui.

— Nathan, il faut que vous lui parliez, tentai-je.

— Laissez-lui un peu de temps. Il est encore bouleversé par ce qui est arrivé à Meghan.

J'acquiesçai. Harceler Andrew n'était de toute évidence pas une bonne idée. Nathan claqua la portière, mais je fis descendre la vitre et penchai la tête. Soudain, alors que je songeais à Meghan, une question me vint à l'esprit.

— A-t-on trouvé l'agresseur ? m'enquis-je auprès de Nathan.

Nathan soupira et sembla douter de la pertinence de ma question.

— La police s'en occupe.

J'attendais plus de détails, mais alors que Nathan était sur le point de parler, il se ravisa et se pencha à ma hauteur.

— Kat, faites attention à vous. Même à l'hôtel, ajouta-t-il après une nouvelle pause.

— Andrew s'en va… Je ne pense pas que…

— Soyez prudente. Kathleen, je sais que vous êtes intelligente et je sais aussi que vous avez du flair, mais je vous implore d'être plus prudente que jamais.

— Nat…

— Je refuse d'annoncer une mauvaise nouvelle à Andrew, lâcha-t-il avec sérieux.

Je hochai la tête et Nathan ordonna au chauffeur de démarrer, ne me laissant pas le temps de creuser le sujet. Je tournai la tête vers le pare-brise arrière. La silhouette de Nathan disparut progressivement, et je me demandai si j'allais le revoir un jour.

Ce n'est que quand le chauffeur descendit de la voiture que je pris conscience que j'étais chez moi. Je gagnai mon appartement, toujours empli de cartons, en tentant de remettre en place les pièces du puzzle, mais mon esprit était trop embrouillé.

Il était à peine midi et je prenais mon service ce soir. Je devais impérativement dormir pour tenir le choc. Curieusement, mon organisme ne lutta pas. A peine m'étais-je allongée dans mon lit aux draps frais que le sommeil me gagna. Je dormis dans le calme, parvenant, je ne sais trop comment, à chasser les souvenirs heureux avec Andrew et les sentiments mitigés qu'il m'inspirait désormais.

A mon réveil, je grignotai un morceau et me préparai, sans motivation aucune, à rejoindre le Peninsula. Si être dans mon appartement était difficile, passer mon temps là-bas allait forcément me rappeler Andrew. A mon arrivée à l'hôtel, j'étais heureuse de constater qu'il n'y avait plus personne, hormis Sam.

Il me fit les passations rapidement, soulignant qu'Andrew Blake avait laissé un mot pour moi.

— Il veut sûrement te remercier pour le séjour, suggéra Sam avec un sourire entendu.

— Sûrement… Bonne soirée, lançai-je pour le congédier au plus vite.

Je plongeai dans mes tâches habituelles. Lire le mot d'Andrew n'était pas ma priorité. Il m'avait demandé de poursuivre ma vie, et j'avais besoin de ce travail, non seulement pour me changer les idées, mais aussi pour garder un but.

Ce n'est qu'en lisant un mail de Gregory sur les consignes de sécurité au sein de l'hôtel qu'Andrew resurgit dans mes pensées. A cette heure, il devait être à San Francisco.

Mécaniquement, je cherchai mon portable, avant de me souvenir qu'il avait été sacrifié, lui aussi, dans ma relation avec Andrew.

La fin de cette relation avait empiété sur tout le reste. Je n'avais aucune idée de l'avancement du mariage de Lynne, je n'avais pas appelé mon père depuis des lustres, j'avais ignoré Angela et nos confidences nocturnes d'avant.

Et la lettre de l'inconnu !

Je râlai, me fustigeant de ma légèreté. Ces lettres m'avaient apporté tellement de choses, l'inconnu m'avait tellement influencée dans mes choix que je m'en voulais de l'ignorer. Par ailleurs, ma dernière lettre n'avait pas été des plus chaleureuses. Je fonçai jusqu'à mon vestiaire et extirpai l'enveloppe de la poche de ma veste. Je devais reprendre ma vie, celle d'avant Andrew.

De retour à mon pupitre, je déchirai précautionneusement l'enveloppe et sortis le courrier avec fébrilité :

« Chère Marie,

Merci pour votre lettre… Derrière ces mots, je devine une force de caractère et une incroyable détermination. J'aime ça, chez vous. Ce mélange étrange de douceur et de force.

Que puis-je répondre à votre question, à part vous dire que oui, je l'aime. Profondément… C'est même une expérience nouvelle pour moi. Pendant longtemps, j'ai cru que jamais plus je ne ressentirais cette énergie. Et pourtant, dès que je la vois, dès que je la touche, j'ai la sensation d'être une sorte de superhéros que mon neveu ne renierait pas…

Je ne vole pas, mais c'est tout comme…

Elle est une sorte de concentré de vie, ultrapuissant, résistant à presque tout et vraiment addictif. Je suis tombé amoureux d'elle à l'instant où je l'ai vue. Je ne sais pas si elle se souvient de notre rencontre, mais je m'en souviens parfaitement… de ses yeux, de ses hésitations, de sa coiffure, de son allure même. Elle rayonnait.

Voilà pourquoi je crains pour nous et encore plus pour elle. Je crois qu'elle me voit comme une sorte… de super-héros. Ce qu'elle ne sait pas, c'est que je fais juste illusion. J'ai de l'argent, cela me permet de vivre convenablement, d'exagérer parfois comme elle le dit souvent… Mais je me fiche de l'argent. Je me fiche du pouvoir que cela me donne, ce qui m'importe, c'est elle. Toujours elle.

Alors, oui j'aimerais lui parler, j'aimerais lui dire que j'ai peur de la perdre, peur qu'on nous sépare… Je ne crains pas un autre homme — elle est trop loyale pour ça. Je ne crains pas qu'elle ne m'aime plus — parce que là encore, elle ne sait pas mentir. Mais je ne contrôle pas tout. Je l'arrache d'un monde paisible, calme, pour l'attirer dans un monde imprévisible. Peut-être ne mérite-t-elle pas d'affronter tout ça.

Mais je l'aime. C'est indéniable. Et je veux la garder près de moi. Croyez-moi, j'ai déjà un nombre incalculable de propositions, relativement indécentes, à lui faire !

Qu'en est-il de l'homme qui partage votre vie ? J'ose espérer qu'il savoure cette incroyable chance. Vous ne devriez pas craindre de lui dire qu'il vous manque. Je ne connais pas un homme qui résiste à ce genre d'arguments.

Marie, après toutes ces lettres, je me demande si je ne devrais pas vous donner mon prénom… Ceci dit, j'ai une condition : le printemps se profile, peut-être pouvons-nous profiter du retour du soleil pour nous rencontrer ?

Offrez-moi cette chance — j'achèterai du chocolat, vous m'apporterez des livres.

Je vous donnerai mon prénom, donnez-moi un peu de votre temps… réellement.

Je vous embrasse,

Votre inconnu. »

Je repliai la lettre après l'avoir lue plusieurs fois. J'étais partagée entre le bonheur de le savoir heureux et la jalousie.

Il vivait une relation merveilleuse, quand moi j'étais en plein marasme. Andrew me manquait, sa folie, son exubérance, sa façon horripilante de toujours vouloir avoir raison me manquaient. Je trouvai soudainement ma vie vide et presque pitoyable.

Néanmoins, je me décidai à lui répondre, espérant faire parler le côté le plus joyeux de ma personne :

« Cher inconnu,

Croyez-moi si vous voulez, mais votre prénom ne me semble plus aussi important qu'avant. Je ne crois pas que le connaître enrichirait notre relation déjà très... forte. Vous allez sans doute penser que je veux esquiver une rencontre éventuelle, et vous aurez raison. Pour être honnête, même si votre lettre a été le seul aspect positif de ma journée, je vous avoue que je suis loin de partager votre état d'esprit.

Cet homme qui partageait ma vie a décidé brutalement que nous devions nous séparer. Et je n'en connais même pas les raisons précises... Il est resté assez évasif et plutôt définitif sur notre rupture. Le pire, c'est que je ne suis pas certaine d'être malheureuse. Pour l'instant, je suis juste sous le choc, incapable de mesurer l'ampleur du désastre.

Comment vous dire ? Je suis éteinte... Triste, évidemment... Mais pas autant que je l'imaginais. Vide, aussi, comme si une lame de fond m'avait emportée et avait tout ravagé. Je suis quasiment à bout de forces. Peut-être parce que j'ai trop lutté au départ de cette relation, et sûrement aussi parce que j'ai trop lutté pour la sauver. Je ne sais plus si j'ai fait les bons choix.

Il me manque. Mais j'ai déjà subi ça... J'ai déjà été seule, j'ai cru ne jamais m'en relever et, finalement, j'y suis parvenue.

Mais je ne tiens pas à vous miner avec ma vie. Je suis tellement, tellement heureuse pour vous ! Votre lettre respire la joie de vivre. Et je crois que j'envie votre bonheur, j'envie cette femme qui semble être tellement importante pour vous. Je suis ravie que vous vous soyez battu pour elle, parce que rien qu'en lisant votre description je sais qu'elle vous convient. Quel genre d'homme se souvient d'une coiffure ? Sincèrement ?

Nous devrions parler ensemble de ces propositions… A quel point sont-elles indécentes ? Dois-je vous prévenir qu'une femme sous pression ne fait jamais ce que vous espérez ? Comme vous le disiez dans votre lettre, j'espère moi aussi qu'elle savoure la chance qu'elle a d'être avec un homme comme vous.

Je commence à m'apercevoir que vous ressemblez à l'homme idéal… Et je ne peux pas croire que vous en soyez vraiment un. Les superhéros ont leur talon d'Achille… Donc, histoire de me remonter le moral, je vais vous imaginer bourré d'improbables défauts. Vous avez forcément une addiction honteuse, une habitude affreuse… ou peut-être même que vous ne savez pas être à l'heure ni tenir vos promesses…

Vous savez, je me sens nettement mieux. Grâce à vous, en partie…

Pas de rencontre pour le moment. Bien qu'elle ne soit pas encore là, la dévastation va finir par prendre possession de mon corps et ruinera tous les effets positifs de notre correspondance…

Je vous embrasse,

Marie. »

Je repliai ma lettre avec précaution et la mis sous pli comptant la poster à la fin de mon service au Peninsula.

La nuit s'écoula tranquillement, et la sourde douleur que je ressentais dans tout mon corps ne me quitta pas. Malgré toute l'énergie que je déployais à m'occuper l'esprit, l'image d'Andrew, et notamment notre dernier entretien, me hantait. Je n'avais désormais plus aucun moyen de le joindre.

Machinalement, je vérifiai les prochaines réservations pour *Blake Medias*. Mais rien. Il allait sûrement changer d'hôtel maintenant pour éviter un scandale. En revenant sur son dossier, je vis qu'il avait quitté la suite dans l'après-midi. Je soupirai lourdement, fixant d'un œil hagard l'enveloppe qui contenait son mot. Je n'avais pas la force de le lire pour le moment.

A 7 heures du matin, je fus surprise par l'arrivée conjointe de Lynne et de Gregory. Ils riaient de bon cœur, se dirigeant vers le bureau de Lynne sans vraiment regarder dans ma direction. Je devinai le prénom de Meghan dans leur conversation et souris en voyant Gregory fanfaronner. Il avait dû décrocher la timbale ! Je les interpellai et ils se tournèrent vers moi, leurs rires mourant progressivement. Je n'aimais pas ce qui se passait. Ils allaient faire en sorte de me ménager, alors que je voulais justement ne plus penser à ça.

— Kat ! Désolé, ma grande, mais Lynne m'inculquait un peu de sa science de la mode.

— Vraiment ? souris-je. Tu vas à une soirée déguisée ?

— Très drôle ! Je vais à San Francisco à la fin de semaine, protéger de mes bras musclés la plantureuse Meghan Stanton.

Mes yeux s'agrandirent et ma respiration devint haletante. San Francisco. La réception. Gregory balbutia des excuses presque aussitôt et Lynne me lança un regard gêné. Tout le monde semblait au courant maintenant.

— Non… C'est… C'est très bien, assurai-je. Une sorte de protection rapprochée ?

— C'est ça…

— Ouais… Juste que ce n'est pas vraiment du « rapproché », corrigea Lynne avec une moue moqueuse. Il va faire ce qu'il fait ici… Se planter dans un coin, faire comme s'il faisait partie du décor et regarder les invités manger des petits-fours…

— Je vais surtout regarder la belle Meghan manger des petits-fours avec ses divines lèvres et…

— Pervers ! le coupa Lynne.

— Je suis contente pour toi, dis-je à Gregory. Est-elle déjà tombée à tes pieds en te vénérant ?

— C'est la phase B du plan, répondit-il, très confiant. J'assure sa protection et ensuite… badaboum !

— Badaboum ? répétâmes-nous, Lynne et moi, en écho.

— Ouais… Un truc du style. Cette femme me doit au moins une soirée… Je lui ai sauvé la vie !

— Gregory, tu l'as dit toi-même, juste un poignet cassé ! ripostai-je.

— Ouais, mais Blake m'a à la bonne maintenant !

Je me figeai à la mention du nom d'Andrew. Constater qu'il avait toujours des liens avec les personnes de l'équipe me faisait mal. J'avais été évincée et, bizarrement, j'étais convaincue qu'il allait écarter de la même façon toutes les personnes lui rappelant notre relation. Je m'étais trompée : Andrew n'était pas un sentimental. Il avait besoin de Gregory, il lui faisait confiance. J'imaginais que la plupart des choses fonctionnaient ainsi dans son monde.

— Pourras-tu saluer Andrew pour moi ? risquai-je.

— Je le ferai, Kat, assura-t-il.

— Je dois aller bosser… Ces fichus médecins adorent les conférences médicales et me demandent tout et n'importe quoi ! Kat, que dirais-tu d'un dîner ce soir ?

— Je suis de service ce soir !

— Remercie ta meilleure amie en charge des plannings… Sam te remplacera, je pense que tu as besoin de faire une pause.

Elle me laissa seule avec Gregory. Je la regardai s'éloigner en songeant à quel point elle avait raison. J'avais besoin de voir du monde, de penser à autre chose qu'à Andrew. Je retournai mon attention sur Gregory.

— Je ne cautionne pas ce qu'il a fait, Kat.

— Ce n'est rien… OK ? C'est Andrew Blake, à quoi pouvais-je m'attendre ?

— C'est peut-être Andrew Blake, mais c'est un enfoiré de première ! Crois-moi ! Il a été… Franchement, tu vaux mieux que ce type, Kat.

— Merci, Gregory. Tu me raconteras ta soirée à San Francisco ?

— Sur des gens qui mangent des petits-fours ? plaisanta-t-il.

— Ouais… Pas palpitant, hein ? tentai-je en espérant faire illusion. Dis-lui que je suis en forme et que je sors tous les soirs avec un homme différent ! plastronnai-je.

— Je doute qu'il y croie. Mais tu sais quoi ? Dans le fond, je ne crois pas qu'il soit vraiment heureux de sa décision.

Le téléphone de Gregory vibra et il lut rapidement le message qui s'affichait sur son écran. Je rangeai rapidement les papiers et mes yeux tombèrent sur le dossier client d'Andrew. Il était très épais maintenant et je le posai au-dessus des autres pour le laisser en évidence. Il fallait que je trouve de la place pour l'archiver. Gregory posa son téléphone sur mon pupitre et notre conversation reprit.

— Des nouvelles de la police ? demandai-je.

— Rien de plus. Je doute qu'on trouve la personne qui ait fait ça.

— Vraiment ? Pourquoi ?

— Il s'agit sûrement d'un truc commandité, quelqu'un qui fait faire le sale travail à un autre type… Meghan n'a pas pu donner de description, elle a été attaquée en sortant de sa suite et on l'a traînée jusqu'aux ascenseurs.

— Et les caméras n'ont rien donné ? m'étonnai-je.

— Rien d'exploitable. Je dois garder un œil sur elle, en espérant que les choses se tassent. En attendant, sois prudente.

— Je ne suis plus avec Andrew... C'était le but de la manœuvre, non ?

— Tu restes liée à lui. Et comme je te le disais, je ne crois pas qu'il soit... d'accord avec sa propre décision.

Un des agents de sécurité de l'équipe vint saluer Gregory et, très vite, il s'excusa pour se diriger vers son bureau et le centre de surveillance. Je finis mon rangement, récupérant la lettre de l'inconnu, ma lettre et le mot d'Andrew. Je plaçai le tout dans un coin, priant pour que Sam arrive au plus vite. La fatigue me gagnait déjà et je voulais juste rentrer chez moi pour dormir.

Je m'aperçus que Gregory avait oublié son téléphone. Je le rangeai vivement sous le pupitre tout en signant un bon de livraison pour Lynne. Le coursier partit aussi vite qu'il était venu. Alors que je mettais de côté le colis pour Lynne, mes yeux retombèrent sur le téléphone.

Gregory avait le numéro d'Andrew. Et si j'avais ce numéro, je pourrais peut-être tenter de nouveau de lui parler. Ou peut-être que je pourrais au moins lui envoyer un message, pour prendre des nouvelles de Meghan... Ou peut-être que passer par Nathan serait plus honnête... Ou même lui envoyer un mail...

Dans l'instant qui suivit, je me surpris à éplucher le répertoire de Gregory. Il n'y avait rien à Blake, ni à Andrew. J'abandonnai le répertoire et consultai les derniers appels composés. Le même numéro revenait quatre fois depuis hier midi et les appels semblaient être assez longs. Je notai aussi vite que possible le numéro, me promettant de tenter ma chance.

— Je crois que j'ai laissé mon téléphone, lança Gregory en revenant vers mon pupitre, me faisant bondir sur mes pieds.

— Je… euh… oui, bégayai-je en triturant l'appareil entre mes mains.

Il me fit un sourire et je compris alors : son oubli était totalement prémédité.

— Andrew Blake est juste un homme, Kat.

— Et ? fis-je en craignant presque la réponse de Gregory.

— Et même si je devrais t'en vouloir parce qu'il m'a sacrément botté les fesses après t'avoir vue à l'hôpital, même si je devrais te maudire parce que tu as failli me faire louper le rencard de ma vie…

— Gregory, tu vas faire de la protection rapprochée, ça n'a RIEN d'un rencard !

— Et même si tu remets en cause ma relation avec Meghan, enchaîna-t-il en ignorant ma remarque et mon sourire moqueur, je crois que tu devrais… le mettre devant le fait accompli !

— J'ai peur de ne pas comprendre.

— Généralement, être nue aide !

— Lynne a raison, tu n'es qu'un pervers ! ris-je aux éclats.

— Peut-être, mais ça te fait rire… Et je crois que c'est aussi dans la liste interminable des fonctions que Blake m'a confiée !

— Passer pour un charlatan dépravé ? demandai-je, dubitative.

— Te faire rire, riposta-t-il avec sérieux. Il m'a dit : « Assurez-vous qu'elle rie de nouveau. »

Mon rire franc s'éteignit dans la seconde et je sentis

Gregory prendre ma main pour la serrer dans la sienne. Le peu de force qui me restait s'évapora et je ravalai la boule de chagrin qui se formait dans ma gorge.

— Il a dit ça ? soufflai-je.

Gregory opina doucement, son visage d'ours géant s'ornant d'un sourire compréhensif.

— Et il y tenait vraiment… A ça et à ta sécurité. Mais je présume que tu le sais déjà ! ajouta-t-il sur le ton de la plaisanterie.

Je serrai la main de Gregory un peu plus fort. Ce que je craignais était en train d'arriver. La dévastation, la peine, le chagrin, la douleur étaient en train de me consumer maintenant. Savoir que, malgré notre rupture, Andrew tenait à moi était encore plus douloureux que notre séparation

— Tu devrais rentrer chez toi, proposa Gregory. Je vais dire à Lynne que tu ne te sens pas bien.

— Lynne va râler, protestai-je en repensant à toutes ces mises en garde.

— Ne t'en fais pas pour elle. Elle peut râler autant qu'elle veut… Tu couches avec l'empereur !

— Gregory ! Ce n'est plus vrai de toute façon ! Et vas-tu cesser avec cette image d'empereur ?

— J'ai revu *Gladiator* hier soir… Eh bien, je t'assure que ce fichu empereur n'avait rien de sympa. Blake à côté passe pour un vrai boute-en-train.

— Andrew est drôle, le défendis-je en essuyant une larme qui coulait sur ma joue.

— C'est ça ! Et moi je suis Spartacus ?

— Tu as sauvé Meghan !

— Mouais… Allez, sauve-toi… Je vais aller faire mon rapport à l'empereur, sourit-il.

Je rassemblais mes affaires, reconnaissante envers Gregory et sa faculté à me changer les idées. Parler d'Andrew de manière légère était assez relaxant.

— Donc, je vais pouvoir lui dire que tu as ri à 7 h 23, et que tu as quitté le travail sur tes deux jambes à 7 h 28, déclara-t-il en regardant sa montre.

— Je doute que ce soit vraiment le rapport qu'il attende, rétorquai-je alors que Gregory m'accompagnait aux vestiaires.

— La plupart de nos conversations commencent par « Comment va-t-elle ? ». En toute honnêteté, je doute qu'il me parle de l'état de la couche d'ozone !

Je lui souris, étrangement rassurée par l'idée qu'Andrew veille toujours sur moi. Gregory m'ouvrit la porte des vestiaires du personnel.

— Merci, Greg, soufflai-je avec gratitude.

— De rien… Je ne dis pas qu'il va t'ouvrir les bras… Il est sacrément têtu sur le sujet, et même passablement borné. Il risque aussi sans doute de me virer et de m'expédier sur Pluton, mais te voir triste à cause de lui est vraiment insupportable.

— Peut-être que je devrais respecter sa décision…

— Et depuis quand fais-tu ce genre de choses ? Je t'ai connue plus vindicative !

— Et je me suis cassé les dents ! Sans toi j'aurais sûrement…

— Sans moi tu aurais été une teigne de journaliste, un de ces trucs qui s'accrochent jusqu'à ce que mort s'ensuive… Tu devrais envisager Andrew Blake comme un sujet… d'investigation.

— Parce que tu crois que je ne l'ai pas déjà fait ? souris-je.

Il éclata d'un rire gras et me salua.

Je me changeai rapidement et sortis de l'hôtel en m'assurant qu'il y avait quelqu'un pour accueillir les clients. Je me promis d'appeler Lynne pour m'excuser de fuir en catimini. Nous devions dîner ensemble ce soir et je savais qu'elle allait me cuisiner sur Andrew. Je postai ma lettre à l'inconnu avant de me diriger vers la bouche de métro.

Perdue dans mes sombres pensées, je fixai mes pieds, luttant contre les fortes bourrasques de vent. Ce n'est qu'en sentant un choc au niveau de l'épaule que je relevai le nez.

— Pardon, marmonnai-je sans vraiment fixer le regard devant moi.

— Kat ? s'exclama la jeune femme brune.

Je mis quelques secondes à la resituer avant d'esquisser un faible sourire, à peine poli. La meilleure amie de Daniel…

— Jodie, murmurai-je. Désolée, je ne t'avais pas vue.

— Est-ce que tout va bien ? s'enquit-elle en penchant le visage pour tenter d'intercepter mon regard.

— Juste fatiguée… et frigorifiée.

— Daniel m'a dit… pour vous deux. Je suis désolée que cela n'ait pas fonctionné.

— C'est un type bien, je suis certaine qu'il retrouvera quelqu'un très vite.

— Les relations amoureuses ne sont jamais simples, lâcha-t-elle.

Je lui lançai un regard, cherchant la véritable signification de sa dernière phrase.

— Moi-même, j'avoue que j'ai renoncé, plaisanta-t-elle.

Elle m'arracha finalement un sourire et me proposa d'aller boire un café. Je déclinai poliment, trop fatiguée pour rester plus longtemps hors de mon lit.

— Je vais rentrer chez moi, ce temps est atroce, tu allais au Peninsula ? demandai-je en désignant l'hôtel derrière moi.

— Oh non… Moins sexy : j'allais faire une lessive !

Elle désigna un sac de voyage, monstrueux et visiblement lourd, qu'elle portait de la main droite.

— Daniel est une vraie plaie avec les tâches ménagères. Heureusement, je rentre bientôt à la maison.

— D'accord, acquiesçai-je en regardant ma montre.

— Rentre chez toi, tu as besoin de dormir.

Elle me frappa amicalement l'épaule, comme l'aurait fait une vieille connaissance. Je souriais franchement cette fois, songeant que j'aurais aimé avoir une amie comme elle à mes côtés, en ce moment. Lynne était sûrement concentrée sur son mariage, et elle n'avait jamais accepté ma relation avec Andrew. Jodie s'éloigna, me saluant d'un mouvement de bras.

— Kat ? cria-t-elle, me faisant pivoter pour lui faire face.

— Oui ?

— J'espère qu'on aura l'occasion d'aller boire ce café un jour...

— Quand tu veux !

Elle me lança un dernier franc sourire, et ce simple signe d'intérêt me réchauffa le cœur.

Je rentrai chez moi, exténuée par ma nuit et par ma conversation avec Gregory, mais moins minée. Je me déshabillai dans mon salon et me mis au lit dans la foulée. Mon sommeil, contrairement à la veille, fut plutôt agité.

Je me réveillai difficilement, avec la sensation d'être encore plus fatiguée qu'avant d'avoir dormi. Je me fis un thé et trébuchai sur un de mes cartons en ressortant de la cuisine. Le dossier que j'avais établi sur Eleanor s'éparpilla au sol et je pestai contre ma maladresse. Je rangeai le tout rapidement, entassant les papiers sur le canapé avant de m'y asseoir. Le mot d'Andrew me narguait. Gregory avait tenté de me rassurer, mais je redoutais vraiment de lire ce qu'il m'avait écrit.

Je posai mon mug sur la table et ouvris l'enveloppe. L'écriture nette d'Andrew m'agressa presque. Il ne s'agissait en rien d'un mot griffonné à la va-vite. Andrew avait quitté la suite dans l'après-midi, je présumais qu'il avait écrit ces quelques mots avant de quitter New York :

« Kathleen, merci d'avoir partagé un moment de ma vie. Tu y as apporté plus en quelques semaines que certains en plusieurs années. Je ne devrais pas m'en étonner. Dans ce domaine aussi, tu es une exception. Andrew. »

Mes mains tremblaient quand je relâchai la petite note de papier. En trois lignes, il était parvenu à décupler l'état de manque. Je fermai les yeux, espérant trouver des ressources encore inexploitées pour retenir mes larmes et mon amertume.

Je décidai de passer outre et finis mon thé aussi rapidement que possible. J'avais besoin de prendre l'air. Et surtout, j'avais besoin de me racheter un téléphone. Je passai au supermarché pour une opération ravitaillement et rentrai chez moi en fin d'après-midi.

Dîner avec Lynne m'effrayait : je craignais ses remarques sur la fin de mon histoire avec Andrew et je craignais encore plus les réactions que cela allait provoquer chez moi. Plus d'une fois, j'avais été dure avec elle concernant sa relation avec Philip, je me doutais qu'à la première remarque sur Andrew j'allais exploser. Afin de m'assurer que tout se passerait bien, j'invitais Angela qui, heureusement pour moi, et pour mon amitié avec Lynne, était libre.

Je soupirai de soulagement et me décidai à m'activer pour préparer un dîner agréable. Mon déménagement devait avoir lieu avant la fin de la semaine. Je vidai donc les tiroirs non essentiels, retrouvant ainsi à mon chevet l'ensemble des lettres de l'inconnu.

Les six enveloppes étaient classées par ordre chronologique. J'avais la sensation de lui écrire depuis des années alors que cela ne faisait que quelques semaines. Je souris en songeant à sa dernière lettre. Il était heureux, vraiment heureux.

Je retournai dans le salon, posant mes lettres sur la table basse, avant de monter un nouveau carton. J'y glissai les vestiges de mon ancienne vie de journaliste, vestiges qui tenaient dans un dossier épais que je n'avais pas rouvert depuis des lustres. J'ajoutai quelques photos familiales. Je me promis, au passage, d'appeler mon père, avant qu'il ne lance la moitié de la police de ce pays à ma recherche.

Je récupérai le dossier d'Eleanor et le glissai dans le carton. Mon téléphone vibra, me sortant de mes dangereuses pensées.

Papa.

— Kat ! se réjouit-il en entendant mon timide « Allô ». Où diable étais-tu encore passée ?

— Désolée, papa. Mes journées ont été un peu mouvementées dernièrement. Comment vas-tu ?

— Bien… Mais je me sens seul. Ma fille me manque !

— Ne me fais pas passer pour la fille indigne. J'ai appelé le commissariat il n'y a pas si longtemps et tu ne m'as pas rappelée !

— Certes… Bailey m'a prévenu… Mais mes journées ont été un peu mouvementées dernièrement, sourit-il, un peu moqueur.

— As-tu juste appelé pour me faire culpabiliser ? raillai-je en retournant en cuisine avec mon mug.

— Non. A vrai dire, je voulais m'assurer que tout allait bien.

Le ton de sa voix passa d'un extrême à l'autre. Mon père avait toujours eu une nette tendance à l'exagération, me protégeant outrageusement de tout et de n'importe quoi. Le pire avait été l'annonce de mon départ pour New York. Il avait encaissé la nouvelle avec une dignité et un calme presque suspects. Quelques semaines plus tard, en retournant à la maison pour Noël, j'avais retrouvé un rapport de police contenant une enquête de voisinage assez poussée. Papa avait nié… avant d'admettre son inquiétude au sujet d'un résident du premier étage, arrêté à l'âge de seize ans pour détention de marijuana.

— Sur qui as-tu enquêté cette fois ? demandai-je, exaspérée, appuyée sur le plan de travail.

— Personne ! Je t'assure !

— Tu n'as tout de même pas enquêté sur Andrew Blake ? m'écriai-je, stupéfaite.

— Pas récemment non.

— Comment ça « pas récemment » ?

— Pas depuis la mort de sa femme.

— Papa, soufflai-je en sentant le sermon paternel arriver. Je ne veux pas parler de ça.

— Kat, sais-tu qu'il a été suspecté ?

— Le rapport dit qu'il s'agit d'un accident !

— Parce que tu as lu le rapport ? s'enquit-il.

— Les chiens ne font pas des chats, papa ! Oui, j'ai lu le rapport. Juste un accident ! Andrew… je veux dire… Blake aimait sa femme. Comment as-tu pu le suspecter ? Ça n'a pas de sens ! Papa, tu t'en fais pour rien. Andrew et moi… Disons que ça n'a pas marché !

— Oh…

Je sentis une pointe de soulagement dans la voix de mon père et cela me serra le cœur. J'avais la sensation étrange qu'il ne me faisait aucune confiance au sujet de mes relations.

— Fais juste attention à toi, chérie, murmura-t-il. Je n'ai aucune confiance en ce type.

— C'était un simple accident !

— Je sais… Du moins j'espère.

— Que veux-tu que ce soit d'autre ? Il y avait du verglas, elle a juste manqué d'attention…

— Même avec la meilleure attention du monde, je ne vois pas comment elle aurait pu finir son trajet avec des pneus lisses !

— Des pneus lisses ?

— Parfaitement lisses.

Un souvenir net de mon adolescence me revint. A mon départ pour l'université, mon père m'avait offert cette hideuse Ford, bleu décoloré. Il avait fait changer les pneus en prévision de l'hiver. Chez nous, personne ne pouvait réellement se permettre de ne pas s'équiper dignement.

— C'est… dingue, soufflai-je, estomaquée.

— Ces gens sont bourrés d'argent, mais n'ont aucune conscience des équipements vraiment nécessaires.

Dans le combiné, j'entendis le crachotement typique de la radio de la voiture de mon père. Il avait dû profiter d'une pause dans sa journée pour m'appeler. Je remis ma bouilloire à chauffer et retournai dans le salon. Machinalement, je glissai les lettres de l'inconnu dans mon carton.

— Kat, la vieille Granger fait encore des siennes, je dois te laisser.

— Encore des gamins qui la rendent folle…

— C'est elle la folle, railla mon père. Je t'embrasse, chérie. Sois bien prudente. Je te vois au mariage de Lynne ?

— Bien sûr ! Je te garderai une danse, ironisai-je en songeant que mon père n'avait aucun sens du rythme.

— Ne te moque pas de ton vieux père qui t'aime et qui…

— … me protège trop, finis-je pour lui.

— Prends soin de toi, chérie.

Je raccrochai dans la foulée, jetant négligemment mon téléphone à mes côtés. Pendant un instant, j'envisageai de ressortir le dossier d'Eleanor, mais renonçai aussitôt : je connaissais cette histoire par cœur… Savoir qu'elle roulait avec des pneus lisses expliquait l'accident.

J'eus une seconde d'hésitation quand mes yeux retombèrent sur le mot d'Andrew : devais-je garder une trace de notre relation ? Peut-être qu'une réponse aurait été de bon ton. Je ne savais plus où était la limite dans notre relation. Il ne voulait plus me revoir, il voulait mettre de la distance entre nous, mais me laissait ce mot… Et moi, j'avais juste envie d'entendre sa voix, avec ce timbre si particulier quand il prononçait mon prénom.

Je fuis ces pensées douloureuses. Reprendre contact avec Andrew signerait ma perte. Je n'étais pas certaine de pouvoir encaisser une nouvelle confrontation.

Ravalant ma peine, je décidai de conserver son message et l'ajoutai dans le carton. J'en fermai le premier bord avant de m'immobiliser net.

Je secouai la tête, me fustigeant d'être aussi idiote. Mon imagination, que je croyais pourtant avoir canalisée depuis plusieurs années, me jouait de nouveau des tours. Je sursautai en entendant ma bouilloire siffler et retournai en cuisine pour me verser une nouvelle tasse de thé.

Portant le mug à mes lèvres, je revins dans le salon et fixai mon attention sur mon carton à moitié fermé. Je posai mon mug, incertaine, avant de me saisir d'une des premières lettres de l'inconnu. De nouveau, je sentis ce tressautement particulier dans ma poitrine, celui qui accompagnait l'arrivée de ses lettres et le départ des miennes.

Et, brutalement, cela me sauta aux yeux.

Chapitre 10

La finesse de l'écriture.

L'élancement des majuscules.

La façon dont se formait la barre des « t ».

La boucle des « a ».

L'espacement entre les lignes.

Je repris le mot d'Andrew et comparai les écritures. Mes yeux naviguaient de la lettre de l'inconnu au dernier message d'Andrew, relevant un peu plus de similitudes.

L'épaisseur du trait.

La couleur de l'encre.

C'était tout simplement impossible… Impossible. L'inconnu ne pouvait pas être Andrew. Ils étaient trop différents.

Je ressortis les lettres et les plaçai, parfaitement alignées, au sol. Accroupie, je comparais les différentes lettres avec la note d'Andrew. Il ne pouvait s'agir que d'une coïncidence… Une effroyable coïncidence. Mon cœur frappait tellement fort dans ma poitrine que j'étais à peu près certaine que tout l'immeuble devait l'entendre. Ma respiration devint lourde, pénible, mes mains étaient moites, un creux étrange se formait dans mon estomac…

Je déglutis lourdement et secouai la tête pour reprendre mes esprits. Je devais être rationnelle.

Finalement, je me redressai et courus jusqu'au tiroir où restaient encore certaines traces du passage d'Andrew dans ma vie : la carte de visite qui accompagnait inutilement la robe de la réception et le carton du premier bouquet de roses. A genoux sur le sol, je parcourus les lettres, faisant naviguer mon regard des unes aux autres, l'incrédulité me saisissant de plus en plus…

Andrew.

— Impossible… impossible, murmurai-je en effleurant les lettres du bout des doigts.

Il y avait forcément une explication, une faille. Ça ne pouvait pas être lui. Parce qu'il y avait des milliers d'hommes dans cette ville, des millions dans ce pays… Parce que personne n'avait décemment cette chance ou cette… malchance. Je ne savais plus. Comment avais-je pu me retrouver dans cette situation ? Comment avais-je pu écrire à un homme, parler à un autre… et maintenant comprendre qu'ils ne formaient que les deux facettes d'une seule et même personne ?

Je songeai à ma dernière lettre. Je m'étais épanchée sur ma rupture avec lui. J'avais dévoilé tellement de moi-même dans cette correspondance ! Je ne pouvais pas croire que le destin que je chérissais tant s'était finalement retourné contre moi.

Je repris la première de ses lettres.

J'ai mangé du chocolat.

Mes souvenirs me transportèrent à ma première véritable rencontre avec Andrew. L'assiette de chocolat entre nous deux alors que je finissais de faire ma critique sur *Powerfull.*

Je vis sur la côte Ouest.

San Francisco. Je repoussai la première lettre et me jetai

comme une affamée sur la deuxième. Il y parlait de sa solitude, du rythme parfois trépidant de sa vie. Mon incrédulité commença à s'estomper en tombant sur une phrase en particulier :

C'est précieux et rare, pas vraiment partageable.

« Précieuse et rare » : voilà ce que j'avais longtemps été aux yeux d'Andrew. C'était ainsi qu'il me décrivait, c'était ces mots qui déclenchaient d'incroyables secousses dans tout mon corps. Mes mains tremblaient légèrement, mais, étrangement, mon cœur se calma, comme si, finalement, la chose était naturelle et évidente. Tellement évidente. Comment n'avais-je pas pu le voir ?

Je frottais mes mains contre mon jean et me saisis de la troisième lettre. Celle qui parlait de sa passion pour le piano. Celle qui parlait de cette femme qu'il avait rencontrée. C'est à partir de cette lettre que nos échanges avaient été plus personnels. Les échanges de banalités s'étaient raréfiés, au profit de confessions plus sérieuses et personnelles.

La quatrième lettre ne parlait plus que de cette femme. La femme qui lui avait fait progressivement oublier son âme sœur. En la relisant, je sentis mes lèvres s'étirer dans un sourire. C'était sûrement une lettre qu'il avait écrite lors de notre nuit à l'hôtel. Il n'y avait plus aucun doute. J'étais cette femme sereine, paisible comme un lac… en comparaison de l'intrépide et enthousiaste Eleanor.

L'avant-dernière lettre effaça mon sourire.

La perdre serait me perdre moi.

Exactement ce qu'Andrew m'avait dit avant notre rupture. Exactement les mots que je lui avais répétés à l'hôpital. Mon cœur se comprima dans ma poitrine, me faisant presque suffoquer. Si j'avais su voir dès le début, si j'avais compris bien avant… nous n'en serions pas là. Je n'en serais pas là : à revivre dans mes souvenirs et à travers ses lettres notre relation.

Je finis par la dernière lettre. Celle à laquelle j'avais répondu cette nuit. Il se souvenait parfaitement de notre rencontre… Moi, je me rappelais juste l'avoir snobé après l'avoir dévoré du regard pendant sa conférence de presse. Je l'avais trouvé beau, mais je n'avais aucun souvenir de la couleur de son costume.

Seule la présence de son alliance m'avait douloureusement sauté aux yeux.

Je reposai la lettre et de nouveau mon regard glissa sur notre correspondance. J'aurais aimé en rire, voire en sourire, mais j'étais juste estomaquée et épuisée. Maintenant, chacun de ses mots, chacune de ses déclarations d'amour me sautaient aux yeux.

Il disait qu'il m'aimait, qu'il m'aimait bien au-delà de ce qu'il avait ressenti pour Eleanor.

Il parlait du destin, des éléments incontrôlables de sa vie, de l'impasse dans laquelle il se trouvait.

Je rangeai les lettres et les notes, sentant mes yeux picoter fortement. Je ne pouvais pas y croire : j'avais manqué l'immanquable. Hagarde, je me redressai et récupérai le numéro du *New Yorker* contenant l'annonce.

J'avais les larmes au bord des yeux. Tout me sembla subitement clair. C'était Eleanor dont il parlait. Je reposai le magazine et épluchai une nouvelle fois les lettres.

C'était Andrew. L'homme auquel j'écrivais depuis des semaines, l'homme à qui je me confiais, l'homme que j'encourageais, c'était lui. Le côté pile et le côté face… Un seul homme. Il ne m'avait jamais révélé ce qu'il avouait volontiers dans ses lettres. Il était tellement vulnérable et aimant, bien plus sensible que l'homme de pouvoir et de médias que j'avais côtoyé.

Je m'effondrai finalement sur mon canapé, toujours stupéfaite. Ce n'était pas tant la surprise de découvrir qu'Andrew était l'inconnu, c'était plutôt la stupéfaction de n'avoir rien vu plus tôt qui dominait. Tous ces indices, toutes ces ressemblances… Mais j'avais inconsciemment refusé de voir la vérité en face.

Soudain, je me demandai si Andrew savait. Il connaissait mon écriture. Il avait gardé mes notes sur *Powerfull*, il avait largement de quoi comparer. J'envisageai pendant un moment de l'appeler mais, une fois de plus, je renonçai.

Nous n'étions plus ensemble, et même si je mourais d'envie de lui dire que je l'aimais encore plus maintenant, je devais me résoudre à garder cette relation secrète. Andrew ne voulait plus de moi, mais l'inconnu m'écrivait. Je ne pouvais pas briser le seul lien tangible qui existait entre nous deux. Je ne pouvais pas perdre les deux…

J'étais en train de relire la première lettre pour la énième fois quand Angela annonça son arrivée. Je regardai ma montre, constatant que j'avais passé un temps incroyable sur ma correspondance avec Andrew, au détriment du dîner. J'examinai furtivement dans le miroir près de la porte avant de lui ouvrir.

— Bonsoir, Angie ! dis-je avec joie.

— Salut, toi ! J'ai rapporté du vin ! s'exclama-t-elle en brandissant la bouteille devant elle.

— Lynne n'est pas avec toi ?

— Elle ne devrait pas tarder… Mais d'après son dernier

message, elle souhaitait une mort imminente à tous ces fichus médecins.

Je laissai Angela entrer dans l'appartement, m'excusant pour le désordre et l'empilement de cartons. Elle balaya mes excuses d'un geste de la main, indiquant que les cartons de Steven traînaient encore, alors qu'il avait emménagé avec elle depuis presque six mois. Je posai la bouteille dans la cuisine et sortis deux verres.

— Tu fais ton courrier ? cria Angie du salon.

— Non… non…, dis-je en sortant précipitamment de la cuisine pour me ruer sur la table basse.

Je rassemblai les différentes lettres et les mots d'Andrew rapidement puis les fourrai dans le carton. Angela me lança un regard étrange, ne comprenant visiblement pas cet accès de frénésie.

— Ce sont de vieilles lettres, mentis-je pour expliquer mon geste.

— Tu as l'air d'y tenir.

— Je… Euh… oui. Un vieil ami.

— Sympa l'idée de s'écrire, dit-elle en s'installant sur le canapé. Les seuls mots que Steven me laisse sont… la liste des courses !

Sa remarque me fit sourire. Je repensai à Andrew, à son goût pour les valeurs éculées. Je n'aurais pas dû être étonnée de ces lettres manuscrites et presque ritualisées dans leur écriture.

— Oui, c'est… chaleureux, soulignai-je.

Angela sembla méditer sur mon assertion, puis fronça les sourcils.

— Ce n'est pas un truc genre *Les Liaisons dangereuses* au moins ? s'inquiéta-t-elle dans un demi-sourire.

— Non… Non, pas du tout ! m'esclaffai-je. Rien que des choses très… banales. On se parle de nos vies, essentiellement.

— Oh… Tu lui as parlé d'Andrew ? s'enquit-elle.

— Plus ou moins. Veux-tu un verre de vin ? proposai-je pour éluder la question.

Je n'attendis pas sa réponse et allai en cuisine pour nous servir deux verres. Je revins dans le salon, non sans avoir jeté un coup d'œil à mon téléphone, scrutant l'arrivée de Lynne.

— Tout l'hôtel est au courant, tu sais, reprit Angela avec un sourire compatissant.

— Je me doute.

Je soupirai de nouveau. Etre l'objet des commérages, une fois encore, ne me réjouissait pas.

— Veux-tu en parler ? m'interrogea-t-elle.

— Je ne sais pas… Je ne crois pas… Ce n'est pas utile, dis-je finalement. Il est parti maintenant et moi… je dois reprendre ma vie.

La sonnette retentit et j'ouvris à Lynne quelques secondes plus tard. Les traits tirés et le teint un peu pâle, elle me fit un faible sourire avant de s'effondrer sur le canapé.

— Je hais les cardiologues ! grommela-t-elle tandis que je lui servais un verre de vin.

— Le séminaire est terminé ?

— Dieu soit loué, oui ! Merci, Kat, sourit-elle finalement en prenant son verre. Ils ont failli me tuer avec leurs exigences infernales !

Elle but de son vin, visiblement soulagée de ne plus être à l'hôtel, et prit son sac à main pour fouiller à l'intérieur.

— C'est pour toi ! annonça-t-elle en posant un cube rouge que je ne connaissais que trop.

Il y eut un silence étrange, comme si aucune de nous trois

n'était vraiment prête à formuler ce qu'elle voyait. Je savais exactement ce qu'il y avait dans cet écrin. Angela me lança un regard encourageant pendant que Lynne fixait la petite boîte, un air sévère sur le visage.

— Tu ne veux pas l'ouvrir ? dit timidement Angela.

— Je sais ce qu'il y a dedans. Quand te les a-t-il données ? interrogeai-je Lynne.

— C'est Nathan qui me les a rendues. Comment as-tu pu faire ça, Kat ?

— Faire quoi ? râlai-je.

— Lui rendre ses cadeaux ! Vraiment ? C'était ça ta petite vengeance personnelle ?

Je posai mon verre, pris la boîte et la jetai négligemment dans le carton qui contenait mes souvenirs d'Andrew.

— Fin de l'histoire, dis-je avec tristesse.

— Kat, tu as tort, souffla Angela derrière moi.

— Non, elle a parfaitement raison, la coupa Lynne. Toute cette histoire était vouée à l'échec. Je t'avais prévenue ! Je t'avais dit que c'était une mauvaise idée !

— Lynne, tu ne connais rien de mon histoire avec Andrew, m'exaspérai-je. Tu… Tu ne le connais même pas, lui. Tu as décidé, pour je ne sais quelle raison, qu'il n'était pas pour moi.

— Parce que, de toute évidence, c'était le cas ! se moqua-t-elle. Regarde-toi ! Sortir avec lui était une mauvaise idée, et sortir avec lui alors que c'est un client était une idée encore plus mauvaise !

Je lançai un regard haineux à Lynne. Angela se leva et tenta de s'interposer. Je sentais la colère me gagner de plus en plus. J'aimais Lynne… J'aimais son côté drôle et ultra-organisé, sa créativité, son enthousiasme, mais je ne comprenais pas pourquoi elle faisait ça.

— Parfait, Lynne ! J'admets ! J'admets que sortir avec un client était une mauvaise idée ! dis-je avec un calme effrayant.

— Il s'agit d'Andrew Blake, pas d'un… cardiologue du fin fond de l'Ohio qui vient s'encanailler ici.

— Lynne, je crois qu'elle a compris ! la coupa Angela sèchement. Inutile d'en rajouter.

Elle se tut, s'apercevant que tirer sur une ambulance ne servait à rien. J'aurais évidemment préféré un soutien compatissant de sa part, voire juste un silence glacial, mais entendre critiquer ma relation avec Andrew était horrible. Je fixai stupidement les lettres, me demandant si je devais avouer la vérité sur ce « vieil ami ». Mais une fois encore, je savais que Lynne ne comprendrait pas.

— Je suis amoureuse de lui, lâchai-je brutalement.

J'entendis Lynne soupirer et décidai de reprendre le contrôle.

— Je n'y peux rien, Lynne !

— Tu n'y peux rien ? Tu veux que je te donne combien de bonnes raisons ?

— Lynne ! la morigéna Angela.

— C'est un client ! C'est Andrew Blake, magnat de la presse ! Tu n'as été qu'un jouet pour lui ! Ça n'a pas de sens de te morfondre pour lui. Ce n'est pas comme si… comme si tout cela était réel.

— C'était réel, Lynne.

Je récupérai les boucles d'oreilles dans le carton et les montrai à Lynne. La colère faisait place à une forme de rage ultra-énergisante. Défendre ma relation avec Andrew devenait primordial.

— C'était réel, répétai-je. Je t'interdis de remettre ça en cause !

— S'il tenait à toi, il serait resté… Mais non, il est parti avec sa collaboratrice.

— Il connaît Meghan depuis des lustres, explosai-je.

Je toisai Lynne, ne sachant plus si je devais la convaincre de la réalité de ma relation avec Andrew ou juste encaisser ce qu'elle me disait. Soudain, son portable sonna, brisant le silence nous entourant.

— Tu ne réponds pas ? lui demandai-je après quelques secondes.

— Rien d'important.

— Rien d'important comme « Philip qui te demande de ramener son journal » ou rien d'important comme « Nathan qui tente de te sauver de ton mariage » ?

Elle se figea et la sonnerie de son téléphone s'arrêta, avant de reprendre dans les cinq secondes. Je souris à Lynne, incrédule de la voir si peu courageuse. Elle regardait son sac comme s'il était sur le point d'exploser mais avec pourtant l'envie folle de se ruer dessus.

— Et tu me fais la morale ? sifflai-je.

— Ne mélange pas tout ! m'ordonna-t-elle. Ce n'est pas moi qui semble sur le point de m'effondrer dès que le nom de Blake est prononcé.

Un peu surprise, je coulai un regard vers Angela pour me rassurer. J'étais forte, quoi qu'en dise Lynne. Elle me fit un sourire compréhensif et je compris que mon corps trahissait plus que je ne le pensais mes émotions.

— Je rêve ou tu tentes de changer de conversation ? ironisai-je.

— Je ne change pas de conversation ! On en était à Blake et toi…

— Et c'est terminé, tu l'as dit toi-même ! Maintenant, vu

que tu sembles si bien informée sur les relations humaines, peut-être peux-tu m'éclairer sur le genre de relations que tu entretiens avec Nathan ?

— Je ne crois pas que cela te regarde !

— Peut-être que ça intéresserait Philip de savoir que sa future femme entretient une relation clandestine avec…

— Ce n'est pas une relation ! hurla-t-elle.

— Alors c'est quoi ? Une distraction ? Ah non, pardon, ça c'était moi… Le fameux jouet !

Lynne me jeta un regard et il me sembla que son visage parfaitement stoïque se voila légèrement. Je m'installai près d'elle, effarée par son aveuglément et par la lutte que je devinais en elle. La culpabilité la rongeait de toute évidence, et même si j'avais envie de la gifler pour qu'elle se réveille, je savais qu'affronter Lynne de cette façon ne mènerait à rien.

— Comment oses-tu juger ma relation avec Andrew quand tu n'as même pas le courage de reconnaître que tu vas dans le mur ?

— Tu n'as plus de relation avec Andrew, corrigea-t-elle.

— Ça, c'est mon problème ! Tu fais croire à Nathan que quelque chose est possible… Et je trouve ça… assez horrible !

— Je n'entretiens rien… Il passe son temps à m'appeler.

— Chose qu'il ne ferait pas s'il savait à quoi s'en tenir !

Elle trembla légèrement et son regard se troubla. Je ne savais plus pour qui j'avais le plus de peine : Lynne, aveuglée, ou Nathan, complètement amoureux d'elle. Son téléphone sonna de nouveau et ses yeux s'embuèrent.

— Je crois que nous devrions changer de sujet, suggéra Angela, mal à l'aise, faisant mine d'ignorer la sonnerie.

— Réponds, Lynne… Je t'en prie, réponds-lui.

Le téléphone se tut et un silence lourd et pénible s'installa.

Je fixai Lynne, cherchant à comprendre. Il y avait une forme de détresse dans son regard que je n'arrivais pas à analyser.

— On s'est embrassés, avoua-t-elle dans un chuchotement à peine audible.

Les épaules de Lynne s'affaissèrent et elle sembla enfin soulagée de s'être libérée de son secret. Elle me fixa et je la vis, au bord des larmes, incapable de savoir quoi faire.

— Je suis amoureuse de Philip, bégaya-t-elle. Et… j'ai embrassé un autre homme. Je ne peux pas faire ça. Je ne peux pas tout plaquer pour…

Sa voix s'éteignit, nous laissant comprendre qu'elle l'avait envisagé. Peut-être seulement brièvement, mais elle l'avait envisagé.

— Nathan t'aime beaucoup, la rassurai-je.

— Je sais. Mais il y a Philip…

— Lynne, tu ne peux pas rester comme ça !

— J'aime Philip, répéta-t-elle.

— Alors, dans ce cas, il faut que tu parles à Nathan.

Elle me fixa, incrédule et hésitante. Lynne me regardait comme si je lui avais annoncé mon départ pour Mars. Je décidai de lui laisser un peu de répit.

— Bien. Si nous commandions à dîner, proposai-je, pas très enthousiaste à l'idée de cuisiner.

— Super ! s'enthousiasma Angela en se levant du canapé. Je meurs de faim !

Elle se dirigea vers la cuisine et j'en profitai pour laisser l'atmosphère se détendre un peu entre Lynne et moi.

— Tu crois vraiment que je dois l'appeler ? demanda-t-elle.

— Lynne, toute cette histoire… c'est juste… de l'honnêteté. Et pas seulement envers Nathan.

— Promets-moi de ne rien dire à Philip.

— Promets-moi de réfléchir à tout ça.

Je lui fis un sourire et son visage rayonna un peu. Je me fichais de garder son secret, la seule chose qui me plaisait, c'était de voir qu'elle tenait assez à sa relation avec Nathan pour prendre son téléphone et lui envoyer un message. Curieusement, mes pensées vagabondèrent jusqu'au premier baiser que j'avais échangé avec Andrew. A cet instant précis, j'avais deviné qu'il se passait quelque chose, que ce baiser n'était pas « juste » un baiser.

Angela appela le restaurant chinois en bas de ma rue et se dévoua pour aller récupérer nos commandes. Pendant ce temps, je laissai Lynne s'isoler dans ma chambre. Elle eut un bref regard empli de culpabilité alors qu'elle composait le numéro de Nathan. Je tentai de la rassurer d'un sourire.

Le dîner fut calme et apaisant. Nous parlâmes furtivement du mariage de Lynne et je ne fus pas vraiment surprise qu'elle-même élude le sujet. Je m'autorisai un épanchement sur ma rupture avec Andrew, expliquant à mes amies la cause principale de notre éloignement.

— Et au travail ? demanda finalement Lynne en terminant ses crevettes. Tu vas pouvoir… gérer ?

— Je ne sais pas. Me retrouver devant lui… Ou pire, lui parler et faire comme s'il ne s'était rien passé.

— Je sais que tu peux le faire, assura Angela.

— Ma dernière nuit a été difficile, moralement. Là, je vais devoir faire mon maximum pour éviter Daniel.

— Dan est un type bien, souffla Lynne.

— Notre rupture n'a pas été… amicale. Il pensait qu'Andrew me piétinerait, et c'est quasiment le cas, maintenant que j'y pense.

— Techniquement, il est parti pour te rendre service, arga Angela.

— Le résultat est le même : je suis lessivée, comme s'il avait emporté une partie de moi. Je ne suis plus moi-même. Et même si je l'admets volontiers, je ne crois pas pouvoir entendre Daniel me dire qu'il avait raison depuis le départ.

— Je comprends, murmura Lynne. Veux-tu que je le briefe à ce sujet ?

Je fronçai les sourcils, ne comprenant pas où elle voulait en venir.

— Kat, tu vas devoir gérer Andrew Blake d'ici peu et jongler avec Daniel… Si je peux t'aider…

— Nathan a une influence tellement énorme sur toi, souris-je.

Elle haussa les épaules en rougissant légèrement. Lynne ne m'avait pas habituée à ce genre d'élans généreux et désintéressés.

— Merci, Lynne, soufflai-je, pleine de gratitude. Peux-tu me mettre en congés pour la semaine ? Ça me permettra de gérer le déménagement.

— Sans problème… Tu reprendras lundi, affirma-t-elle en me désignant avec sa fourchette.

Je la remerciai d'un nouveau sourire et nous finîmes notre dîner tranquillement. Mes amies quittèrent l'appartement à près de minuit et j'étreignis Lynne avec force. Même si notre dispute avait été violente, je savais que le résultat en valait la peine.

— Embrasse Nathan pour moi, murmurai-je en la serrant contre moi.

— Je lui ai dit de botter les fesses d'Andrew ! rit-elle doucement.

— N'en fais pas un dommage collatéral ! Et réfléchis à ce que je t'ai dit.

Elle s'écarta de moi et acquiesça. Je remerciai Angela pour son soutien. Elle m'assura que ce n'était rien et me promit de parler à Dan pour qu'il ne m'importune pas.

— De toute façon, je ne crois pas qu'il soit remis de votre rupture, ajouta-t-elle.

— Ah bon ? m'étonnai-je.

— Il est très renfermé et ne parle que très peu. Comme s'il ne voulait pas faire de vagues…

Après le départ de mes collègues, le silence étouffant de l'appartement refit son apparition. La paire de boucles d'oreilles reposait dans le carton. Je récupérai l'écrin et le posai sur la table. Andrew me manquait encore plus maintenant. Je repris les lettres de l'inconnu, désormais démasqué, et me replongeai dedans pendant une partie de la nuit.

Le surlendemain, je bouclai mon dernier carton, attendant le camion de déménagement. Toutes mes affaires étaient soigneusement empaquetées. Les boucles d'oreilles étaient dans mon sac à main. J'avais été incapable de les remettre dans un carton et de le refermer ensuite. Je m'attachais aux traces de ma relation avec Andrew : ses lettres et ses bijoux. Mais les jours passant, je commençais à me faire une raison : il ne reviendrait pas.

Ce fut avec enthousiasme que j'aménageai mon nouveau chez-moi. Nouvel appartement sans aucun souvenir avec Andrew. Les lettres, empilées, trouvèrent leur place dans un tiroir. Je disposai les boucles sur mon chevet et passai ensuite la soirée à déballer mes affaires.

Cet appartement, plus grand que le précédent, me paraissait un peu vide. Mon canapé occupait une partie de la place, mais le reste de la décoration était franchement minimaliste. Mes photos prirent place sur un des murs. Malgré tous mes efforts pour m'occuper l'esprit, il fallait admettre qu'Andrew me manquait toujours. Mes soirées étaient dédiées à la relecture des lettres. Je les connaissais par cœur désormais.

Les deux dernières m'étaient presque insoutenables. Parce qu'il parlait de moi, de ses sentiments, et que je me demandais maintenant si tout cela avait vraiment existé.

Le vendredi après-midi, je passai à l'hôtel, assurant à Lynne que je pourrais reprendre mon service lundi soir.

— Tu es sûre ?

— Certaine. J'ai besoin de travailler… Histoire de penser à autre chose.

— Et tu pourras penser à autre chose en bossant ici ?

— J'y arriverai, Lynne… Je me sens déjà mieux d'avoir déménagé. Tu l'as dit toi-même, je n'ai pas eu une relation très longue avec Andrew.

Mais, même à mon oreille, ma voix me sembla terne et peu convaincante. Notre relation avait été forte, violente, et je m'y étais jetée tête la première, persuadée que rien ne pourrait nous arriver.

— Comme tu veux, avait alors abdiqué Lynne.

En sortant de son bureau, je croisai Gregory. Ce dernier, après s'être assuré que tout allait bien, me questionna sur mon déménagement.

— Il a demandé de tes nouvelles, tu sais.

— Tout va bien, Greg, le rassurai-je automatiquement.

— Et il m'a demandé ta nouvelle adresse.

— Tu la lui as donnée ?

— Je ne l'avais pas !

— Ne la lui donne pas.

— Kat, c'est juste ton adresse.

— Non. Il a voulu qu'on s'éloigne. Qu'il en assume les conséquences.

Je tentai de prendre le ton le plus glacial possible. La vérité, c'était qu'en lui donnant mon adresse j'allais de nouveau croire qu'il pouvait débarquer chez moi ou qu'il pouvait me faire livrer des fleurs. Je n'avais pas besoin de ça.

— Kat…, avait-il soufflé, un peu dépité.

— Greg, je ne changerai pas d'avis. Il a peut-être l'habitude de voir les gens acquiescer en tremblant à toutes ses exigences, mais pas moi.

Il me fixa et sembla réfléchir à ce que je venais de lui dire. J'étais sûre de ma décision et je ne voulais pas jouer au yoyo et croire qu'Andrew allait revenir dans ma vie, quand, de toute évidence, il avait tout fait pour me rayer de la sienne.

— Je t'ai déjà dit que je ne cautionnais pas et qu'il n'était pas heureux de sa décision.

— Eh bien, qu'il vienne me le dire, lâchai-je, un peu exaspérée. S'il a changé d'avis sur… moi et sur nous, je suis prête à en discuter. Mais, pour le moment, je ne fais qu'appliquer ce qu'il souhaite.

— Je comprends, approuva Gregory. Puis-je quand même lui dire que tu vas bien ?

— Comment ai-je l'air d'aller ? ripostai-je.

Mon collègue soupira avant d'opiner, vaincu. Je me doutais que Gregory allait se faire hurler dessus, mais c'était le prix à payer.

— Kat ? cria Gregory alors que je quittais l'hôtel.

Je me retournai, le voyant avancer vers moi à grandes enjambées. Il tenait une lettre à la main et mon cœur fit un petit bond dans ma poitrine. Voilà une des rares choses que je ne voulais pas abandonner. Mon dernier contact avec Andrew, mon seul lien désormais avec lui.

— C'est pour toi, dit-il inutilement en me tendant l'enveloppe.

— Merci, Greg. A lundi !

— A lundi, Kat… Enfin, si je suis toujours en vie !

Je lui souris, presque compatissante, avant de quitter l'hôtel pour de bon. Une fois dans la rue, mon corps se détendit subitement. La fatigue prit très vite le dessus et je somnolai dans le métro, épuisée d'avoir tant lutté contre mes souvenirs au Peninsula. En rentrant chez moi, je me demandai si ma vie allait désormais être rythmée de cette façon et si j'allais un jour être autre chose qu'une survivante du tsunami Andrew Blake dans ce grand hôtel. J'avais toujours pris mon parti de mon invisibilité notoire, des clients infects, de l'argent-roi. Mais maintenant que j'avais franchi la ligne, tout était différent.

Andrew avait laissé cette trace dans ma vie, une cicatrice profonde et douloureuse, qui se rouvrait à chaque instant passé dans l'hôtel. Je me morigénai en songeant que c'était encore la partie la plus simple à gérer. Quand Andrew serait effectivement à l'hôtel, il me faudrait déployer d'autant plus de forces.

La porte de mon appartement franchie, je posai la lettre sur la table basse. J'avais laissé entendre à Gregory que je ne voulais plus qu'Andrew intervienne dans ma vie, que je ne pouvais plus avoir confiance en lui. Et pourtant cette lettre me tentait. Parce que j'étais certaine de ne pas trouver l'Andrew que je connaissais, mais un autre Andrew, plus secret et plus enclin à se confier. J'admettais l'aspect presque malsain et sadique de cette curiosité, mais quelque chose, une forme d'espoir infime, me forçait à maintenir un contact. Le seul contact qu'il m'autorisait, à vrai dire.

Je craignais ce que j'allais découvrir et de lire ses états d'âme. En dépliant la lettre, j'eus un sentiment de mal-être assez perturbant : je me faisais la sensation étrange d'espionner sa vie privée, d'être là, dans l'ombre, à me régaler de ses confidences. Mais je n'avais plus que ça.

Une relation épistolaire, sans ancrage dans le monde réel, et vouée à se terminer un jour… J'y mettrais un terme, quand le temps serait venu.

« Chère Marie,

Comment est-ce possible ? Comment un homme peut-il vous laisser partir, sans même réagir ? Vous me dites qu'il a ses raisons, et je vais donc devoir vous croire sur parole. J'ose juste espérer que vous allez bien et que la peine n'a pas eu raison de votre force de caractère.

Je ne peux pas croire que le destin ait été si mauvais avec vous. Et je peux encore moins croire que vous le laissiez faire ! Marie, grâce à vos conseils, j'ai remonté la pente, j'ai retrouvé goût à la vie, j'ai rencontré cette femme formidable… Sans vous, je serais encore ce fantôme désespéré. Vous m'avez appris à me battre, à croire à toutes ces choses invisibles et importantes que la vie nous réservait. A mon tour, je vous conjure d'y croire, de vous battre…

Vos mots me hantent encore : vous l'aimez ? Parlez-lui… Dites-lui ce que vous ressentez, faites-lui regretter sa décision…

Je soupirai lourdement. Si les choses étaient aussi simples… Malheureusement, tomber amoureuse d'Andrew avait presque ruiné toutes mes capacités de résistance et aliéné ma raison.

Ma vie est compliquée. Elle l'a toujours été et si j'ai cru, pendant un temps, trouver une forme d'équilibre, j'ai dû y renoncer. J'ai perdu la femme que j'aimais. Par ma faute, évidemment. Parce que je n'ai pas été assez fort pour lui dire que je l'aimais, parce que je n'ai pas été assez fort pour faire front et assumer mes actes, parce que je n'ai pas été assez fort pour l'écouter et lui avouer qu'elle avait mille fois plus raison que moi.

Maintenant, je suis seul. Encore plus seul que je ne l'étais avant elle, avant qu'elle ne vienne illuminer ma vie. Une partie de moi sait que c'est ainsi, que je ne peux pas lutter… Mais une autre partie désespère de la revoir et de la serrer contre moi. Parce que la sentir à mes côtés me faisait sentir vivant, heureux et fort.

Je relevai mes yeux embués de larmes vers l'écran de la télévision. J'étais sonnée, hébétée même. Comment pouvait-il s'ouvrir ainsi à une inconnue et me cacher à moi ce qu'il ressentait ?

C'est à la fois la pire et la meilleure décision que j'ai prise. La meilleure car je l'ai fait pour son bien ; la pire parce que je lui ai fait du mal et que je ne peux pas la consoler. Si j'avais seulement l'occasion de le faire, de la voir, de la serrer dans mes bras. Si j'avais su, j'aurais fait les choses différemment.

J'ai senti dans votre dernière lettre que vous étiez triste. Très triste. Pour tout vous dire, j'ai maudit cet homme de vous avoir fait perdre le sourire. Mais je sais que vous ne faites pas partie des femmes qu'on oublie facilement. Et je sais que vous êtes forte, courageuse et impétueuse. Je ne vous autorise pas à vous laisser abattre. Ce droit m'est exclusivement réservé pour le moment.

Avez-vous seulement remarqué l'ironie du destin ? Vous à New York, moi sur la côte Ouest… Finalement, nous sommes aussi seuls l'un que l'autre. Nos destins sont similaires. La seule différence que je constate, c'est le choix. J'ai choisi d'être seul, pas vous… Ne suivez pas mon exemple. Faites les choses différemment… J'ose croire que, là encore, nous nous ressemblons.

Je vous embrasse,

Votre inconnu. »

Je reposai la lettre, incertaine de mon état. J'étais à la fois dévastée et en même temps rassurée. Avec ironie, je constatai que le savoir mal me faisait presque du bien.

Je n'étais pas la seule à souffrir du manque.

Le lendemain, après une nuit de sommeil agité et une séance intense de rangement, je m'installai devant la télévision, prête à m'abrutir un peu plus. La lettre d'Andrew était pliée sur la table et je me décidai à la relire pour une énième fois, relevant à quel point il se sentait dépassé par la situation. Andrew, pourquoi avoir fait ça ? Pourquoi avoir voulu affronter ça seul ? Ce n'était pas ainsi que les choses auraient dû se passer. Je me perdis dans mes souvenirs avec lui, et particulièrement dans ceux que je voulais refouler.

Son sourire satisfait et presque suffisant…

Sa façon de me serrer contre lui à mon réveil…

Ses baisers dévastateurs…

Le contact de ses lèvres douces contre le dos de ma main…

Je soupirai et dépliai mes jambes calées sous mes fesses pour récupérer la télécommande de la télévision afin d'entamer le rituel effrayant du zapping, avant de m'arrêter sur un film sans intérêt. Je dus m'endormir car, quand je rouvris les yeux, la nuit était tombée, noire d'encre, sur la ville.

*
* *

Les informations de 23 heures touchaient quasiment à leur fin. J'allais éteindre quand une image reprenant le logo de *Blake Medias* attira mon attention. J'augmentai le son avant de comprendre de quoi il s'agissait. La réception à San Francisco était en fait un gala de charité.

Une jeune femme blonde, outrageusement maquillée, était sur place et se chargeait de faire un commentaire détaillé sur l'événement mondain de la soirée.

— Andrew Blake est attendu d'ici peu de temps pour le dîner qui sera donné aux généreux donateurs de l'hôpital pour enfants de San Francisco. Ce dernier devrait inaugurer la soirée par un discours avant de partager le dîner. Les places pour cette soirée se sont arrachées à prix d'or et c'est tout le gratin de San Francisco et des environs qui est attendu. Je vous rappelle que l'hôpital est en cours de restauration suite à un incendie qui a ravagé les services de chirurgie. On sait Andrew Blake particulièrement concerné par le sujet, et il n'a pas hésité à faire un don important pour lancer les premiers travaux au plus vite. Depuis le décès de sa femme, ses apparitions sont très rares. Son intervention ici est donc un événement. Les spéculations sur sa vie privée vont bon train depuis quelques semaines mais, selon nos informations, Andrew Blake ne serait pas accompagné.

Je secouai la tête. Une fois de plus, les journalistes se préoccupaient de sa vie privée. Les yeux rivés sur l'écran, je scrutai les images de la foule dense qui entourait l'entrée de l'hôtel *Sheraton*.

— Toutefois, le mystère plane toujours sur la jeune femme qui l'accompagnait récemment à New York lors du lancement de son magazine, *Powerfull*, sur la côte Est. Andrew Blake a refusé de commenter quoi que ce soit, indiquant que ses nombreux déplacements à New York étaient avant tout professionnels.

Brutalement, la journaliste disparut de l'écran et la caméra fit un plan sur un véhicule noir, se postant près de l'entrée. Je retins mon souffle, espérant voir Andrew, même furtivement. J'étais totalement hypnotisée par l'écran, les doigts crochetés sur la télécommande.

Finalement, il sortit de la voiture. J'approchai de l'écran, distinguant sa silhouette longiligne, mise en valeur par un élégant smoking noir. Le parterre de journalistes se pressa un peu plus vers l'entrée, pendant qu'Andrew contournait la voiture pour ouvrir l'autre portière.

— Non, non… Tu étais censé être seul, gémis-je avec désespoir.

Si Andrew se montrait avec une autre femme, cela sonnerait ma perte. Ce n'était pas que ma jalousie qui parlait, c'était surtout ma colère contre lui. S'il ne pouvait pas gérer notre relation, comment pouvait-il en gérer une autre ?

Il tendit la main et Meghan, éblouissante dans une robe de cocktail vert émeraude, apparut. Elle cala sa main dans celle d'Andrew et un trou monumental se creusa dans mon ventre. Meghan était superbe, souriante. Et Andrew lui souriait aussi, alors qu'ils se dirigeaient vers les journalistes.

Derrière eux, j'aperçus furtivement la silhouette imposante de Gregory, les suivant à distance. Andrew se tourna vers lui et lui adressa un geste presque imperceptible de la tête. Gregory les rejoignit et se plaça derrière eux. La caméra abandonna le plan large, et une autre prit la relève. Le visage d'Andrew, souriant et beau comme jamais, illumina l'écran.

— Monsieur Blake, qu'attendez-vous de cette soirée ? hurla un journaliste en tendant un micro.

— Soulever beaucoup de fonds… Reconstruire l'hôpital est primordial, et j'espère que tous les invités sauront se montrer généreux.

— Avez-vous décidé de refaire des apparitions publiques ? enchaîna un autre homme.

— Uniquement pour les événements d'importance.

— Pour un homme de médias, vous avez été plutôt absent de la scène publique depuis le décès de votre femme.

— En effet, avoua-t-il.

Son sourire se défit un peu et son regard se durcit. Meghan se pencha vers lui et son sourire réapparut, franc et heureux. Cette fois, j'étais jalouse.

J'étais l'exception, j'étais la femme qui aurait dû lui tenir la main !

— La rumeur dit que vous allez vous installer à New York de manière définitive, est-ce en rapport avec la jeune femme…

— La rumeur est infondée, riposta immédiatement Andrew, les mâchoires serrées. Il n'a jamais été question que je quitte San Francisco.

— Même pour cette femme ?

— C'est une amie, rien de plus. Dans le cas contraire, elle serait là avec moi.

La caméra fit un plan sur Meghan, littéralement béate d'admiration envers Andrew. Le souvenir de son aveu — il avait couché avec elle — me revint en tête. J'avais cru qu'il s'agissait d'un passé lointain, mais, de toute évidence, ils vivaient un retour de flamme.

— Mademoiselle Stanton ? Etes-vous heureuse d'être ici ?

— Très heureuse, et ravie de pouvoir accompagner Andrew. C'est un cavalier très attentionné.

— Seulement un cavalier ? risqua une jeune femme au dernier rang.

— L'avenir nous le dira ! lança Meghan avant de rediriger son attention vers Andrew.

Il lui sourit avec joie et ils s'écartèrent des journalistes afin de prendre la pose pour quelques photos. Je reculai de l'écran, me concentrant non pas sur le visage d'Andrew mais sur ses mains, il tenait maintenant Meghan par la taille. Ils ne laissèrent rien transparaître sur la nature de leur relation et ce simple doute me fusilla un peu plus. Le voir rire avec elle, même en sachant qu'il la connaissait depuis des années, et que leur relation était avant tout professionnelle, était vraiment douloureux. Quelques secondes plus tard, ils entrèrent dans l'hôtel et j'éteignis la télévision, écœurée.

Je me réinstallai sur le canapé, toisant la lettre d'Andrew devant moi. Je ne savais plus à qui j'avais affaire, quel Andrew je devais croire : celui de la télévision, paradant avec Meghan ; celui des lettres, émouvant et blessé ; celui que j'avais intimement connu, arrogant et présomptueux.

Vous l'aimez ? Parlez-lui… Allez lui dire ce que vous ressentez, allez lui faire regretter sa décision…

Si seulement, songeai-je, si seulement les choses étaient aussi simples. Mais affronter Andrew était au-delà de tout. J'étais dans un état lamentable, effondrée sur mon canapé, hagarde, tremblante et avec cette douleur lancinante dans tout mon corps. Andrew, par simple écran interposé et sans même le savoir, m'avait anéantie. Son sourire, son allure, sa prévenance… Tout. Lui.

Je soupirai lourdement, essuyai mes larmes et me décidai à prendre enfin une décision raisonnable. La seule décision qui me permettrait de survivre à Andrew Blake.

Ma démission du Peninsula.

Je me couchai au milieu de la nuit après avoir envoyé un mail à Lynne lui dévoilant mes intentions. J'envisageai de poser le courrier demain à l'hôtel et de vider mon vestiaire dans la foulée. Je me demandais encore comment j'avais pu croire un seul instant y arriver. Je n'avais pas cette force, lui faire face, satisfaire ses demandes, l'écouter me parler, respirer son parfum. Trop difficile pour moi. J'abandonnais.

A mon réveil, ma décision me sembla encore plus naturelle et juste. Comme prévu, je laissai ma lettre de démission en évidence sur le bureau de Lynne avant de récupérer les quelques affaires qui traînaient dans mon vestiaire. En passant devant le kiosque à journaux, je tombai sur une photo d'Andrew avec Meghan, posant comme un couple heureux. Pour un homme qui ne couchait pas avec ses employées, il tombait allègrement dans la récidive : Eleanor, Meghan… et même moi, si on considérait qu'il était partiellement propriétaire de l'hôtel et donc partiellement mon patron.

Le lundi matin, encore groggy par les images d'Andrew et ma démission, j'ouvris les yeux en me demandant ce que je devais faire maintenant. Cette ville était immense, je pouvais certainement trouver un autre travail, vivre une nouvelle fuite. Ou bien je pourrais en profiter pour aller voir mon père, me vider l'esprit.

Lynne me sortit finalement de mon engourdissement.

— Tu démissionnes ? Dis-moi que c'est une plaisanterie ! hurla-t-elle dans le téléphone.

— Ce n'est pas une plaisanterie.

— Alors tu déménages, et ensuite tu démissionnes… C'est quoi la prochaine étape, tu vas disparaître de la surface de la planète ?

— Lynne, j'ai besoin de faire le vide, la coupai-je rapidement.

— A cause de lui ?

— Pour moi, avant tout.

— Kat, je n'aime pas ça. Mon avis sur Andrew Blake n'est pas franchement positif en ce moment !

— Il n'est pas si mauvais. Les circonstances n'étaient pas avec nous, c'est tout !

— Bien… Je ne vais pas te faire la morale. On est lundi, j'ai encore un de ces foutus séminaires de médecins et je suis loin d'avoir assez de caféine dans le sang. Veux-tu de mon aide ?

— Pour quoi ? demandai-je, hésitante.

— Pour trouver du boulot ! Je ne te laisserai pas partir à la dérive. Je t'ai connue avec plus de force que ça !

— C'est juste… passager.

— Peu importe, te savoir inactive est pire que tout. Je peux admettre que tu ne restes pas à l'hôtel… Mais demander une mutation, même au fin fond de la Chine, aurait été moins drastique ! Laisse-moi au moins voir si on peut te trouver un point de chute.

— O.K., abandonnai-je finalement.

*
* *

Et les jours passèrent, lents et tristes, bercés par la même routine. Lynne me fit parvenir plusieurs propositions de poste, mais je posai à peine les yeux dessus. Je filtrai les appels de Nathan et de Gregory. Je savais qu'ils en rendraient compte à Andrew. Je ne voulais plus le laisser pénétrer dans ma vie. Curieusement, je n'avais pas l'impression d'être faible ou misérable. Certes, je n'étais pas en forme, mais mon état se rapprochait plus de la stupeur permanente que de la réelle tristesse.

Le jeudi soir, affalée dans mon canapé, je fixai mon attention sur l'écran de télévision. Les informations de 23 heures, une fois de plus, défilaient devant moi sans que je les regarde vraiment. Mais comme le week-end dernier, le visage d'Andrew apparut et, bien malgré moi, je me surpris à monter le son.

— *Blake Medias* vient d'acquérir un nouveau journal à New York. Le *W*, magazine branché et culturel, est désormais la propriété du groupe de presse. Andrew Blake entend ainsi asseoir sa présence sur la côte Est. A l'annonce de ce rachat, l'action a grimpé en flèche et les premières critiques se sont fait entendre. La concurrence reproche à Andrew Blake d'étouffer le marché et de fausser les règles, en prenant de plus en plus de participation dans différents titres. Par ailleurs, l'empire Blake entend s'attaquer à l'immobilier en répondant à des appels d'offres lucratifs sur la construction de logements sociaux.

Les images montraient Andrew serrant la main d'un député.

— Andrew Blake est attendu prochainement à Washington

pour répondre à un premier marché. Après cinq ans d'absence totale sur ce secteur, ce dernier semble déterminé à refaire parler de lui.

Le reportage s'acheva dans un dernier plan sur Andrew devant un bâtiment totalement délabré. A ce rythme, la moitié du pays lui appartiendrait d'ici à dix ans.

L'esprit un peu embrumé, je gagnai ma chambre. Je me tournai et me retournai plusieurs fois dans mon lit, avant d'abandonner ma lutte. Je me relevai près d'une heure plus tard pour me préparer un thé, tourmentée et agacée de ne pas déterminer les causes de mon insomnie.

Je pensais à lui. Encore et toujours.

Et quand je ne le faisais pas, je lisais ses lettres, résistant à l'envie de dévoiler la vérité.

Dernièrement, j'avais dû gérer un interrogatoire de Lynne sur la présence d'Andrew ou non à son mariage. Elle m'avait suppliée de venir avec quelqu'un… Non pas pour moi, mais pour garantir l'équilibre de la table. Parfait !

La tentation était trop forte et je retombai dans ma nouvelle addiction : relire ses lettres. Je m'y accrochais et, généralement, elles me donnaient assez d'énergie et assez de forces pour surmonter ce que je ressentais. Mais cette nuit, pour une raison que j'ignorais, j'avais besoin de plus. Cette relation secrète ne me suffisait plus, penser à Andrew ne me suffisait plus, le voir à la télévision était au-dessus de mes forces… Et le sentir dans le même état que moi me rendait dingue.

Vous l'aimez ? Parlez-lui… Allez lui dire ce que vous ressentez, allez lui faire regretter sa décision…

Voilà ce que je devais faire : le revoir, le sentir, lui dire qu'il avait tort… Lui dire que j'étais Marie et que je savais ce qu'il ressentait. Rien ne me retenait vraiment à New York, ni mon travail ni mes amis… Lynne avait raison : fuir et me renfermer ne servaient à rien.

Je récupérai mon ordinateur et réservai un billet pour San Francisco. Ce simple achat anéantit le peu d'économies qui me restait. J'avais un vol à 6 heures. Je fonçai dans ma chambre, remplis un sac de voyage de quelques affaires, réunis mon essentiel de toilette et rassemblai les lettres. Mon sac fait, je devais réfléchir à une façon d'escalader le mont Blake.

A vrai dire, j'aurais dû, avant tout, vérifier sa présence à San Francisco. Je me décidai alors à reprendre contact avec la seule personne qui m'avait toujours apporté son aide concernant ma relation avec Andrew.

— Nathan, murmurai-je. Il faut que vous m'aidiez.

Chapitre 11

Le combiné contre mon oreille, j'entendis Nathan grogner :

— Kat ? Mais bon sang ! Quelle heure est-il à New York ?

— Pas loin de 3 heures du matin.

— Quand je disais dans mes messages « Rappelez-moi quand vous voulez », j'aurais peut-être dû préciser : « A une heure décente ! »

— Désolée, m'excusai-je rapidement. C'était urgent.

— J'espère que votre urgence est un malencontreux accident… ou une amnésie temporaire ! Ça fait des jours que je tente de vous joindre.

— Je sais, avouai-je. J'ai besoin de voir Andrew.

— Je ne crois pas…

— Ce n'était pas une suggestion. Je *dois* le voir.

Il y eut un silence un peu tendu et j'entendis du mouvement derrière Nathan. Je compris qu'il devait être en train de sortir de son lit.

— Kat, la situation n'a pas changé.

— Je me fiche de la situation. J'ai un vol qui arrivera à San Francisco, demain à 9 heures.

— Je présume qu'il s'agissait là encore d'une simple information ?

— Nathan, je n'arriverai pas à entrer sans vous. Si j'arrive à passer le premier contrôle de sécurité, j'aurai déjà de la chance.

— Vous vous rendez compte de ce que vous êtes en train de me demander ? s'écria brutalement Nathan.

— Je sais. Mais…

— Peu importe. De toute façon, il n'est pas à son bureau demain.

Je pestai contre mon impulsivité, espérant que mes billets étaient au moins remboursables.

— En déplacement ? tentai-je.

— Chez lui.

— C'est encore pire, gémis-je. Jamais il ne me laissera entrer.

— 9 heures, c'est ça ? s'enquit Nathan.

— 9 heures.

— Bien. Je vais me débrouiller… Et souscrire une assurance-vie, plaisanta-t-il.

— Merci. Merci beaucoup, Nathan.

Je raccrochai dans l'instant et filai sous la douche. Dormir était dorénavant totalement exclu. Avec un vol à 6 heures, j'avais le temps de me rendre tranquillement à l'aéroport.

Le vol, évidemment, fut interminable. J'étais anxieuse et enthousiaste à la fois. J'avais les lettres, et j'envisageais de m'en servir comme argument. Andrew ne pourrait plus nier ce qui nous liait. Il serait de nouveau à mes côtés. Me battre pour lui, voilà à quoi se résumait ce voyage.

Nathan m'accueillit à l'aéroport, un immense sourire barrant son visage.

— Ne me dites pas que je suis radieuse, soufflai-je en arrivant vers lui.

— Je ne suis pas un adepte du mensonge, dit-il en prenant mon sac. Vous restez combien de temps ?

— Aucune idée… Vous voulez l'option optimiste ou non ?

— Vous savez que c'est du suicide, n'est-ce pas ? Il n'a pas changé d'avis à l'hôpital, pourquoi voulez-vous qu'il le fasse maintenant ?

— Parce que je me bats, murmurai-je.

— Ça ne marche pas toujours.

— Il suffit d'avoir les bonnes armes, ripostai-je en comprenant son allusion.

Il me fit un sourire triste, comme s'il prenait conscience que je savais ce qui le liait à Lynne. Il me guida jusqu'à sa voiture, un somptueux 4×4 noir, rutilant.

— J'ai dit à Andrew que je venais le voir pour un dossier urgent à 10 heures.

— Merci, Nathan. J'apprécie votre aide. Au fait, avez-vous pris cette fameuse assurance-vie ?

— Non… Apparemment, le meurtre est une exclusion de garantie.

Je souris de sa plaisanterie, avant d'avoir une idée.

— J'ai encore un service à vous demander.

— Dieu du ciel… Je comprends qu'Andrew vous trouve à son goût, vous êtes aussi têtus et exigeants l'un que l'autre !

— Ne râlez pas ! J'ai besoin d'une escorte. La semaine prochaine, à New York.

— Une soirée ?

— Le mariage de Lynne.

Son visage se referma et ses poings se crispèrent sur le

volant. Je le fixai, cherchant à sonder son visage. Je n'aurais su dire s'il était en colère, ou simplement triste.

— La torture est un autre de vos points communs, railla-t-il.

— Nathan ! suppliai-je presque. Je sais qu'elle est… attachée à vous.

— « Attachée » ? ricana-t-il. On s'attache à un chien, Kat.

— Vous n'êtes pas prêt à vous battre pour elle ? m'enquis-je.

— Vous pensez être forte, n'est-ce pas ? riposta-t-il, un peu nerveux. Vous pensez pouvoir le faire flancher… Ce que vous croyez être de la force, de l'envie ou de la rage, personnellement j'appelle ça « l'énergie du désespoir ». Je suis déjà passé par là avec Lynne.

— Ça va marcher, affirmai-je plus pour m'en convaincre que pour Nathan.

— Je ne supporterai pas de la voir se marier avec un autre. Je vous ai raconté l'histoire de ce taureau qui m'a piétiné ?

— Oui.

— Eh bien, ce n'était rien en comparaison de Lynne. Rien du tout ! Et vous savez ce qu'il y a de pire dans tout ça ? C'est que je ne lui en veux même pas. Kingston est un sacré veinard de l'avoir !

J'acquiesçai, prenant conscience que l'histoire entre Lynne et Nathan semblait vraiment compromise. Elle avait sûrement réagi trop tard. J'espérais que ma relation avec Andrew n'était pas si… moribonde.

Nathan s'annonça et le portail électrique coulissa pour nous laisser entrer. La maison d'Andrew apparut derrière quelques arbres. Je penchai la tête pour l'admirer un peu plus. Comment pouvait-il vivre seul là-dedans ?

— Quel est le plan ? demandai-je alors que Nathan coupait le contact.

— On entre ensemble. Lucinda, la femme de ménage, ne vous laissera pas y pénétrer seule. Elle va sûrement annoncer ma visite à Andrew, et ensuite vous prendrez la main.

— Et vous ?

— J'attendrai un peu… Et si je vois que vous ne ressortez pas dans les cinq minutes, j'estimerai que vos armes sont vraiment meilleures que les miennes.

Je descendis de la voiture et le suivis jusqu'à l'entrée imposante de la maison. Je camouflai mes mains tremblantes dans les poches arrière de mon jean et ravalai l'angoisse qui me rongeait. Soudain, cette idée me semblait vraiment mauvaise. J'étais à peu près certaine qu'Andrew allait me mettre dehors aussitôt.

— Bonjour, Lucinda, lança Nathan avec un sourire. Je dois voir Andrew pour un dossier urgent, il est au courant.

— Je vais prévenir M. Blake, répondit la jeune femme avec un fort accent hispanique.

Elle s'effaça et j'entrai dans le hall. La maison était lumineuse et les murs d'un blanc immaculé. Nathan surprit mon regard ébahi et étouffa un rire.

— Ça fait ça à tout le monde ! plaisanta-t-il.

— Cette maison est superbe !

— Ce n'est pas une maison… C'est une espèce de refuge, doublé d'un blockhaus, qu'Andrew refuse de vendre !

— Pourquoi vendrait-il ? m'enquis-je.

— Pourquoi à votre avis ?

Mon cœur se serra avant de comprendre. C'était la maison qu'il avait achetée avec Eleanor. Lucinda interrompit mes pensées en se raclant la gorge. Elle nous invita à la suivre, nous faisant traverser un long couloir.

— Ça ira, Lucinda, la congédia Nathan avec douceur.

Elle nous laissa et, brutalement, mon ventre se tordit dans une douleur fulgurante. Nathan me fixa, devinant aisément que j'étais en train de paniquer. Je sortis les mains de mes poches, les frottant nerveusement l'une contre l'autre.

— Vous devriez entrer, suggéra Nathan en désignant la porte sur ma gauche.

— Il ne va pas être heureux de me voir, n'est-ce pas ?

— Je pense que si… Il ne vit pas très bien la situation. Ce qui risque de le contrarier, c'est que vous avez été plus futée que lui.

— A quel sujet ?

— Eh bien, vous avez son adresse, et je crois savoir qu'il n'a toujours pas la vôtre !

Un sourire s'imposa sur mes lèvres et Nathan m'encouragea de nouveau à entrer. Je soupirai lourdement, me motivant à tenir le coup et à me montrer forte. J'étais décidée à ne pas sortir de cet endroit tant que je n'arriverais pas à mes fins avec Andrew. Je poussai la porte doucement et me faufilai dans le bureau avant de la refermer derrière moi.

Andrew me tournait le dos, les yeux rivés sur un écran d'ordinateur. Ses mains pianotaient doucement sur le clavier et il semblait concentré.

— Laisse-moi deux secondes, Nate, je finis ça ! lâcha-t-il sans prendre la peine de se tourner.

— J'ai tout mon temps, répondis-je d'une voix forte.

Andrew se raidit automatiquement et cessa d'écrire, avant de pivoter lentement sur son fauteuil. Un bureau de bois sombre se dressait devant lui. Il était impeccablement rangé, et seul trônait, près d'un stylo, un mug de café fumant. Son regard pénétrant me fixa avec intensité et ses mâchoires se crispèrent. Je reculai d'un pas, pas certaine de sa réaction.

— Que fais-tu ici ? demanda-t-il en se levant de son fauteuil.

— Je… Je suis venue te parler.

— Charmante intention. La plupart des gens s'annoncent… ou appellent mon assistante pour fixer un rendez-vous.

— J'ai toujours cru que tu ne me considérais pas comme la plupart des gens.

Il osa un petit sourire et contourna le bureau pour s'y appuyer. Les bras croisés sur sa poitrine, il patienta, en silence, avant de m'inviter à poursuivre.

— Maintenant que tu es là, je t'écoute.

— J'ai démissionné, avouai-je brutalement.

— Je suis au courant, répondit-il tranquillement.

J'avançai vers lui, espérant qu'il ne me rejette pas. De nouveau, il me fixa, son masque d'indifférence parfaitement vissé sur son visage. Mon cœur frappait à une cadence hallucinante, mais je ne savais plus si c'était à cause d'Andrew ou juste à cause de la peur qui me rongeait de l'intérieur.

— Je t'ai vu au journal… Le week-end dernier. Tu étais avec Meghan, ajoutai-je alors qu'il ne cillait pas.

— En effet. Meghan a été une délicieuse cavalière… Ça m'a rappelé de vieux souvenirs, précisa-t-il en me lançant un regard sans équivoque.

— Comment était-ce ? demandai-je sans relever l'allusion.

— Plutôt bien. Sans grande originalité, mais la soirée a tenu toutes ses promesses.

— Finalement… je vais le prendre comme un compliment, ironisai-je.

Andrew fronça les sourcils et décroisa les bras. Apparemment, il ne comprenait pas mon raisonnement. Il semblait légèrement stupéfait et s'approcha finalement de moi.

— De toute évidence, risquer la vie de Meghan signifie

qu'elle est certainement moins précieuse que la mienne, expliquai-je.

— Es-tu venue ici pour… te défouler ?

— Je suis venue ici pour toi. Pour te dire que tu te trompes sur nous.

— Nous avons déjà eu cette conversation, soupira-t-il. Tu dois t'éloigner de moi, affirma-t-il.

— Non.

— « Non » ?

— Non. Quoi que tu dises, ça sera non. Je refuse de faire ça.

— Il n'est pas question de choix, ici.

— Si. Je devais être à cette soirée !

Il passa une main sur son visage et je l'entendis souffler d'exaspération. Au moins, j'éveillais quelque chose chez lui.

— C'est quoi au juste ? Une scène de jalousie ? Que veux-tu savoir ? Si j'ai couché avec elle ?

— Je veux savoir pourquoi tu fais ça ! Pourquoi tu m'as repoussée sans me demander mon avis ?

— Tu sais pourquoi, éluda-t-il, et il se réinstalla dans son fauteuil.

— Pour ma sécurité ?

Il me lança un regard, acquiesçant en silence. Je sentis mon cœur se serrer. Comment faisait-il pour sembler si indifférent à mes arguments, quand je savais qu'il souffrait probablement autant que moi.

— Je me fiche de ma sécurité, si je ne suis pas avec toi.

— Et moi je sais que ta sécurité est la chose la plus importante qui soit.

— Plus importante que quoi ? m'écriai-je. Plus importante que nous ?

— Kathleen, tu ne comprends pas…

— Je ne comprends pas quoi ? Que je suis devenue une espèce de fantôme sans toi ? Que je suis… désespérée… Que je prétends aller bien alors que je n'ai jamais autant eu la trouille de toute ma vie ?

Il releva les yeux vers moi et ses mâchoires se serrèrent un peu plus. Je sentis les larmes me piquer, mais je refusai de me laisser aller. Le masque d'Andrew commençait à se relâcher. Imperceptiblement, ses traits s'affaissaient un peu.

— Je ne veux pas qu'il t'arrive quoi que ce soit.

— Que pourrait-il m'arriver de pire que d'être sans toi ? le provoquai-je.

— Je sais ce qui pourrait t'arriver, et c'est une expérience que je ne tiens pas à renouveler avec toi.

— Mais avec Meghan, si ?

— Meghan n'a rien à voir avec toi ! Tu as raison, il fallait le prendre comme un compliment. Comment peux-tu croire un seul instant que j'accepterais de risquer ta vie ?

— Je risque ma vie chaque jour, Andrew… Ce raisonnement est stupide.

— C'est non !

Je songeai furtivement à ses lettres. Elles étaient dans mon sac, dans le coffre de la voiture de Nathan. Je pouvais toujours m'en servir. Elles seraient ma dernière arme.

— Je sais que tu ne le penses pas, affirmai-je avec un regain d'énergie. Je sais que tu es aussi mal que moi…

— Je vais très bien, mentit-il en dirigeant son attention sur un dossier.

— Tu es seul… Et triste… Comme moi. Sauf que… je ne veux pas finir ainsi. Je ne veux pas être rongée par l'amertume ou les regrets parce que je n'aurai pas essayé.

— Tu crois que c'est simple pour moi ? demanda-t-il finalement.

— Non. Je sais que ça ne l'est pas… Mais tu… nous sommes ensemble… Et je ne me suis jamais sentie aussi forte que dans ces moments-là.

— Voilà ce qui nous différencie alors.

Il se releva de son fauteuil et reprit sa position arrogante, assis sur le bord de son bureau. Il me toisa, cherchant sûrement à me faire flancher. Je le fixai en retour, épuisée de constater qu'il me repoussait encore une fois.

— On peut le faire, l'attaquai-je.

— Non.

— Andrew, je ne partirai pas d'ici, répétai-je avec calme.

— C'est hors de question ! répondit-il avec rage. Il y a un type, là, dehors, qui a juré ma perte, argua-t-il en criant… Et ma perte… Ma perte, c'est toi ! Je ne suis pas fort avec toi, je suis le type le plus faible du monde. Dis-moi ce que je ferais s'il t'arrivait quelque chose ?

— Dis-moi ce que je fais sans toi ? hurlai-je à mon tour.

— Tu vis.

— Je survis. Et pas très bien, à vrai dire.

De nouveau, le masque imperturbable se fendilla. Son regard trahissait son envie et son besoin de moi. Il baissa les yeux et se pinça l'arête du nez, perdu en pleine réflexion.

— Je ne sais plus qui je dois croire, murmurai-je en m'approchant de lui. Tu m'as suppliée de ne pas te laisser quand j'ai eu ces coups de téléphone étranges, tu m'as dit que tu ferais tout pour moi… Et maintenant, tu choisis de m'abandonner ?

— Kathleen, s'il t'arrivait la moindre chose, si un fou furieux avait simplement l'audace de vouloir te toucher… je ne sais pas ce que je deviendrais.

— Mais tu donnes raison à ce type ! Tu donnes raison à la personne qui nous harcèle !

J'approchai de nouveau et Andrew releva les yeux vers moi, me fixant avec cette intensité désarmante que je connaissais par cœur.

— Ce n'est pas une bonne idée, murmura-t-il comme pour s'en convaincre.

— Il ne m'arrivera rien, promis-je. Je serai avec toi… Quel meilleur garde du corps pourrais-je espérer ? tentai-je de plaisanter.

Il risqua un sourire, mais je compris qu'il n'était toujours pas convaincu par mon plaidoyer. Je soupirai doucement, à bout de forces, et à court d'idées pour le faire flancher. Il semblait en pleine réflexion, luttant entre ce qu'il devait faire et ce qu'il avait envie de faire.

— Tu me demandes l'impossible, dit-il finalement, alors que je fixais mes pieds. C'est trop dangereux, trop risqué…

— Je prends le risque.

— Kathleen, râla-t-il contre mon entêtement.

— Je prends le risque, répétai-je. Parce que ça peut fonctionner et que ce risque n'est rien du tout comparé à nous.

— Risquer ta vie n'est pas rien.

— Je t'en prie, Andrew, suppliai-je. Laisse-moi juge de ce que je peux faire ou non ! Laisse-moi prendre le risque, parce que dernièrement, sans toi, je me suis sentie plus morte que vivante.

Ses yeux se voilèrent et je décidai de jouer la franchise. Mes arguments, mes promesses, mes suppliques ne l'avaient fait que frémir, je me devais d'essayer, encore et encore.

— J'ai tout fait pour te sortir de ma vie. Tout ! J'ai rendu la robe, les boucles, j'ai déménagé, j'ai démissionné, je me suis… coupée du monde. Mais malgré tout ça, tu es toujours… quelque part. Tu es dans mes pensées le matin au réveil, parce que je regrette de ne pas pouvoir t'amener le café, et tu es dans mes pensées le soir, parce que j'aimerais te refaire faire la cuisine. Tout le temps, Andrew.

Je lui laissai le temps de digérer, et repris mon souffle. Il serra les poings et secoua la tête.

— Je sais que tu es parti pour ma sécurité, pour me protéger. Je comprends pourquoi tu as fait ça ! Et je le comprends d'autant plus que je t'aime et que j'aurais sans aucun doute fait la même chose pour toi.

J'entendis sa respiration s'accélérer et me félicitai presque d'avoir enfin obtenu un signe de faiblesse de sa part.

— Je t'aime… Et je trouve que c'est suffisant pour me faire prendre tous les risques du monde. Comment peux-tu dire que tu n'aimes pas le mensonge et vouloir me faire croire que je n'ai rien été pour toi ? soufflai-je.

— Je t'interdis de penser ça. Je voulais que tu t'éloignes, que tu prennes tes précautions, contra-t-il, les mâchoires serrées.

— Et tu as cru que cela fonctionnerait ? m'étonnai-je, incrédule. Tu as cru que je me laisserais faire ?

— Bon sang, tu es tellement… têtue !

— Je ne suis pas têtue, Andrew. C'est toi qui persistes à vouloir avoir raison. Quand je pense que tu t'es pavané avec Meghan ! râlai-je.

Il me fixa, une pointe d'incrédulité dans le regard. Les muscles tendus, je soutins son regard, avant de me décider à lui démontrer que je n'étais pas idiote au point de me faire manipuler.

— Meghan a été parfaite, sourit-il avec arrogance.

— Est-ce que tu cherchais à me rendre jalouse ?

— Je n'ai donc pas le droit de sortir avec Meghan ? Elle est plutôt jolie, et intelligente…

— Et sans emploi je présume ? raillai-je tandis que la surprise se peignait sur son visage. Parce que je me souviens parfaitement de ce que tu m'as dit, Andrew : tu ne couches jamais avec tes employées.

— En effet.

Son visage s'affaissa doucement mais, très vite, le masque réapparut. Il se racla la gorge, avant qu'un sourire amusé ne se dessine sur ses lèvres.

— Kathleen, tu es… stupéfiante.

— J'ai été à bonne école, ripostai-je.

Ses yeux se voilèrent, et je reculai d'un pas, incertaine de pouvoir gérer sa colère. Il avança vers moi et je continuai de reculer, me retrouvant acculée contre une table derrière moi.

— Et tu es incroyablement culottée… D'abord tu me résistes pendant des semaines, et tu finis par débarquer ici.

— Tu ne m'as pas laissé le choix.

— Je ne laisse jamais le choix, Kathleen. Mais je crois que tu es une des rares personnes à avoir cette capacité à me sidérer chaque fois.

Séparés de quelques pas, nous nous toisâmes pendant de longues secondes. Mon cerveau semblait s'être déconnecté et seuls mes yeux agissaient, dévorant son visage parfait.

— Jusqu'où es-tu capable d'aller au juste ? demanda-t-il.

— C'est toi qui me pousses à prendre des mesures extrêmes.

— Je n'ai pas pour habitude qu'on me dicte ma conduite, Kathleen. Et c'est ce qui est troublant.

— Vraiment ?

— Vraiment. Je mène le jeu, je prends les décisions. La seule chose que j'attends des autres, c'est qu'ils opinent du chef.

Je déglutis lourdement, comprenant que j'avais certainement été trop loin. Malgré tout, je le fixai et tentai de contenir ma peine.

— Tes abus de pouvoir ne fonctionnent pas avec moi.

— Et cela me désespère, souffla-t-il en réduisant l'espace entre nous.

— Je serai prudente, murmurai-je.

— Ça ne suffira pas. Tu n'es pas assez raisonnable pour respecter les règles. Surtout les miennes.

Sa main se posa sur ma joue et je sentis mon corps se raidir violemment. Il repoussa mes cheveux sur mon épaule et promena son pouce sur ma bouche. Je résistai à l'envie de le capturer entre mes lèvres, l'appel de la luxure étant pourtant définitivement plus tentant que n'importe quelle conversation.

— Andrew, murmurai-je, essoufflée.

Ses yeux plongèrent dans les miens. Ses iris verts brillaient de cette lueur de désir.

— Suivras-tu mes instructions ? m'interrogea-t-il avec sérieux.

— Pas si elles sont déraisonnables et qu'elles vont à notre encontre.

— Pourquoi étais-je certain d'avoir cette réponse ? sourit-il.

— Parce que je te connais ! Et parce que tes règles sont idiotes, répondis-je.

Il réprima un rire, appréciant sûrement ma réponse avec bonne humeur. Il approcha encore, soudant son front contre le mien. Ce nouveau contact me tira un gémissement, et le corps d'Andrew épousa le mien. Je me cramponnai à la table derrière moi, pas certaine d'être en droit de le toucher.

— Tu as raison, avoua-t-il, les yeux clos. Tu n'es pas la « plupart des gens ».

Je souris, ravie d'entendre cet aveu de faiblesse de sa part. Je m'étais mise à nu devant lui, je lui avais dit que je l'aimais — avec désespoir, certes —, et une partie de moi voulait qu'il en fasse autant, qu'il se livre un peu.

— Tu restes définitivement ma seule exception, murmura-t-il avec un sourire heureux.

— Et tu restes la mienne, répondis-je en retour en posant mes mains sur ses hanches.

Il remua un peu, les yeux toujours clos et, quelques secondes plus tard, ses lèvres étaient sur les miennes. Encore tendue par notre affrontement, j'hésitai à me laisser aller. Andrew avait cette capacité incroyable à souffler le chaud et le froid en une demi-seconde.

Je reculai légèrement, remontant mes paumes sur son torse. Sa poitrine se soulevait à un rythme effréné. Il se pressa un peu plus contre moi, ses mains enserrant ma taille avec fermeté.

— Tu dois me promettre que tu vas suivre mes instructions.

— D'accord, murmurai-je. Mais tu vas devoir apprendre à m'entendre dire « non ».

Il me souleva et je me retrouvai assise sur la table derrière moi. J'étouffai un cri de surprise et sentis le corps d'Andrew s'installer entre mes jambes.

— Soit, il va donc falloir que je trouve un moyen de te faire taire, répondit-il en plongeant son regard dans le mien.

Ses mains glissèrent sur mes cuisses, puis remontèrent lentement par l'intérieur. Le souffle court, je tentai de garder le contact avec son regard brûlant.

— Je parviendrai à faire en sorte que tu te plies à mes ordres.

— Ici ? murmurai-je en espérant qu'il accepte.

— Ici. Et maintenant.

Il retrouva mes lèvres et, cette fois, je cédai à son baiser. Mon corps était en manque de lui depuis des jours, et le retrouver maintenant, après toute cette tension, était ma délivrance. J'enroulai mes bras autour de sa nuque, le gardant au plus près de moi. Son baiser fut dévastateur. Sa langue dansait langoureusement contre la mienne, me faisant gémir et m'embraser. Ses mains remontèrent sur mes hanches et glissèrent sous mon haut.

— Tellement chaude, murmura-t-il en enfouissant sa tête dans mon cou.

Il mordilla ma peau et je basculai la tête pour lui laisser libre accès. Les muscles de son torse se tendirent sous mes paumes et j'entrepris de déboutonner sa chemise. Mais Andrew fut plus rapide que moi et repoussa mes mains pour l'ôter lui-même.

J'admirai son torse quelques instants, sentant mon sang bouillir dans mes veines. Mon cœur palpitait à une cadence folle dans ma poitrine. J'attendis, en vain, qu'il retire aussi son pantalon mais, à la place, il agrippa le bord de mon haut et me le fit passer par-dessus la tête. Son regard navigua sur moi et il reprit sa position entre mes jambes, capturant ma bouche pour un baiser violent.

Ses mains remontèrent jusqu'à ma poitrine, caressant mes seins gonflés de désir.

— Andrew, murmurai-je, haletante.

— Encore, m'intima-t-il en passant ses deux pouces simultanément sur les pointes érigées de mes seins.

— Andrew ! criai-je.

— Chut…, souffla-t-il en posant son index sur mes lèvres. Tu ne voudrais tout de même pas que Lucinda s'inquiète.

Le corps en feu, je lui lançai un regard noir. Ce n'était pas le moment de me demander d'être calme. Je pris son index dans ma bouche et le suçai durement sans le lâcher des yeux. Andrew fronça les sourcils et grimaça, masquant son plaisir évident.

— Tellement têtue, chuchota-t-il en retirant son doigt.

Il fit traîner son index le long de ma bouche, puis dans mon cou, avant de gagner le sillon de peau entre mes seins. Je plaçai mes mains derrière moi pour gagner en appui. Légèrement cambrée et la poitrine bombée, Andrew finit son voyage sur mon nombril, avant de passer sur mon jean et de caresser mon entrejambe.

Sa bouche suivit le même chemin, mordillant mes lèvres, avant de cavaler sur mon cou, mes seins, mon ventre, et de finir par poser un baiser furtif sur mon intimité. Quand il releva les yeux vers moi, alors que son visage était à quelques centimètres de mon sexe, je compris qu'il ressentait la même chose que moi. Le manque, l'envie, la colère, la crainte… Tout se mêlait.

Il se redressa et, d'un geste rapide, repoussa les bretelles de mon soutien-gorge et fit glisser le sous-vêtement autour de ma taille.

— Tu m'as manqué, chuchota-t-il à mon oreille.

— Toi aussi, haletai-je en sentant ses mains attaquer le bouton de mon jean.

— Je ferai tout pour te protéger, promit-il.

— Je veux juste rester près de toi. Tu dois me faire confiance.

Il m'embrassa de nouveau, son torse appuyé contre ma

poitrine dénudée. Il tira mon jean et parvint à m'en débarrasser. Je posai mes mains sur sa ceinture et Andrew reprit possession de mon corps, embrassant le haut de ma poitrine, avant de titiller un de mes mamelons.

Je gémis, mais restai concentrée sur sa boucle. Elle céda finalement et je défis assez vite le bouton et le Zip.

— A croire que tu as fait ça toute ta vie, constata Andrew en se débarrassant du reste de ses vêtements.

— Tu n'es pas le premier homme que je déshabille, ironisai-je.

— J'aurais aimé l'être… Ça m'aurait facilité la tâche pour te dompter.

Il reprit sa position, nu contre moi. Instinctivement, ma main se posa sur son sexe érigé et je le caressai. Il grogna contre ma peau, tirant mon bassin un peu plus contre le sien. J'entourai ses hanches de mes jambes, gémissant de plaisir. Je le voulais.

— Maintenant, soufflai-je en amplifiant mes caresses autour de son membre.

Andrew me lança un regard sombre, et fondit sur mes lèvres. Ses doigts passèrent sous ma culotte et il caressa mes plis avec rudesse. Je criai sous l'assaut, mon excitation prenant le pas sur tout le reste de mon corps.

— Redis-le, m'ordonna-t-il.

— Andrew, soufflai-je d'une voix affaiblie par les prémices de l'orgasme.

Il enfonça un doigt en moi, et sa respiration lourde et hachée me parvint. Je le libérai, jetant mes mains en arrière pour me maintenir. Je rouvris difficilement les paupières, cherchant son regard. Je voulais le voir, je voulais que le masque tombe définitivement. Mais ses yeux étaient dirigés vers le bas, admirant sûrement le travail de sape qu'il menait sur mon corps. Je me redressai et me serrai contre lui, plantant mes ongles dans son dos musclé.

Contre toute attente, Andrew détacha mes mains et se recula. Son regard brillait toujours de cette lueur d'excitation.

— Tourne-toi, ordonna-t-il.

Je le considérai sans comprendre, avant de descendre du bureau et de lui tourner le dos. Andrew se pressa contre mon dos et son sexe dur et gonflé se frotta contre mes fesses.

— C'est tellement bon quand tu m'obéis.

— Je peux respecter certains de tes ordres, soufflai-je alors qu'il me plaquait contre la table.

J'étouffai un cri de surprise, mon corps brûlant n'appréciant que très moyennement le contact glacé de la table. La main d'Andrew parcourut mon dos, longeant lentement ma colonne vertébrale. Il se débarrassa définitivement de mon soutien-gorge et une de ses mains caressa mes fesses.

— Nous aurons cette discussion plus tard… Là, j'ai d'autres idées en tête.

— Comme ? souris-je en sentant son sexe me frôler dangereusement.

— T'offrir tout un tas de lingerie ! Le noir sera parfait sur ta peau.

De nouveau, sa main effleura mon dos, me faisant frissonner. Je frottai mes jambes l'une contre l'autre. L'orgasme qu'il m'avait fait entrevoir était en train de s'éloigner, et mon corps ne supportait plus la privation. Cette fois, il passa sur mes fesses et finit sur mon intimité. J'écartai les jambes, lui laissant un accès privilégié.

Je me redressai, luttant contre son poids. Andrew grogna un peu mais, très vite, il me serra contre lui, une main sur mon sexe, pendant que l'autre malaxait un de mes seins. Il taquina mon clitoris gonflé, me faisant gémir lourdement.

— Comme ça ? demanda-t-il dans mon cou.

— Continue, soufflai-je.

Ma main rejoignit la sienne et j'imposai le rythme. Il fallait que j'évacue cette tension dans tout mon corps, que je lui appartienne pour de bon.

— Un jour, je t'attacherai, promit-il en dégageant sa main. Tu es bien trop transgressive.

Je gémis de frustration. J'étais sur le point de jouir sur sa main, de soulager toute cette nervosité, et il se moquait de moi.

— Transgressive et têtue. Couche-toi.

De nouveau, je me penchai sur la table. Et enfin, je sentis Andrew en moi, écartant légèrement mes jambes avec son pied.

— Mais c'est ainsi que je t'aime, murmura-t-il en s'enfonçant lentement.

Mon cœur frappa dans ma poitrine et ma respiration se coupa. Il m'aimait. Rien qu'avec cette simple déclaration, j'aurais pu jouir dans la seconde. Mais Andrew s'immobilisa, avant de bouger lentement. Il posa ses mains près de moi, se calant lui aussi contre la table. Je criai son prénom et il me rappela que je devais rester silencieuse.

Je bougeai les fesses, espérant qu'il comprenne que je n'en pouvais plus. L'orgasme qu'il m'avait refusé par deux fois était en train de me consumer et je savais qu'il serait dévastateur. Alors il reprit, bougeant en moi lentement, allant et venant, comme une douce torture.

— Andrew, murmurai-je, la voix rauque de désir. Je… Je… Je ne vais pas… tenir, articulai-je péniblement.

Il redoubla d'efforts et mon cœur manqua un battement.

La respiration coupée, je criai lourdement. L'orgasme déferla en moi et me fit oublier en un instant toute la fatigue accumulée. Andrew grogna sous la sensation et buta au fond de mon ventre en murmurant mon prénom.

A son tour, je le sentis jouir. Mes jambes tremblèrent, et je remerciai le ciel que la table me maintienne debout. Andrew s'effondra sur moi, soutenant tout de même le poids de son corps à la force de ses avant-bras. Il embrassa le creux entre mes épaules, me faisant de nouveau frémir, se retira de moi avec douceur avant de me faire me retourner.

Ses lèvres exigeantes reprirent possession des miennes et le désir resurgit, violent et diffus.

— Dis-moi que tu restes, demanda-t-il en me prenant dans ses bras.

— Seulement quelques jours.

— Ça me laisse du temps pour te dompter.

Je relevai les yeux vers lui, pas ravie de le voir si sûr de lui. Il rit doucement et embrassa mon front.

— Viens, je te fais visiter.

Nous nous rhabillâmes rapidement et Andrew prit ma main pour sortir de son bureau. Je restai pieds nus, comme Andrew, et pris mes chaussures à la main. Nous croisâmes Lucinda dans le couloir et je baissai les yeux, presque gênée. La chemise d'Andrew était à peine boutonnée et mon haut était froissé, ne laissant ainsi que peu de doutes sur nos dernières activités.

— Le sac de mademoiselle est dans le hall, monsieur, dit-elle avec une pointe d'agressivité dans la voix.

— Tu as pris un sac ? m'interrogea Andrew.

— Je t'ai dit que je n'allais pas partir d'ici.

Ses lèvres s'étirèrent dans un sourire stupéfait, puis il embrassa mes cheveux en inspirant fortement.

— Tu deviens présomptueuse, murmura-t-il.

— Je ne crois pas. Si je l'étais vraiment, j'aurais suivi le conseil de Gregory et je me serais contentée d'apparaître nue devant toi.

Je risquai un sourire arrogant et me perdis dans son regard sombre.

— Lucinda, dit-il sans quitter mes yeux, prenez le sac de Mlle Dillon et installez ses affaires dans ma chambre.

— Votre chambre, monsieur ? s'étonna-t-elle.

— La mienne, oui.

L'instant suivant, Andrew serra un peu plus fort ma main dans la sienne et nous montâmes les escaliers vers le premier étage de la maison.

— La bibliothèque, dit-il en ouvrant la première porte à gauche.

— Tu as une bibliothèque ? m'exclamai-je.

— Eleanor y tenait. Je n'y vais que très rarement… Mais si tu veux te servir, fais comme chez toi, proposa-t-il en allumant la lumière.

Je jetai un œil à la pièce. Un grand canapé Chesterfield en velours avait été installé et une lampe trônait derrière. Les rayonnages étaient parfaitement rangés. Un épais tapis blanc chatouilla mes pieds lorsque j'entrai. Les fenêtres étaient obstruées par de lourds rideaux, isolant la pièce de la lumière du jour.

— Je peux ? l'interrogeai-je en désignant les rideaux.

— Je t'en prie.

Je repoussai le lourd tissu, laissant le faible soleil pénétrer la pièce. Je dégageai ainsi les deux fenêtres, donnant sur la cour où Nathan s'était garé, et mon regard navigua sur les livres.

— Je ne viens pas souvent ici, s'excusa Andrew. C'était plutôt son lieu à elle.

— Oh… On poursuit la visite ? demandai-je, finalement désireuse de sortir de cet endroit.

Je quittai la bibliothèque, découvrant Andrew sur le seuil d'une autre pièce.

— La chambre d'amis.

Il ouvrit une porte et j'eus le temps de distinguer une pièce, immense, dans des tons bleus. Il la referma et se dirigea vers la prochaine étape de notre exploration.

— Le salon.

— A l'étage ? m'étonnai-je.

— Le rez-de-chaussée est plutôt réservé à mon travail. Il y a aussi un salon, mais pour les réceptions professionnelles.

— D'accord, soufflai-je, épatée par la taille de cette maison.

La pièce était tout à fait à l'image d'Andrew : un mélange de cuir usé et de bois. Mon regard fixa un fauteuil club, posté près de la fenêtre. Il semblait vraiment dater et je passai mes mains sur la matière striée par endroits.

— Ton fauteuil ? demandai-je à Andrew.

— En effet, sourit-il alors que je m'y asseyais, laissant mes mains traîner sur les accoudoirs.

Je caressai le cuir, pendant qu'Andrew me fixait, avec de nouveau cette étrange lueur dans le regard. M'asseoir dans son fauteuil était sûrement une nouvelle transgression dans son monde. Il passa derrière moi et posa ses mains sur mes épaules. Je me tendis un peu, mais, très vite, ses doigts décrivirent de petits cercles sur ma peau et je me relaxai.

— A quoi penses-tu ? l'interrogeai-je pour rompre le silence.

— A la sous-utilisation de ce fauteuil.

J'étouffai un rire, tandis que les mains d'Andrew glissaient lentement mais sûrement vers le haut de ma poitrine.

— J'aime ton rire, dit-il d'une voix chaude.

— Et j'aime tes sous-entendus ! m'esclaffai-je.

Soudain, je sentis le souffle d'Andrew dans mon cou et il sembla que la pièce rapetissait sur moi.

— Un sous-entendu ? murmura-t-il contre mon cou.

Je tentai de me redresser pour lui faire face, mais il me plaqua contre le fauteuil et embrassa ma peau. Je posai mes mains sur les accoudoirs, enfonçant mes doigts dans le cuir.

— J'envisage de t'attacher sur ce fauteuil. Je ne sais pas encore comment mais, crois-moi, je trouverai.

— Toujours plein de ressources, monsieur Blake, dis-je en sentant ses lèvres effleurer la courbe de mon épaule.

— Toujours avec toi.

Andrew embrassa de nouveau ma peau, rallumant aussitôt le désir et l'envie que je tentais de dissimuler. Je basculai la tête en arrière et mon amant dégagea les cheveux de mon cou pour le picorer. Son parfum m'enivra et je perdis totalement le contrôle en sentant ses mains passer sous mon haut et caresser mes seins.

Je geignis lourdement, le corps en feu. Mais Andrew se redressa et me libéra.

— Plus tard, promit-il. Je n'ai rien pour t'attacher ici.

Je grognai de frustration, réajustant mes vêtements, tandis que je pestais contre l'incroyable capacité de résistance d'Andrew.

— On continue ? proposa-t-il en me tendant la main.

Je me redressai avant d'arpenter la pièce en silence. Deux canapés se faisaient face — toujours des Chesterfield et toujours dans ce vieux cuir tanné et usé — et entouraient une petite table basse. La décoration était assez minimaliste mais, très vite, je tombai sur une photo d'Eleanor. Une photo de leur mariage.

Je passai dessus rapidement, me dirigeant vers l'espace où se trouvaient la télévision et un équipement dernier cri multimédia. Juste après, il y avait le piano, noir, magnifique. Je m'installai devant les touches, effleurant l'instrument. Andrew me fixait, silencieux. Je relevai les yeux vers lui et lui souris.

De nouveau, il vint vers moi et me tendit sa main pour m'encourager à ne pas m'attarder. Nous sortîmes du salon et il me désigna la cuisine, petite et fonctionnelle. Nous traversâmes un nouveau couloir et arrivâmes devant une nouvelle porte.

— Fin de la visite, annonça Andrew, ma chambre.

— Et cette porte ? demandai-je en désignant une pièce plus lointaine.

— Mon ancienne chambre. Je n'y mets plus les pieds depuis Eleanor.

J'imaginais que la pièce n'avait certainement pas changé depuis la mort de sa femme.

La chambre actuelle d'Andrew était dans les tons blancs et écrus. Il referma la porte derrière nous et, de nouveau, me laissa déambuler pour que je découvre l'endroit.

Son smoking était suspendu derrière la porte, fraîchement revenu du nettoyage, si j'en croyais l'odeur. Je passai la main dessus, repensant à ce que j'avais vu de la soirée de gala.

— Meghan était là pour faire distraction, lâcha Andrew dans un souffle. Je voulais te protéger.

— Je sais. Mais ce que tu as dit…

— Kathleen, ce que j'ai dit, c'était pour ta sécurité. Rien d'autre. Je voulais te préserver. Tu n'as aucun doute à avoir sur Meghan et moi. Elle voulait montrer qu'elle allait bien.

— Elle ne m'aime pas, dis-je un peu triste.

— Elle est juste sur la défensive, elle s'inquiète. Laisse-lui un peu de temps.

J'acquiesçai et approchai de la fenêtre, admirant la vue sur l'océan. Je reconnus la photo que l'inconnu m'avait fait parvenir et cela me fit sourire.

— Qu'y a-t-il de si drôle ? demanda Andrew.

— Rien… C'est juste étrange d'être ici, mentis-je.

— Je suis heureux que tu sois venue. La salle de bains est juste là, si tu as besoin, dit-il en faisant coulisser une porte, quasiment invisible à l'œil nu.

— Pas de piscine ? l'interrogeai-je en riant.

— Au sous-sol. Tu veux aller te baigner ?

— Non… Non, je me demandais juste si tout était conforme.

Je posai mes chaussures au sol et me dirigeai vers le lit. Sur la table de chevet, trois livres étaient empilés les uns sur les autres, dans un équilibre précaire. Je m'assis, le matelas s'enfonçant doucement sous mon poids. En silence, Andrew s'installa à mes côtés et porta ma main à sa bouche pour l'embrasser.

— Combien de temps restes-tu ? m'interrogea-t-il.

— Deux ou trois jours… Ensuite, je dois aider Lynne pour son mariage.

Andrew se figea et fronça les sourcils.

— A ce sujet, je ne vais pas pouvoir t'accompagner… Je dois être à Washington pour négocier un contrat.

— Tant pis… Je trouverai bien un autre cavalier !

— A ma hauteur ?

— Les prérequis sont simples : savoir danser, m'offrir son bras, me retenir si je glisse sur mes talons… Le pauvre homme devra aussi m'aider à remonter le Zip de ma robe !

— Je vais décommander Washington. Je me débrouillerai pour être là.

— Tu es tellement prévisible, ris-je en m'étalant sur le lit.

Très vite, le corps d'Andrew recouvrit le mien et sa bouche trouva la mienne. Il m'offrit un de ses baisers dévastateurs, me laissant pantelante.

— Ce n'est pas remonter le Zip qui m'intéresse…

— Oh…, murmurai-je en sentant les mains d'Andrew sur le bouton de mon jean.

— Je te veux. Maintenant.

— Maintenant, acquiesçai-je sur ses lèvres.

A mon réveil, le soleil n'était plus aussi haut et la pièce s'était assombrie. J'étais seule dans le lit d'Andrew, le corps encore endolori par nos retrouvailles. Je me redressai, enroulant le drap autour de ma poitrine. La maison était silencieuse et avoir tant d'espace avec si peu de vie était presque angoissant.

Brutalement, les lettres me revinrent à la mémoire. Si Lucinda avait vidé mon sac, elle les avait sûrement rangées dans un des placards. Je me précipitai vers le dressing, essentiellement rempli des costumes d'Andrew. Je retrouvai mes jeans et mes deux pulls remisés dans un coin. Mon sac était suspendu et, par miracle, les lettres étaient toujours à leur place, dans la poche avant. Mon affolement se calma peu à peu. Je n'avais pas encore trouvé le moyen de dire à Andrew que j'étais Marie. Et, après les récents événements, je craignais qu'il doute de mon honnêteté s'il l'apprenait.

Mes affaires d'aujourd'hui avaient disparu et je pris donc un jean, des sous-vêtements et un des T-shirts d'Andrew avant de faire couler l'eau. Son contact me fit un bien fou, mais révéla un peu plus les marques qu'avait laissées mon amant. Mon cou était rougi et le haut de ma poitrine portait quelques traces de succion.

Après ma douche, je déposai quelques gouttes du parfum d'Andrew dans mon cou et je quittai la chambre. Après m'être assurée qu'il n'était pas dans le salon, je descendis à son bureau. Je toquai doucement à la porte, avant de passer la tête par l'entrebâillement.

Chapitre 12

Andrew, le téléphone vissé à l'oreille, me fit signe d'entrer et reprit sa conversation. Je parcourus la pièce, admirant les reproductions suspendues au mur.

— Non… Non… Décalez mes rendez-vous de lundi. Tous. Pour samedi, vous me prenez un vol pour DC. Je veux une voiture de location à mon arrivée, je passerai le week-end à New York.

Andrew se tourna vers moi et m'adressa un sourire satisfait.

— Nathan sera avec moi. Il vous donnera les consignes de sécurité. Avez-vous des nouvelles au sujet de mon ancienne ligne ? Bien, parfait.

Il raccrocha et me rejoignit, alors que j'étais en pleine contemplation d'un Matisse.

— Je serai au mariage avec toi.

— Donc je décommande Nathan ? plaisantai-je.

— Tu as demandé à Nathan de t'accompagner ? s'étonna-t-il.

— Je voulais… optimiser ses chances avec Lynne. Et j'ai pensé joindre l'utile à l'agréable.

— Nathan et les femmes hors de portée…

— Techniquement, j'étais célibataire, corrigeai-je.

— Je veux bien l'admettre. Mais tu étais tout de même hors de sa portée. Je viendrai au mariage avec toi, assura-t-il.

— Andrew, râlai-je, je peux y aller seule…

— Kathleen, tu as promis de suivre mes instructions. Je viendrai… Que cela te plaise ou non.

Il effleura ma bouche de son index avant de descendre sur mon menton et de finir sur l'espace entre mes clavicules. Je frémis légèrement, sentant le brasier reprendre dans mon ventre.

— Et ne tente pas de me faire croire que cela ne te plairait pas, ajouta-t-il, narquois.

— Ton ego est tellement… imposant ! Parfait, viens au mariage ! abdiquai-je.

Je ris doucement, avant de m'installer dans ses bras, la tête calée contre sa poitrine. Il passa sa main dans mes cheveux et embrassa mon front.

— Est-ce qu'on peut discuter ? demanda-t-il.

— Bien sûr. De quoi veux-tu parler ?

— Est-ce que quelqu'un sait que tu es ici ? Lynne peut-être ?

— Non. Il n'y a que Nathan qui soit au courant. Ça a été une décision… impulsive.

— Pour l'instant, je veux que tu gardes le silence là-dessus. La meilleure façon de préserver ta sécurité est de cacher notre relation.

Mon sourire s'effaça. L'idée de rester cachée ici ne me réjouissait pas. Et l'idée de jouer les femmes éplorées et dévastées à New York me plaisait encore moins. Je baissai les yeux, cherchant à comprendre son raisonnement.

— Mais tu vas tout de même m'accompagner au mariage de Lynne et Philip ?

— Comme tu le disais ce matin, je suis sûrement le meilleur garde du corps que tu puisses trouver. Il ne t'arrivera rien avec moi, assura-t-il.

— Ça ne résout pas le problème des rumeurs et des journalistes.

— C'est vrai. Alors, je crois que la meilleure façon de les faire taire, c'est de leur donner ce qu'ils veulent.

— Je te demande pardon ? m'exclamai-je, incertaine.

— J'autoriserai une photo officielle. Juste toi et moi. Pas de commentaires sur nous.

— Andrew, ça revient à leur donner ta bénédiction !

— Peut-être. Mais j'ai repensé à ce que tu m'as dit ce matin : je ne veux pas donner raison au type qui nous menace. Et faire face est encore le meilleur moyen de lutter.

Soudain, un détail me revint. Son alliance. Je me reculai et pris la main d'Andrew dans la mienne.

— Je ne l'ai pas gardée, avoua-t-il.

— Et où est-elle ?

— Quelque part dans l'océan, je présume.

Je passai mon index sur la petite marque sur son doigt. Sa peau était lisse et douce, travaillée par le frottement du métal. Il ferma les yeux, visiblement remué, et j'interrompis mon geste.

— Quel est le programme ? l'interrogeai-je pour changer de sujet.

— Veux-tu dîner ?

Mon ventre répondit pour moi, grognant légèrement.

— Allons-y. Ensuite, j'ai envisagé plusieurs options, sourit-il d'un air entendu.

— Vraiment ? Tu sais que je ne suis plus employée au Peninsula, répliquai-je alors que ses doigts dessinaient des cercles dans le creux de ma main. Techniquement, je n'ai plus à exécuter tes ordres !

— J'aime les défis, Kathleen. Tes « non » ne sont jamais

que de la transgression… Ta bouche dit « non », ton corps dit « oui ».

Ma respiration devint difficile et Andrew relâcha ma main pour agripper ma nuque. J'étouffai un gémissement, sentant son pouce passer sur ma gorge. Ses yeux plongèrent dans les miens, noirs de désir et d'envie. Toujours pantelante, je fermai mes paupières, espérant qu'il mette fin à sa délicieuse torture.

— J'avais oublié à quel point ton corps était réceptif, dit-il.

Il relâcha sa prise sur moi et me poussa contre le mur, m'embrassant à en perdre haleine. Je sentis son envie frotter contre mon intimité, mais je décidai de le repousser doucement.

Je pouvais mener le jeu si je le voulais.

— Toujours aussi présomptueux, lançai-je, fière de ma retenue.

— Quel stratagème vais-je devoir trouver pour te soumettre ? Mes moyens de pression sont désormais limités… Ton uniforme en polyester avait au moins cet avantage.

— Est-ce qu'il vous manque, monsieur Blake ? demandai-je d'une voix chaude.

— Je vais regretter notre relation professionnelle : tu étais à mon service, prête à tout. Désormais… il faut que je trouve un autre moyen de profiter de toi.

— Pourquoi ne pas simplement demander ?

— Trop simple… Et tu ne craqueras pas contre un cadeau hors de prix, de toute évidence. Je pourrais te faire attendre, mais tu m'as prouvé aujourd'hui que tu étais du genre têtu.

— Déterminé, corrigeai-je.

— Têtu !

Nous nous toisâmes, une étrange lueur amusée brillant dans ses yeux. Il se rapprocha de moi et m'embrassa furtivement sur les lèvres. J'étais étonnée qu'Andrew n'aille pas plus loin.

Il ne m'avait pas habituée à être raisonnable. Je lui lançai un regard et il leva les mains devant lui en signe de défense.

— Qu'est-ce que tu me caches ? demandai-je, soupçonneuse.

— Rien. Je ne veux que ton bien, sourit-il avec cet air agaçant et pénible que je ne connaissais que trop. Allons dîner !

— Je ne te cache pas que je n'attendais pas vraiment de la visite, déclara-t-il alors que j'ouvrais le réfrigérateur.

— Depuis quand n'as-tu pas fait de courses ?

— C'est Lucinda qui s'en occupe. Elle cuisine pour moi en semaine, et généralement les week-ends, je me débrouille, répondit-il en haussant les épaules.

Andrew ouvrit une bouteille de vin pour nous servir deux verres. Puis, il prit son téléphone et commanda à dîner. Italien, évidemment.

— C'est ce que tu appelles « te débrouiller » ? raillai-je.

— J'attends que tu tiennes tes engagements ! riposta-t-il aussitôt.

Je secouai la tête sans comprendre.

— Me faire à dîner le soir… J'avoue que cet argument, à lui seul, a eu raison de toutes mes résistances.

— Les valeurs éculées, souris-je.

— Exactement. Et connaissant déjà tout le talent qu'ont ces divines mains, je n'ai aucun doute sur ta cuisine.

— Donc, si je résume… je cuisine pendant que tu travailles ?

Il opina, ravi du développement de notre conversation. Je réfléchis rapidement, cherchant un moyen de contourner son raisonnement.

— Et si je veux travailler ?

— C'est comme tu veux. Je peux t'embaucher pour un

de mes titres. Mais tu seras alors en contradiction avec ton retentissant couplet sur « je ne couche pas avec mon patron ».

— J'ai donc le choix : soit je trouve un travail, soit je cuisine pour toi ?

— Tu trouves un travail — et je serais ravi de t'en fournir un — et, dans ce cas, j'embauche une nouvelle cuisinière.

— Aurai-je mon mot à dire sur la cuisinière ?

— Non. Puisque tu travailles. Je ferai en sorte qu'elle soit douée, elle aussi, de ses mains, me provoqua-t-il en portant son verre de vin à ses lèvres.

De nouveau, son fantastique sourire arrogant apparut. Il était en train de me piéger, titillant ma jalousie, et il jubilait de me voir coincée. Il passa derrière moi et enroula ses bras autour de ma taille, nichant sa tête dans mon cou.

— Je gagne toujours, Kathleen, murmura-t-il.

— Je… Je n'ai pas encore… choisi, haletai-je en sentant ses mains passer sous le T-shirt et caresser mon ventre.

— Quand comprendras-tu que c'est moi qui décide ?

— Les cuisines t'inspirent, visiblement, murmurai-je au souvenir de notre dernière soirée chez moi.

— *Tu* m'inspires, corrigea-t-il en empaumant mes seins.

Il frotta son érection contre mes fesses et je me laissai aller dans ses bras, alanguie et emplie de désir. Andrew m'anesthésiait, et ses mains pourtant semblaient réveiller mon corps endormi, œuvrant à embraser ma peau et à me soumettre à sa merci.

Il me caressa longuement, embrassant tour à tour mon cou, le haut de mes épaules et la ligne de mes mâchoires. Puis, brutalement, il se recula, me laissant dans un état d'excitation innommable. Le corps en feu, il me lança un regard fier, tandis que je me liquéfiais.

— Notre dîner est arrivé, annonça-t-il.

Je n'avais même pas entendu la sonnette ! Définitivement, cet homme serait ma perte. Il prit son portefeuille et en sortit quelques billets.

— Songe seulement à tout ce que nous pourrions faire si tu cuisinais pour moi, murmura-t-il.

— Je… Que…

— Pas d'interruption intempestive, pas de cuisinière intrusive… Juste toi et moi.

Il passa une main sur mes fesses et disparut pour récupérer notre livraison. Sa courte absence me permit de reprendre mes esprits. Je bus mon verre d'un trait, chassant mes idées peu chastes et me morigénai. A son retour, Andrew posa les deux sacs de nourriture sur l'îlot.

— Où veux-tu dîner ? demanda finalement Andrew.

— Le salon ?

— Le salon alors.

Assis dans un des canapés Chesterfield, nous dînâmes en discutant essentiellement de l'organisation de la semaine à venir. Si j'étais d'accord pour taire notre relation, nous devions tout de même nous mettre d'accord sur un fonctionnement. Soudain, Andrew posa la question que je redoutais :

— Et après le mariage ?

— Eh bien, je présume qu'ils auront beaucoup d'enfants, plaisantai-je.

— Kathleen… Tu sais ce que je veux dire. Que feras-tu après le mariage ?

— Tout dépend.

Je lui fis un petit clin d'œil amusé et il soupira, avant de reposer sa *panna cotta* sur la table basse.

— Viens là, m'intima-t-il en ouvrant ses bras.

A mon tour, je posai mon dessert et m'installai contre son torse, ses mains se mêlant aux miennes. Il cala sa tête sur mon épaule et je sentis mon cœur frapper lourdement dans ma poitrine. Si Andrew m'avait vraiment mise dans tous mes états aujourd'hui, je compris que cette conversation n'avait rien à voir avec le sexe.

— Tout dépend de quoi ? demanda-t-il.

— De toi.

— De moi ? Kathleen, tout a toujours dépendu de toi. Aucune raison que ça change.

Je me tournai vers lui, lui lançant un regard dubitatif. Andrew fronça les sourcils, puis soupira.

— Que veux-tu de moi ? s'enquit-il, incertain, alors que je me réinstallais contre lui.

— Je ne sais pas… Peut-être que j'aime New York.

— Plus que moi ? s'étonna-t-il.

— Peut-être, répétai-je.

Je me mordis la langue, cherchant à retenir le sourire qui se dessinait sur mes lèvres. Andrew jouait avec mes doigts, cherchant visiblement un stratagème pour me faire flancher. Mais cette fois, j'étais déterminée à rester forte. Il ne m'aurait pas avec un de ses pièges tordus.

— Si tu es prêt à faire des allers-retours, je peux m'en accommoder.

— Tu peux ? s'étonna-t-il de nouveau. Je croyais que nous avions déjà eu cette conversation d'ailleurs.

— Tu appelles ça une conversation ? C'était un abus de pouvoir, Andrew !

— J'exploite tes points faibles, nuance !

— Me demander de vivre avec toi pendant que nous faisons l'amour n'est pas… comment dire… fair-play.

— Kathleen, je n'ai jamais été fair-play avec toi. Ça ne fonctionne pas, et je doute que… Oh… Attends, j'ai compris : tu me testes ? me questionna-t-il.

— Pas vraiment, m'amusai-je.

Il se racla la gorge, mi-hilare, mi-sérieux, et planta son regard éblouissant dans le mien.

— Kathleen, veux-tu venir vivre ici après le mariage de Lynne ?

— Avec plaisir, Andrew, soufflai-je en déposant un léger baiser sur sa bouche.

Je me reculai, mais il agrippa mon visage entre ses mains et m'attira de nouveau contre ses lèvres. Sa langue envahit ma bouche et, très vite, j'oubliai l'idée de finir mon dessert, pour me concentrer sur… lui. Le meilleur dessert du monde. Je l'entendis gémir contre mes lèvres, alors que je bougeais sur lui, me positionnant à califourchon sur ses cuisses.

Il se détacha de moi, à bout de souffle, et j'en profitais pour retirer mon T-shirt, me retrouvant à moitié nue devant lui.

— Nue, c'est bien ça ta préférence ? m'enquis-je en défaisant les premiers boutons de sa chemise.

— Toi, nue… Définitivement.

J'embrassai son torse, remarquant sa respiration chaotique et lourde.

— Je t'aime, soufflai-je en remontant vers ses lèvres entrouvertes.

Il agrippa mes fesses et, par surprise, me fit basculer pour m'allonger sur le canapé. J'éclatai de rire, sentant sa bouche caresser la peau de mon cou. Il se redressa, me fit un sourire heureux et libéré.

— Je t'aime aussi, murmura-t-il.

Je fermai les yeux, sentant mon cœur faire des bonds étranges dans ma poitrine. L'instant suivant, j'étais perdue quelque part, dans un royaume où n'existaient qu'Andrew et ses mains naviguant sur moi.

Le lendemain matin, je me réveillai seule dans la chambre, une fois encore. Je m'étirai longuement, écoutant le silence perturbant et omniprésent de cette immense maison.

Je me souvenais vaguement qu'Andrew et moi étions parvenus, entre deux baisers fiévreux, à retrouver son lit.

Je me rappelai son visage extatique et parfaitement détendu, alors que je m'appliquais à lui faire comprendre les vertus de la soumission et de la réciprocité, glaçons inclus.

Je me rappelai aussi ses mots magiques sur ma peau, son torse collé à mon dos, ses promesses farfelues et son souffle erratique quand je prononçais son prénom.

Je me redressai et souris en voyant l'état de la chambre : la majeure partie de nos vêtements était éparpillée au sol, deux oreillers avaient été expédiés à l'autre bout de la pièce et la couette avait glissé, me laissant avec le seul drap pour me couvrir. Sur le chevet, je repérai un mot écrit de la main d'Andrew et, de nouveau, je me surpris à sourire. L'écriture parfaite de l'inconnu…

« Pour une fois, fais ce que je te demande, et ne sors pas de ce lit avant mon retour. Andrew. »

Je remontai la couette, heureuse de lui obéir, et enfonçai la tête dans son oreiller. A moins que cela ne fût le mien…

Nos deux parfums étaient mêlés sur le tissu. Je fermai les yeux, me laissant emporter par le sommeil.

— Bonjour, Kathleen, murmura Andrew à mon oreille.

Je sentis sa main caresser mon dos, repoussant du même coup la couette qui me gardait au chaud. Je râlai un peu, la sensation de fraîcheur me faisant frissonner. Mais très vite, ses lèvres remplacèrent sa main, embrassant ma nuque en murmurant mon prénom.

— Petit déjeuner, ajouta-t-il alors que je me cachais dans l'oreiller.

— Maintenant, c'est toi qui me l'amènes ? souris-je en tournant finalement mon visage vers lui.

— J'ai très clairement retenu ton laïus sur la réciprocité.

— Je pensais pourtant avoir limité ta concentration à ce moment-là.

Je fis semblant de bouder tout en me mettant sur le dos.

— Au contraire, tu avais toute mon attention !

Il m'embrassa doucement. Je m'assis dans le lit et il s'installa, avec le plateau, près de moi.

— Tu as eu le temps d'aller faire des courses ? m'enquis-je en voyant le plateau extrêmement bien garni par rapport à l'état de son réfrigérateur.

— Nathan peut être très efficace au réveil.

— Tu exagères, le grondai-je.

Je pris un croissant et le fourrai dans ma bouche. Andrew but son habituelle tasse de café en m'observant avec plaisir alors que je dévorais ce qu'il m'avait préparé.

— Je dois travailler ce matin, mais je passerai ensuite la journée avec toi, dit-il après quelques instants.

— Tu travailles un dimanche ! m'exclamai-je.

— Je n'avais rien de mieux à faire… avant ton arrivée. Mais je suis certain que tu trouveras de quoi t'occuper. J'ai pris la liberté de faire changer ton vol pour lundi, reprit-il en me tendant un billet.

— En classe « affaires » ? m'étonnai-je en portant mon café à mes lèvres.

— Mon assistante a fait la réservation. Je lui ai juste demandé de prendre le dernier vol direct pour New York. J'ose espérer que je n'aurai pas à lui redemander un billet pour toi à ton prochain passage ici.

— Andrew, je t'ai dit que j'étais d'accord. Au cas où tu l'aurais oublié, je ne suis pas du genre à changer d'avis !

Il y eut un silence et je bus une nouvelle gorgée de café. Andrew me regardait toujours, et il repoussa les cheveux qui masquaient partiellement mon visage. Je songeai à ce qu'il venait de dire. Je me demandais si j'arriverais à chasser le souvenir tenace d'Eleanor, et si j'arriverais à me contenter d'être la « femme de ».

— Je suis content que tu sois venue, murmura-t-il.

— Tu n'avais pas l'air si ravi que ça pourtant en me voyant arriver, souris-je.

— Je suis un homme d'affaires, Kathleen, j'apprends à gérer mes émotions. Et te concernant, c'est vraiment, vraiment compliqué.

— Je crois que c'est toi qui n'es pas habitué à rencontrer une forme de résistance.

— Possible. Il y a tout de même un mystère que je n'ai pas réussi à percer, répliqua-t-il avec amusement.

— Oh… Ça, ça doit vraiment t'agacer, plaisantai-je.

— Assez, oui. Je pense donc que je vais, une fois n'est pas coutume, suivre ton mode de fonctionnement.

Je posai mon café, retenant un nouveau sourire, et me tournai vers lui. Il prit ma main dans la sienne et la porta à ses lèvres pour l'embrasser. Ce simple geste me fit frissonner et je me perdis dans la contemplation de ses yeux, avant de me reprendre.

— Puisque tu m'as amené le petit déjeuner, je pense que je suis prête à sacrifier un de mes petits secrets ! Que veux-tu savoir de moi ? Ma nouvelle adresse ? Comment s'appelait mon premier petit ami ? Si je ressemble plutôt à mon père ou ma mère ?

Un sourire éclaira son visage et il resserra sa prise sur ma main.

— Pour l'instant, j'aimerais juste savoir comment tu as atterri au Peninsula.

Je libérai ma main et sentis le sang quitter mon visage. Mon cœur s'emballa. Je ne voulais pas replonger là-dedans. Et surtout, je ne voulais pas qu'Andrew me voie ainsi, fragile et désarmée. Pourtant, il prit le plateau de notre petit déjeuner et le posa au sol, avant de reprendre ma main dans la sienne.

— Tu connais tout de moi, souffla-t-il. J'ai envie de savoir comment une fille brillante comme toi a pu finir concierge dans cet hôtel.

— Ça n'a rien de dégradant, me défendis-je vivement.

— Ça n'est pas ce que je dis. Kathleen, tu as un œil pour être journaliste. Je l'ai vu quand tu as analysé *Powerfull*. Tu es déterminée, me dit-il dans un sourire, et intelligente. Et j'ai beau chercher une explication valable, je n'en trouve aucune.

— Je n'ai pas eu le choix, murmurai-je.

— Kathleen, toi, plus que quiconque, sais que c'est faux. Tu m'as dit qu'on t'avait poussée à partir, mais pourquoi ne pas avoir cherché ailleurs ? New York regorge de titres…

— Je ne pouvais pas, le coupai-je. Je ne pouvais plus.

Hormis Gregory, personne ne connaissait vraiment ma vie avant le Peninsula. Mais Andrew méritait de savoir.

— Quand le *Daily* m'a offert un poste, je n'ai pas vraiment cherché à négocier. Je sortais de la fac et c'était… inespéré.

— Alors quoi ?

— Alors, j'ai peut-être eu trop d'ambition. Contrairement à ce que tu penses, les femmes doivent bien en faire deux fois plus. J'avais des doutes sur certains marchés publics et je voulais faire mes preuves.

— Des marchés publics à New York ?

— Et à Washington. Certains chantiers étaient accordés vraiment rapidement, parfois le lendemain de la clôture des appels. Alors j'ai commencé à faire des recherches.

Je me tournai vers Andrew, il m'encouragea silencieusement à continuer.

— Mon enquête a duré des semaines, j'ai trouvé des informateurs, et j'ai mis le doigt sur des transactions étranges. Des membres du Congrès partaient en vacances gratuitement, leurs femmes portaient des bijoux hors de prix. Ça n'avait pas de sens.

— Ce sont des gens puissants, observa Andrew.

— J'ai cru que ça ne changerait rien. Au contraire, j'ai œuvré à démonter leur mode de fonctionnement. Le problème, c'est que je n'avais aucun nom. Finalement, j'ai réussi à trouver qui était derrière ces entreprises, celles qui gagnaient les appels d'offres, une sorte de holding les administrait. C'est là que les choses ont vraiment changé.

— Pour toi ?

— Pour mon boulot et pour moi aussi. J'ai rédigé mon enquête et je l'ai soumise à mon patron. J'ai gardé les preuves pour moi, en attendant son retour. J'ai été convoquée le lendemain et mon article a été refusé. Pendant la nuit, mon bureau a été fouillé, le disque dur de mon ordinateur a été arraché.

Je sentais les larmes monter à mes yeux, mais de nouveau Andrew m'encouragea en silence à poursuivre mon récit.

— Et cet homme dont tu m'as parlé ?

— Bradley... On travaillait ensemble. Enfin, il était rédacteur en chef adjoint. On a vite sympathisé et cette relation est vite devenue... autre chose.

— Ton amant ?

— Oui, avouai-je en me fustigeant d'avoir été aussi bête. J'ai d'abord cru qu'il allait me soutenir.

Ma voix se mit à trembler légèrement et, une fois de plus, je me tournai vers Andrew pour trouver la force de poursuivre :

— Après le premier refus de mon patron, j'ai soumis mon projet à Bradley. J'espérais des explications... et j'ai cru qu'il forcerait les choses. Mais il n'a rien fait. Quand je lui ai demandé son avis, il m'a juste dit que la politique n'était pas un domaine pour moi. En clair, je devais me taire et laisser faire.

— Ton article allait sûrement faire des ravages, déclara Andrew.

— Probablement. Quelques semaines après, j'ai découvert que j'étais suivie. Bradley m'a dit que je devenais complètement paranoïaque, limite folle furieuse.

Une boule atroce se formait dans ma gorge. Même si j'avais fait une croix sur mon métier, réapprendre à faire confiance à un homme avait été difficile après Bradley. Ses remises en cause perpétuelles m'avaient fait plus de mal encore que l'indifférence de mon rédacteur en chef.

— Et puis, mon appartement a été saccagé. Bradley m'a quittée. Mon patron m'a de nouveau demandé d'abandonner, disant que tout avait été trop loin, trop vite… J'ai refusé.

— Evidemment, sourit Andrew.

— J'ai expédié une partie des preuves chez mon père, espérant une accalmie. J'ai été bien trop naïve… Je croyais que la justice ou la morale étaient importantes. Je me suis trompée.

— C'est important ! C'est juste que tu n'as pas choisi le meilleur entourage, corrigea Andrew.

— Mon appartement a été ravagé une fois de plus.

— Quelqu'un devait chercher les preuves !

— J'ai dû appeler la police, et c'est comme ça que j'ai rencontré Gregory. Il a soupçonné Bradley. L'histoire devait être plus juteuse que ce que je croyais ! A part des transactions étranges sur son compte bancaire, Gregory n'a rien trouvé.

Je soupirai lourdement, songeant avec émotion à toutes les répercussions de cette affaire sur ma vie. Les larmes menaçaient toujours, mais je refoulai mes angoisses et ma peine pour finir.

— Bradley a nié, mais il connaissait toute l'histoire. Il avait lu l'article, consulté les preuves.

— Il est devenu une sorte de taupe ?

— Je n'en suis pas certaine. Mais j'ai poursuivi mon enquête sur le holding, parce que je savais que c'était la clé de l'histoire. Mais je me suis heurtée à un mur. Il n'y avait aucune info. Cette boîte n'existait nulle part… Juste un écran de fumée. Et les menaces ont commencé le jour où j'ai rencontré un nouvel informateur.

— Quel genre de menaces ?

— Des lettres, des coups de fil… J'ai cru que ça ne s'arrêterait jamais. Mon patron m'a donné d'autres sujets. Gregory a voulu m'aider mais, s'agissant d'une affaire à Washington, il a été bloqué par sa juridiction. Plusieurs fois j'ai changé de ligne, mais ça n'a jamais cessé.

Cette fois, mes larmes coulaient. Replonger dans ces douloureux souvenirs que je tentais de refouler depuis si longtemps, c'était insupportable.

— C'est pour ça que j'ai craqué… Au téléphone, expliquai-je, quand j'ai eu ces coups de fil pour nous.

— Je comprends. Tu as fini par démissionner ?

— Je n'ai pas eu le choix… Mon patron a fini par débarquer chez moi, un soir, et m'a sommée d'arrêter mes recherches et de lui remettre mon dossier. J'ai refusé, et pendant la nuit, je me suis introduite dans les bureaux du *Daily*.

— Tu soupçonnais ton patron ? s'étonna Andrew.

— Bradley était impliqué et n'avait pas réussi à trouver ce qu'il cherchait. J'ai pensé qu'il avait visé plus haut. S'il m'avait poussée à cesser mes investigations, ce n'était sûrement pas par pur altruisme. Il subissait certainement des pressions. Mais je n'ai rien trouvé… La police a débarqué et j'ai été arrêtée pour violation de propriété.

— Et donc…

— J'ai démissionné. Les charges ont été abandonnées dans la foulée, mais ma réputation a été faite dans tout le métier.

— Et tu as fini au Peninsula ?

— Après quelques mois sans travail, j'ai dû me rendre

à l'évidence : ma carrière dans le journalisme était finie. Gregory m'a parlé de ce boulot, il venait de prendre en charge la sécurité.

— Il a démissionné lui aussi ?

— Oui. La police des polices ne lui a pas fait de cadeaux. J'ai passé l'entretien au Peninsula et j'ai été prise. Le harcèlement a fini par cesser. Bradley a été retrouvé, pendu dans son appartement.

— Un suicide ?

— Je n'y ai jamais cru. Il était bien trop fier de lui pour s'avouer vaincu. L'enquête a été bouclée en trois heures.

Je soupirai de nouveau et me tournai vers Andrew. Il prit mon visage en coupe et essuya mes larmes avec ses pouces, avant de m'embrasser doucement sur les lèvres.

— Je suis désolé, murmura-t-il. Je ne voulais pas…

— Non. Au contraire, je suis contente que tu sois au courant.

— Et où en est cette affaire maintenant ? s'enquit-il en me libérant.

— Je présume qu'elle prend la poussière dans un des placards de mon ancienne chambre. Avoir un père flic peut avoir des avantages, souris-je avec amertume.

— J'espère qu'il se rend compte de la chance qu'il a d'avoir une fille comme toi.

Andrew enroula son bras autour de mes épaules et m'attira contre lui. Ce n'est qu'à ce moment que je m'autorisai de nouvelles larmes. Ce n'était plus vraiment de la peine, plutôt du soulagement : je n'étais plus seule à porter mon passé. Nous restâmes de longues minutes plongés dans le silence. Je finis par essuyer mes joues et me redressai.

— Es-tu content d'avoir résolu le mystère ? demandai-je à Andrew, les yeux encore humides.

— Oui… En partie. L'autre partie de moi voudrait exterminer ces gens qui t'ont fait du mal. Peut-être vaudrait-il mieux que nous oubliions nos passés respectifs, murmura-t-il.

— Sans le Peninsula, je ne t'aurais pas rencontré. Et je me sens libérée de te l'avoir dit.

Andrew m'accueillit dans ses bras et, pendant de longues secondes, je restai ainsi, heureuse d'être protégée par cet homme.

— Es-tu sûre de devoir rentrer à New York ? demanda-t-il doucement.

— Il le faut… pour le mariage de Lynne.

— J'aurais préféré te garder ici, avec moi. Je n'aime pas l'idée de te savoir seule là-bas.

— Je ne risque rien, Andrew, assurai-je. Hormis mourir engloutie par la soie et le taffetas, plaisantai-je en m'écartant de lui.

— Je peux te fournir une protection rapprochée. Kathleen, je ne veux pas…

— Chut, soufflai-je en posant ma main sur sa bouche. Andrew, je te promets que je suis en sécurité. Mon passé est derrière moi, et je veux me consacrer à un sujet d'étude, nettement plus intéressant.

Je remplaçai ma main par mes lèvres. Andrew m'entoura de ses bras et nous fit basculer sur le lit. Je lui fis prestement retirer ses vêtements et son corps vint parfaitement épouser le mien.

— Je pense que je vais avoir du mal à me passer de la fantastique bouillotte que tu es, sourit-il en caressant mes flancs.

Je me cambrai contre lui et il glissa sa main dans mon dos pour me serrer contre son corps.

— Toujours aussi réceptive, murmura-t-il avant d'embrasser mon sein droit. Que vais-je faire de toi ?

— Comme si tu n'avais aucune idée, ironisai-je avant de sentir Andrew pincer mon autre sein.

— Oh si, j'ai une idée… Des tas d'idées, promit-il.

Et en quelques minutes, Andrew me porta aux prémices de l'orgasme. Nos corps pressés l'un contre l'autre étaient avides de caresses et de promesses. Très vite, mon bas-ventre se crispa et il me sembla que mon corps explosait en milliers de confettis de plaisir.

Comme prévu, il rejoignit son bureau une heure plus tard. Je profitai de sa salle de bains et de son incroyable baignoire, repensant à cette facilité avec laquelle j'avais parlé à Andrew de mon passé. J'avais toujours volontairement éludé le sujet — même avec mon père — mais j'étais heureuse qu'il sache et qu'il ne me juge pas.

Après m'être habillée, je décidai de nous préparer un déjeuner léger. Le temps était magnifique et je voulais profiter de l'air marin avec Andrew. J'étais en pleine séance de pain perdu, quand Andrew me surprit.

— Kathleen ?

Je me tournai vers lui, le cœur battant de surprise, avant de diriger mon attention sur la jeune femme blonde à ses côtés.

— Je te présente Janet. Ma belle-sœur, ajouta-t-il. Janet, voici Kathleen.

Un sourire tendre s'étira sur ses lèvres. Il n'avait nullement besoin de préciser qui j'étais pour qu'elle comprenne. J'approchai et tendis ma main pour la saluer.

— Andrew m'a beaucoup parlé de vous, dit-elle avec chaleur.

Elle prit ma main dans la sienne et me salua, un sourire ravi sur les lèvres. Sa paume était chaude et elle me relâcha rapidement avant de se tourner vers Andrew.

— Je ne savais pas que tu avais de la visite. Tu as des secrets pour moi maintenant ? plaisanta-t-elle.

— Kathleen est… spontanée et pleine de surprises.

— Oh… Vous avèz mis Andrew devant le fait accompli ? Très astucieux de votre part !

— Il ne m'a pas laissé le choix. Il est tellement borné ! râlai-je.

— Pleine de surprises et honnête ! remarqua-t-elle avec malice.

Andrew me fit un nouveau sourire, avant de lever les yeux au ciel. Il n'appréciait sûrement pas d'être le centre de notre conversation.

— Voulez-vous rester pour déjeuner avec nous ? proposai-je.

— Oh non… Non, je pense que… vous serez mieux seuls.

— Ne dis pas de bêtises. David est chez son père, tu peux rester.

— Mais…

— J'ai fait du pain perdu, ajoutai-je en espérant vraiment la faire rester.

Avec ses parents, Janet semblait être la seule famille d'Andrew. Ce qui était d'autant plus étrange qu'elle était la sœur de sa femme disparue. Grâce à sa présence, j'espérais pouvoir en savoir plus sur l'homme qui partageait ma vie. Je retournai vers le piano de cuisine et entendis Janet accepter de déjeuner avec nous, avant de jurer de nous laisser seuls pour l'après-midi. Andrew installa la table et, alors que je finalisais mon déjeuner improvisé, je sentis ses bras entourer ma taille.

— Merci de lui avoir proposé, murmura-t-il.

— Cette maison manque de vie, dis-je avec un sourire. Et j'ose espérer qu'elle me dévoilera l'un de tes honteux secrets.

Il glissa un baiser dans mon cou et se détacha de moi pour que je dresse les assiettes.

Le déjeuner fut calme et Janet nous parla essentiellement de son fils, légèrement turbulent.

— Et comment va sa cheville ? demanda Andrew.

— Toujours en rééducation, soupira-t-elle.

— Sa cheville ? répétai-je.

— David s'est cassé la cheville, il y a quelques semaines. J'ai dû l'amener en catastrophe à l'hôpital.

Andrew fronça les sourcils et son visage se voila d'inquiétude.

— As-tu finalement pu avoir l'assurance pour les frais ?

— Non. J'ai dû tout régler… Mais c'est sans importance.

— Je te ferai un chèque. As-tu besoin de quoi que ce soit ? l'interrogea-t-il.

Janet me jeta un regard et je la vis rougir. Mal à l'aise, elle remua sur sa chaise, avant d'acquiescer. J'empilai les assiettes, tentant de faire comme si je n'avais rien remarqué, avant de proposer une salade de fruits.

— Je vais chercher mon chéquier, indiqua Andrew avant de se lever de table.

Je servis le dessert, un silence pesant s'installant entre Janet et moi.

— C'est vraiment gênant, dit-elle finalement. Vous devez croire que je profite de la situation.

— Non. Andrew est généreux… autant qu'il est excessif,

je pense. S'il vous le propose, c'est que ça ne lui pose pas de problème.

— Je suis contente qu'il vous ait rencontrée. Il ne tarit pas d'éloges à votre sujet.

— Comme je le disais, il est excessif ! souris-je. Désirez-vous un café ?

— S'il vous plaît.

Il y eut un court silence puis elle continua :

— Il vous aime.

Je me figeai et me décidai à m'activer à faire ce café. Je n'étais pas certaine de vouloir cette conversation finalement. Je savais qu'Andrew m'aimait... Mais l'entendre de la bouche de quelqu'un d'autre donnait un aspect surréaliste à la situation. Je lançai la machine à expresso, et me réinstallai à table.

— Ça se voit... Il vous regarde comme s'il craignait de vous voir disparaître dans la seconde.

— Je présume que c'est lié à son passé, murmurai-je en triturant mes doigts.

— Eleanor vous voulez dire ?

J'opinai doucement, espérant le retour d'Andrew au plus vite.

— Ce n'est pas Andrew le fautif, expliqua-t-elle. Eleanor n'a pas su... réagir convenablement.

— Vous étiez au courant ? l'interrogeai-je.

— Pour son amant ? Evidemment ! Je ne cautionnais pas, parce qu'Andrew est un type bien, mais je pense sincèrement qu'elle était malheureuse avec lui.

— Vraiment ? m'étonnai-je. Mais...

— Elle ne le montrait pas. Andrew et elle s'aimaient, bien sûr, mais lorsqu'elle voyait cet homme, elle revenait chaque fois... différente. Alors, non, je ne cautionnais pas, mais je ne lui reprochais pas non plus.

— Elle ne l'aimait plus, assénai-je avec colère.

— Peut-être pas comme elle aurait dû aimer son mari. Tout n'est pas blanc ou noir. Eleanor était juste insatisfaite de sa vie, persuadée d'avoir loupé quelque chose. Sa mort a été terrible pour Andrew.

— Même quand il a appris la vérité ? demandai-je.

— Surtout quand il a appris la vérité… Eleanor n'était plus là pour répondre à ses questions. Parfois, ne rien savoir, c'est pire que tout.

— C'est vrai, admis-je. J'aime Andrew, soufflai-je.

— Je sais. Je le vois.

Elle me fit un sourire et je compris alors qu'elle m'offrait sa bénédiction. Elle approuvait ma relation avec lui. Et même si je n'en avais pas besoin, savoir que la sœur d'Eleanor voyait d'un bon œil ma relation avec Andrew me rassurait. Je n'avais pas franchement envie de me mettre la famille à dos.

— Vous êtes bien pour lui, ajouta-t-elle. Je vous demande juste de prendre soin de lui.

— C'est plutôt lui qui a tendance à prendre soin des autres, non ?

— C'est vrai, s'esclaffa-t-elle.

— Je tente de le rendre… raisonnable.

— C'est peine perdue. Ça fait des années que j'essaye ! Et avec David, c'est encore pire… Vous verrez, quand vous aurez des enfants ! promit-elle gentiment.

De nouveau, je m'immobilisai. Evidemment, les enfants… Eleanor et lui en voulaient, logiquement, le sujet allait finir par surgir entre nous.

— Je… Euh… Ce… Disons que nous n'avons pas encore… parlé de ça.

— C'est un peu tôt dans votre relation, non ?

— Qu'est-ce qui est un peu tôt ? demanda Andrew en revenant vers nous.

— Envisager ta descendance, plaisanta Janet, tandis que je me liquéfiais.

Andrew me jeta un regard et alors que je sentais mon cœur s'emballer, pris dans une panique incroyable, il s'avança vers moi et m'embrassa le haut de la tête.

— Pour le moment, je veux juste profiter de Kathleen, souffla-t-il.

Je lui souris, pleine de gratitude de m'avoir sortie de ce guêpier avec élégance. Je croisai le regard bienveillant de Janet et, très vite, elle détourna les yeux vers sa salade de fruits.

— Je ne ferai rien que tu ne veuilles faire, murmura-t-il à voix basse.

— Je n'ai pas dit que je n'en voulais pas, contrai-je.

— Tu es... sidérante, sourit-il. Peut-être aurons-nous cette conversation un peu plus tard.

Il me libéra et se rassit près de moi.

Il remplit un chèque et le tendit à Janet, en lui assurant que ce n'était rien pour lui. Elle rougit de nouveau, avant de le plier et de le glisser dans son sac à main. Une vingtaine de minutes plus tard, Janet quitta la maison et je proposai à Andrew de sortir pour une balade. Il accepta et, juste avant de quitter la maison pour rejoindre le chemin privatif qui menait au bord de mer, il posa un lourd gilet en laine sur mes épaules.

— Couvre-toi, dit-il d'une voix chaude.

Nos doigts se mêlèrent et, en silence, nous gagnâmes la plage. Andrew semblait réfléchir. De toute évidence, il voulait aborder un sujet avec moi et ne savait pas comment.

— Qu'y a-t-il ? demandai-je finalement. Tu as l'air perdu dans tes pensées.

— As-tu trouvé ça bizarre ? Je veux dire… Janet, précisa-t-il en voyant que je ne comprenais pas de quoi il parlait.

— Tu veux dire, ton amitié avec elle ?

— Meghan dit que c'est presque malsain.

— Je ne vois pas en quoi. Tu as le droit d'avoir des amis… Même s'il s'agit de la sœur de ta femme !

De nouveau, il y eut un silence. Je concentrai mon attention sur le sable sous mes pieds et appréciai l'air vivifiant de l'océan. Je jetai un coup d'œil à Andrew, avant de comprendre.

— Avez-vous été plus que des amis ? l'interrogeai-je en m'arrêtant de marcher.

— Non ! s'écria-t-il. Pas vraiment.

— C'est « non », ou c'est « pas vraiment » ?

— C'était après la mort d'Eleanor, j'étais… triste et désespéré. Elle m'a repoussé.

— C'est une fille bien ! lançai-je, moqueuse, en reprenant ma marche.

Je tentai de réprimer le sourire qui ornait mes lèvres, mais c'était trop tentant. J'étais satisfaite, heureuse qu'elle l'ait repoussé.

— J'espère que vous vous entendrez bien.

— J'en suis certaine. Elle et moi avons le même objectif !

— Pourquoi je sens que cela a un rapport avec moi ?

— Parce que tu penses être le centre de l'univers ! ripostai-je.

— Kathleen, je suis le centre de *ton* univers. Et crois-moi, ce n'est pas près de changer.

Il libéra ma main et enroula son bras autour de ma taille. Il pressa mon corps contre le sien, et nous reprîmes notre marche.

— Alors, cet objectif ?

— Te rendre heureux, murmurai-je.

— Je suis heureux, acquiesça-t-il.

— Même avec ces menaces autour de nous ?

— Je gère tout ça, Kathleen. Ne t'inquiète pas. J'assure ta sécurité.

— C'est la tienne qui m'importe, contrai-je.

Il nous fit arrêter de marcher et se mit face à moi. Son regard incandescent se planta dans le mien, et j'aurais pu jurer que même le bruit des vagues s'était amoindri.

— Je te promets que je fais tout ce qu'il faut pour attraper ce malade. Je te le promets, répéta-t-il en prenant mon visage entre ses mains.

Il posa un chaste baiser sur mes lèvres et tenta un sourire rassurant. Je souris faiblement à mon tour, pas franchement tranquillisée par sa promesse. J'aimais être avec lui, mais je n'étais jamais totalement libérée. Mon passé me rendait encore plus méfiante. Je craignais les inconnus, mais je craignais encore plus les gens que je côtoyais.

— Si nous parlions d'autre chose ? proposa-t-il pour me distraire de mes pensées sombres.

J'opinai faiblement. Mais Andrew prit rapidement le dessus, me proposant en vrac de lister les pays que j'aimerais visiter, puis d'énumérer toutes les choses improbables que je voulais faire. Dans la plupart des cas, il approuva.

A la tombée du jour, nous fîmes le trajet retour. Dans un silence presque absolu, il me promit de visiter tous ces pays et de m'emmener faire du ski dans les Rocheuses.

De retour dans la maison, il retourna à son bureau, me demandant de lui accorder une vingtaine de minutes.

— Ça te dérange si je vais dans la bibliothèque ? demandai-je.

— Bien sûr que non. Fais comme chez toi.

En franchissant le seuil, j'eus de nouveau cette sensation oppressante. J'allumai la lumière, espérant estomper cette impression désagréable. Je retirai mes chaussures, pleines de sable, et me plantai devant la première étagère. Les goûts d'Eleanor semblaient hétéroclites, passant facilement des polars à des histoires plus légères. Les absences d'Andrew, qu'elle avait si souvent regrettées, l'avaient sûrement aidée à parfaire cette collection.

Je parcourus les rayons, ne sachant pas vraiment ce que je cherchais. Je n'avais pas particulièrement envie de lire, mais cette pièce, depuis qu'Andrew me l'avait montrée, me hantait. Elle était une sorte de reflet de la personnalité d'Eleanor. De celle qui voulait toujours plus, toujours mieux, sans comprendre qu'elle l'avait déjà.

Je pris un premier livre et fis jouer les pages entre mes doigts. L'odeur de l'encre et du vieux papier me frappa les narines. Il s'agissait d'une vieille édition d'un roman d'Hemingway. Je le reposai, avant de faire la même chose avec un deuxième, puis un troisième livre. J'allai jusqu'à une petite vitrine, ma nature curieuse de journaliste reprenant le dessus. Mais il n'y avait rien de vraiment remarquable.

Finalement, un dernier livre retint mon attention. Il aurait largement pu passer inaperçu, noyé au milieu des autres, mais le simple fait qu'il n'était pas positionné normalement sur sa tranche — les pages me faisant face — me poussa à le prendre pour le retourner.

De nouveau, je fis défiler les pages entre mes mains, avant qu'un papier ne virevolte jusqu'au sol. Je le ramassai et, à l'épaisseur du papier entre mes mains, je compris qu'il s'agissait d'une photo. Je la tournai, avant de me figer et d'étouffer un cri dans ma main.

— C’est impossible, murmurai-je pour moi-même. Impossible.

Je m’effondrai sur le canapé en velours, fixant, sans vraiment la voir, la photo entre mes mains tremblantes.

— Impossible, répétai-je.

A suivre…

TABLE DES PERSONNAGES

Kathleen — Kat — Dillon : Après avoir abandonné sa carrière de journaliste, Kathleen, jeune femme de 25 ans, est devenue concierge de nuit dans un palace new-yorkais, le Peninsula. Romantique et profondément attachée à l'importance du destin dans sa vie, elle espère, un jour, se reconnaître dans une des petites annonces du *New Yorker*. Prenant conscience de la monotonie de son existence et hantée par une annonce qui l'a bouleversée, elle finit par y répondre. C'est également au Peninsula qu'elle rencontre Andrew Blake, puissant magnat de la presse, client de son hôtel, un homme séduisant qui trouble la routine professionnelle de Kat.

Andrew Blake : Client du Peninsula et chef d'entreprise puissant. Magnat de la presse sur la côte Ouest, Andrew Blake est aussi arrogant que riche. Il alimente les rumeurs, attise les convoitises, mais peut se montrer particulièrement fragile quand on s'attaque à ceux qu'il aime.

Lynne Hoffman : Collègue de Kat, en charge de l'événementiel, Lynne est très terre à terre et raisonnable. Trop pour Kat qui lui reproche une vie terne et sans passion. Fiancée à Philip Kingston, elle prépare assidûment son mariage.

Nathan Evans : Bras droit dévoué d'Andrew Blake, Nathan est un charmeur, bourré d'humour. C'est au Peninsula, à l'occasion d'une rencontre fortuite et brutale, qu'il s'éprend de Lynne, collègue de Kat.

Daniel Cooper : Engagé comme barman intérimaire au sein du Peninsula, Daniel se rapproche très vite de Kathleen.

Gregory : Ancien policier, Greg a connu Kathleen quand elle était encore journaliste. Désormais responsable de la sécurité du Peninsula, il agit comme un grand frère avec elle.

Meghan Stanton : Belle, brillante et tout à fait consciente de l'être, Meghan peut sembler, de prime abord, glaciale, voire pédante. Elle se révèle chaleureuse et sensible au charme de Gregory au fur et à mesure de l'évolution de la relation d'Andrew avec Kathleen.

Sam : Collègue de jour de Kathleen, c'est lui qui l'a formée à son poste. Ils sont très amis.

Jim Cooper : Père de Dan.

Jodie : Meilleure amie de Daniel depuis l'enfance. Elle est ravie de la relation qu'entretiennent Kathleen et Daniel, quitte à être intrusive.

Matt et Abby : Collègues d'Andrew. Matt se montre particulièrement désagréable et dubitatif sur la relation d'Andrew avec Kathleen.

Walt Dillon : Père de Kathleen, policier. Eloigné géographiquement, il demeure pourtant très protecteur envers sa fille. Il espère la faire revenir à son métier de journaliste.

Eleanor Blake : Décrite comme étant enthousiaste et pétillante par son mari, Eleanor est décédée dans un accident de voiture, laissant Andrew dans l'incompréhension et le chagrin.

Emily : Assistante d'Andrew Blake.

Nelson : Vendeur de bijoux, représentant de la maison Cartier. Il a ses habitudes au sein de l'hôtel et est surnommé « l'homme qui valait trois milliards ».

Bradley : Ancien amant et collègue de Kat, quand cette dernière était encore journaliste. Mis au courant du sujet sur lequel elle enquête, il est finalement retrouvé mort. C'est son décès qui poussera Kat à changer de métier.

Janet : Belle-sœur d'Andrew, sœur d'Eleanor. Elle a un fils, **David**. Malgré l'accident qui a coûté la vie à Eleanor, Andrew et elle sont restés proches.

Grant : En charge de l'enquête sur les menaces que reçoit Andrew et sur l'hypothèse émise par Kathleen.

REMERCIEMENTS

Le plus simple aurait été d'écrire « merci à vous toutes ». Mais, évidemment, au grand désespoir de mon éditrice, je ne suis pas une adepte de la simplicité ! Je vais donc tâcher d'être efficace !

A mes relectrices, Aline, Gaelle, Garance, Loubna et Valérie, mes chipoteuses du détail, mes traqueuses d'incohérence, mes pourvoyeuses d'idées, mes râleuses invétérées « mais-tu-ne-peux-pas-couper-là ! ». Si, je peux !

A mon mari, homme de l'ombre, soutien indéfectible, assistant marketing, supporter de la première heure, motivateur de l'extrême « va écrire, va écrire ! ».

A mon éditrice, coupeuse de phalanges à ses heures perdues, dévoreuse de pizza, reine du bordel organisé, voix de la conscience et récemment propriétaire d'une armure en titane « mais non, personne ne va vouloir ma mort ». Maintenant, si !

Aux équipes d'HQN, pour avoir donné une chance à Andrew et Kate d'avoir un « destin », pour leur disponibilité, pour leurs réponses à toutes mes questions (y compris les plus tordues !), pour m'avoir laissée libre d'écrire… autant ! « Vous ne respectez pas la norme. » Oui, je sais, ça fait mon charme !

Au fan club twitterien : Anaïs, Barbara et toutes celles que j'oublie et qui vont me maudire jusqu'à la fin des temps. J'avais dit que je le ferais… Voilà, c'est fait ! Ne manque plus que le Post-it rose !

A vous toutes, à toutes les Kathleen du monde, à toutes les rêveuses, à toutes les passionnées, à toutes celles à qui j'ai pris des heures de sommeil, à toutes les belles rencontres que j'ai pu faire grâce à *Dear You*. Merci pour votre soutien continu, pour vos remarques, pour avoir partagé vos émotions.

Quelque part, et pour paraphraser Andrew : vous êtes mes exceptions. Merci et à bientôt !

DÈS LE 1ER OCTOBRE

La danse hésitante des flocons de neige - Sarah Morgan

Noël. Kayla Green redoute cette date et, comme chaque année, elle prévoit de s'enfermer dans son bureau de Manhattan avec une surdose de travail. Mais un gros budget de relations publiques l'envoie en fait dans le Vermont : celui de Snow Crystal, apporté par Jackson O'Neil, qui dirige un groupe de stations de sports d'hiver de luxe. Pour Kayla, ce petit miracle de Noël ne va pas sans inconvénients : primo, la neige, le ski, les snow-boots, tituber sur la glace en talons hauts..., ce n'est vraiment pas son idéal ; secundo, Jackson O'Neil a une famille, une de ces familles aussi unies que les mailles d'un tricot bien serré qui rappellent douloureusement à Kayla qu'elle a toujours dû se débrouiller seule. Mais il y a pire encore pour elle que Noël, la famille et autres calamités : c'est Jackson. Jackson, qui a tous les atouts en main pour faire fondre le cœur de glace qu'elle s'est si difficilement façonné ...

Nuits enchantées à Manhattan - Jo Leigh

Yes, she can ! Fraîchement débarquée de son Ohio natal, Bree n'en revient pas de réaliser enfin son rêve : vivre à Manhattan. Elle n'a pas un dollar, n'a trouvé qu'un petit job d'assistante, mais pour une fille que Big Apple et la mode ont toujours fascinée, c'est une promesse de conquête ! Là où Bree décroche vraiment le jackpot, c'est quand un drôle de tirage au sort la propulse bloggeuse de la « Fashion Week » au côté de... Charlie Winslow en personne. CW, la plus célèbre signature du Tout-New York ! Et un irrésistible spécimen du genre masculin... A elle le tapis rouge au bras du magnifique Charlie ! Le tapis rouge... et les draps de satin où Charlie excelle aussi. De nuits torrides en soirées branchées, c'est le rêve absolu ! Bree n'a qu'une limite : ne pas tomber amoureuse. Car, dans le monde de Charlie et avec lui, il semble bien que tout zappe et tout lasse.

Composé et édité par HARLEQUIN

Achevé d'imprimer en Allemagne
par GGP Media GmbH, Pößneck
en septembre 2014

Dépôt légal en octobre 2014

Pour l'éditeur, le principe est d'utiliser des papiers
composés de fibres naturelles, renouvelables, recyclables,
et fabriquées à partir de bois issus de forêts qui adoptent
un système d'aménagement durable. En outre, l'éditeur attend
de ses fournisseurs de papier qu'ils s'inscrivent dans
une démarche de certification environnementale reconnue.